Crystal Cove
by Lisa Kleypas

星屑の入り江で

リサ・クレイパス
水野 凜[訳]

ライムブックス

星屑の入り江で

主要登場人物

ジャスティン・ホフマン……………〈アーティスト・ポイント〉の経営者
ジェイソン・ブラック……………世界的に有名なゲームクリエイター
ゾーイ・ホフマン……………ジャスティンのまたいとこ
マリゴールド・ホフマン……………ジャスティンの母
ローズマリー……………ジャスティンの旧友
セイジ……………ジャスティンの旧友
プリシラ・ファイヴアッシュ……………ジェイソンの秘書

1

愛の呪文を九九回唱えてもだめだったのだから、一〇〇回目を試したところでうまくいくわけがない。ジャスティン・ホフマンはそう思い、気持ちが沈んだ。

もういい。あきらめる。

一生、恋愛はできないのだろう。魂と魂が結びつくという神秘的な経験をすることも、それを理解することもかなわない。うすうす気づいてはいた。ただ、深く考えたくないばかりに、なるべく忙しく過ごすように努めてきた。問題は、そんなことをしていても、いずれ暇なときは来るということだ。そうすると、これまで必死に避けてきたことしか、もう考えることがなくなってしまう。

夜空の星やバースデーケーキの蝋燭《ろうそく》にも祈ったし、願いごとを念じながら噴水にコインを投げ入れたり、タンポポの綿毛を吹きとばしたりもした。そのたびに、こっそりと召喚魔術の呪文を唱えた。彼《か》の人の運命を変えたまえ。われを待たせることなかれ。運命は彼の人をとらえたり。愛は彼の人をとらえたり。彼の人よ、早くわれのところへ来たれ。

それでも魂を分かちあえる相手にはまだめぐりあえていない。

一六歳のときに母からもらった魔術の奥義書《グリモワール》を隅から隅まで読んでみた。だが、心が空っぽな魔女のための呪文や儀式は何ひとつ載っていなかった。愛という名のすばらしくもありふれたものを望む若い女性の助けになるようなことも、ひと言も書かれていない。

ずっと、そんなことは気にしていないというふりをして、自分をだましてきた。男性に縛られるのはまっぴらごめんだと言い放ってもきた。だがひとりになると、バスタブの排水口へ流れる水の渦巻きを見つめたり、陰りゆく部屋の片隅をぼんやりと眺めたりしながら、いつも思っていた。誰かを激しく愛してみたい、と。

人生が一変するような恋愛をしたかった。シルクの衣類を脱がされるように心の殻をはがされ、観念して身を任せるしかないような恋に落ちたい。そうすれば世界が狭いとは思わなくなり、夜が長いとは感じなくなるのだろう。それどころか、そういう相手と過ごす一夜は永遠に続けばいいと願うようになるのかもしれない。

ジャスティンが鬱々とそんなことを考えていると、いとこのゾーイがキッチンに入ってきた。

「おはよう」ゾーイが明るく言った。「頼まれていた本、持ってきたわよ」

「ありがとう」ジャスティンは調理台の前に座り、頬杖をついたまま、コーヒーカップからろくに目もあげずに答えた。「でも、もういらなくなったの」

さわやかな九月の朝だった。フライデーハーバーの港が近いため、船舶のディーゼルエンジンのにおいがかすかにまじった潮風がホテルのなかに流れこんでくる。いつもの心地よい風だ。だが、ジャスティンの気分は浮かなかった。ここ数日、あまりよく眠れない。カフェインのとりすぎが理由ではなかった。

「読む時間がないの？」ゾーイが同情気味に尋ねた。「しばらく持っていればいいわよ。わたしはもう何度も読んで、覚えてしまっているくらいだから」肩に垂らしたブロンドの髪を揺らしながら、ロマンス小説をジャスティンの前に置いた。表紙はぼろぼろで、紙は黄ばみ、はずれかけているページさえある。表紙には、サテンのドレスを着た女性がけだるそうにしている姿が描かれていた。

「結末を知っているのに、どうしてまた読むの？」ジャスティンは尋ねた。

「すてきなハッピーエンドは何度読んでもいいものだからよ」ゾーイはエプロンの紐を結び、プラスティックの髪留めクリップで器用に髪を頭の上でまとめた。

ジャスティンは苦笑し、目をこすった。ゾーイには心から幸せになってほしいと思っている。ゾーイとはいとこだと言っているが本当はまたいとこだし、子供のころはそんなによく会っていたわけでもないけれど、今では実の姉妹のように感じていた。

腕のいいシェフだったゾーイをくどき落とし、ここサンフアン島のフライデーハーバーにある朝食付きホテル〈アーティスト・ポイント〉を手伝ってもらうようになってから、もう二年以上が経つ。ジャスティンは経理、事務仕事、掃除、建物の修繕を担当し、ゾーイには在庫管理、食料品の仕入れ、調理を任せていた。〈アーティスト・ポイント〉がここまで人気のホテルになったのは、ゾーイの人柄とすばらしい料理のおかげだ。それに感謝し、ジャスティンはゾーイを共同経営者にした。

ゾーイは最高のパートナーだった。ジャスティンは思ったことをずけずけと口にするが、ゾーイはそれにいらだつこともなく、上手にあしらうことができる。お互いに信頼し、つらいときは支えあい、希望や不安を語りあった。ふたりの関係のすばらしさは、意見が一致しているときだけではなく、考え方が違うときにこそ存分に発揮された。知恵を出しあい、物事を新しい側面から見ることができるからだ。

ふたりは力を合わせ、〈アーティスト・ポイント〉を旅行客からも地元の人々からも愛されるホテルに築きあげた。結婚披露宴やパーティを引き受け、毎月、料理教室やワインの試飲会などのイベントを催している。観光シーズンにはいつも満室か、それに近い状態だし、シーズンオフのときも稼働率は三五パーセントほどある。

血はつながっているものの、ふたりの外見はまったく似ていなかった。ジャスティンは背が高くほっそりとしていて、髪も目も黒っぽい。一方ゾーイは、男性が思わず目を引き寄せられるほどセクシーな体形をしたブロンド美人だ。そんな見た目のせいで、くだらない男から言い寄られ、頭が空っぽの女みたいに扱われてきた。

ゾーイはロマンス小説をジャスティンのほうへそっと押しやり、明るい声ですすめた。

「試しに二、三ページでも読んでみれば？　別の時代の知らない土地へ行ったみたいで、おもしろくてやめられなくなるわよ。ヒーローがすてきなの」うっとりとした顔でため息をつく。「ヒロインを連れて、幻の古代都市を探しに砂漠を旅するんだけど、たくましくて、色

りそう」

「そんな本を読んだら男の人に余計な期待を抱くようになって、現実を受け入れられなくなりそう」

「悲観的にならないの。そもそも、あなたはそんなに高望みをするほうじゃないでしょう？」

「あら、そんなことないわよ。これまでは性格がよくて、たくましくて、仕事についている人とつきあってきたわ。でも今じゃ、奥さんがいなくて、刑務所に入っていない相手で我慢するしかないの」

「ロマンス小説を読んでもハードルがあがったりはしないから大丈夫。ただの、ちょっとした現実逃避よ」

「そりゃあ、あんなしょぼくれた見てくれの婚約者がいたら、あなたは現実から逃げたくもなるわよね」ジャスティンはそっけなく言った。

ゾーイは声をあげて笑った。ゾーイの婚約者は島で建築業を営むアレックス・ノーランという男性で、いろいろなことを言われてはいるが、〝しょぼくれた見てくれ〟だけはどう考えてもあてはまらない。髪は黒っぽく、体は細身で引きしまり、目は氷河を思わせるような淡いブルーをした正統派のハンサムだ。

酒に溺れかけていた皮肉屋のアレックスが、まさかゾーイのように穏やかな女性とつきあうことになるだろうとは誰も思わなかった。だが、この夏、ゾーイの依頼でドリームレイクのそばにある別荘の改修工事を請け負ったことがきっかけで、ふたりは恋に落ちた。そしてアレックスは酒を断ち、人生をたて直した。ゾーイにいいように操られているのは誰の目にも明らかだった。だが、ゾーイのやさしさのおかげで、アレックスはそれに気づかないか、あるいは知ってはいるけれど、それでもかまわないと思っているようだ。

アレックスとゾーイが強く惹かれあっているのは、見ていれば容易にわかった。ふたりが一緒にいると、どれほどさりげなくしていても、相手のことが気になって落ち着かないのが一目瞭然だ。当人たちは隠しているつもりなのだろうが、お互いを意識しているのが手にとるように伝わってくる。ふたりが話しているのを聞いていると、息をするのさえ忘れてしまうほど相手に夢中になっているのがわかるのだ。

それほど愛しあっている恋人同士のそばにいると寂しくてしかたがなかった。

ジャスティンは自分をしかった。そんなことで落ちこむのはいい加減にしなさい。わたしだっていい人生を送っているじゃないの。必要なものはすべて持っているわ。

ずっとほしいと願ってきたことの大半は手に入れた。自分のことを気にかけてくれる友人たち、家と呼べる場所、すてきな庭、鉢植えのホウセンカやビジョザクラを置いた玄関ポーチ……。一年ほどだがドゥエインという交際相手までいた。刺青《タトゥー》を入れ、頬ひげをたくわえた、気のいいバイク乗りだ。

だが、二、三週間前に別れてしまった。今ではどこかでばったり会うと、普通に話してはくれるが、どこかよそよそしく、決して目を合わせようとしない。あることでジャスティンが死ぬほど怖がらせてしまったからだ。

ジャスティンはロマンス小説に目をやり、ディナーの料理でおなかがいっぱいだからデザートはいらないとでもいうように、それを押しやった。

「わざわざ持ってきてくれたのにごめんなさい」ジャスティンは謝った。ゾーイがオーブンのつまみをまわし、自分のためにコーヒーを注ぐ。「どっちみち読むつもりで貸してくれと頼んだわけじゃなかったの」

ゾーイが肩越しに振り返り、けげんそうな顔をする。「だったら、なんのためよ」

ジャスティンは自嘲気味に笑った。「それを燃やして、あなたには新しいのを買って返すつもりだったの」

ゾーイはコーヒーにミルクを入れ、スプーンでかきまぜた。「どうしてこの本を燃やそうと思ったわけ？」

「一冊丸ごと燃やそうと思ったわけじゃない。一ページだけよ」ゾーイが困惑した顔をしているのを見て、ジャスティンは恐る恐る打ち明けた。「その……呪文に使うつもりだったの。その手順に〝愛の言葉が書かれた羊皮紙を燃やす〟っていうのがあるのよ。だから、ロマンス小説なら代用できるかと思って……」

「誰におまじないをかけるの？」

「自分……」

ゾーイの表情を見て、これは宗教裁判が始まりそうだとジャスティンは察した。「ほら、朝食の用意があるんでしょう？」あわてて言った。「わたしはお客様にコーヒーを出さなくちゃ」

「コーヒーはもう少しあとでも大丈夫よ」ゾーイがきっぱりと言う。

ジャスティンはため息をついて、椅子の背にもたれかかった。自分のほうが我が強くて相手に指図したがると世間では思われているが、実はゾーイのほうが意見を通すことが多い。ただ、いつも声が穏やかなので、あまりめだたないだけだ。

「いつぞやも呪文の話をしていたわよね」ゾーイが言った。「それに、わたしがアレックスとうまくいかなかったとき、彼に呪いをかけるとか言ってたっけ。あのときは、わたしを元気づけるために冗談を言ってるんだと思っていたけれど、最近、冗談ではなかったんじゃないかという気がしているの」

そうよ、わたしはいつでも真剣よ。

自分がキリスト教徒でもユダヤ教徒でもなく、自然崇拝の多神教を信仰する親に育てられたことは隠していない。だが、はっきりとは言ってこなかったこともある。それは自分が母のマリゴールドと同じく、生来の魔女だということだ。

ひと口に魔女といっても、伝統派、折衷派、一神教派、ガードナー派、ゴシック派、ウィッカなどさまざまある。そのなかでも口伝派《ファミリートラディション》は何百年も前から続いてきた珍しい派閥で、生まれながらにして魔術が使える魔女、つまり遺伝子に魔力が刻まれた魔女のことをさす。

ジャスティンは子供のころ、そのファミリートラディションの魔女として教育された。その類のお祭りやキャンプや講義に連れていかれ、学校の予定などおかまいなく、母が思いたったときに次の土地へ引っ越した。オレゴン州に一年住み、次はサンフランシスコ州サクラメントで多神教信者のコミュニティに滞在し、それからニューメキシコ州やアラスカ州やコロラド州を数カ月ごとに点々とするといった具合だ。あまりに多すぎて、どこへ行ったのか全部は思いだせないほどだ。だが、サンファン島にだけは何度も滞在したため、ジャスティンにとってはここがいちばん故郷に近い場所となった。

母は足跡や、雲の形や、蜘蛛の通り道や、月の色を見て、引っ越しの時期を決めた。たとえばガラスのキャンドルホルダーに剣で突き刺されたハート形の煤《すす》がついていたら、それは次の土地へ行けというしるしだというわけだ。

いつごろからそんな放浪生活をいやだと感じるようになったのかは思いだせない。記憶が定かではないが、一五分で荷物をまとめろと命じられることに、あるときから反感を覚えるようになった。母はいつもこう言った。〝知らない町へ行くのってわくわくするわ。わたしたちは鳥のように自由なのよ。ただ、翼がないだけ〟。だがジャスティンは、コマドリやムクドリだってわたしよりは長くひとつの巣にいるはずよ、と思ったものだった。

父のリーアムが生きていたら状況は違ったのかもしれない。だが、父はジャスティンが赤ん坊のころに亡くなった。母は父の話をほとんどしない。いくらか聞いたところによると、父は果樹園を所有し、林檎と梨とサクランボを栽培していたらしい。母が秋分節のお祝いのために林檎を買い求めたのがきっかけで、ふたりは出会った。父は髪が目に垂れてこないように、まっ赤なバンダナを額に巻いていた。その父が林檎の皮をむいたとき、切れ目なくむけた長い皮が地面に落ち、それが母のイニシャルの形になったという。

母はそれをしるしだと受けとり、ふたりはすぐに結婚した。それから一年と少しで父は他界した。雷雨のように、短いながらも激しく愛しあった結婚生活だった。父が亡くなると、母は父のものをすべて処分した。写真も、結婚指輪も、愛用のポケットナイフやギターもだ。果樹園は売却した。リーアム・ホフマンがこの世に存在した唯一の証は、ひとり娘のジャスティンだけだった。ジャスティンは父親譲りの黒っぽい色の髪と目をしており、母によれば笑った顔がよく似ているらしい。

ジャスティンが父の話をしてくれとせがむと、母はいつも首を振り、こう言った。〝愛する人が死んでしまうと、その人との思い出はすべて心の奥底にある秘密の箱にしまいこまれてしまうものなの。もう思いだしても大丈夫だと感じられるまで、その箱は開かないのよ〟と。やがて、母にそんな日は来ないのだとジャスティンは悟った。母が亡き夫のことで忘れまいとしているのは、誰かを愛するというのは不幸以外の何物でもないということだけだ。リーアム・ホフマンという男性を愛したばかりに、春のそよ風も、ギターの音色も、林檎の味もつらいものでしかなくなってしまったのだから。

今にして思えば、あれほどしょっちゅう引っ越しを繰り返していたのは、ひとところにとどまるのが怖かったからかもしれない。長く滞在すれば、ふと誰かを愛してしまうかもしれず、その人との絆が強まれば、それから逃げることができなくなる。

だけど、わたしは母とは違う。誰かを愛したい。

「ねえ、この件は忘れてくれない？」ジャスティンは疲れた目をこすりながらゾーイに言った。「あなたは呪文なんて信じないもの。それを説明しても、わたしがばかみたいに見えるだけだわ」

「わたしが信じるかどうかはどうでもいいの。問題はあなたが信じているかどうかよ」ゾーイがなだめるような口調になった。「ねえ、話してちょうだい。自分にどんな呪文をかけるつもりだったの？」

ジャスティンは顔をしかめ、もごもごと答えた。

「え、何？」ゾーイが尋ねる。

ジャスティンは、今度ははっきりと答えた。「愛の呪文よ」そして、ちらちらとゾーイを見た。あきれているか、おかしくてしかたがないという顔をしているのではないかと思ったからだ。だが、ゾーイはただ心配そうな顔でこちらを見ていた。

「ドゥエインと別れたから？」ゾーイが穏やかに尋ねた。

「そういうわけじゃないの。ただ、なんというか……ああ、自分でもよくわからないのよ。ルーシーはサムとうまくやっているし、あなたはアレックスと婚約したというのに、わたしは……恋愛をした経験さえない」

「世の中には出会いが遅い人もいるわ」ゾーイが言った。「あなたはわたしよりひとつ若いんだもの。もしかしたら来年の今ごろは――」

「出会いのあるなしじゃないの。問題は、わたしが男の人を愛せないということなのよ」

「どうしてそう思うの？」

「わかるの」

「でも、あなたは愛情に満ちあふれているわ」

「友情という意味ではね。でも、恋愛となると……。それがどういう感情なのか、わたしにはわからない。まるでほら貝を耳にあて、大海原とはどんなものか想像するようなものよ」

ジャスティンはゾーイが手にしているロマンス小説を悲しげに見た。「その本でいちばんお気に入りなのはどんな場面？　わたしが呪文に使いたいと言ったら、どのあたりがおすすめかしら？」

ゾーイが首を振り、ぺらぺらとページをめくった。「きっとばかみたいだと思うわよ」

「そんなことないわ」ジャスティンは答えた。

そのページは自然に開いた。繰り返し読んでいる証拠だ。ゾーイが頬を赤らめ、ジャスティンに本を渡した。「声に出して読むのはやめてね」

「唇さえ動かさないから」ジャスティンはそのページを読みはじめた。ゾーイは小麦粉や砂糖を計量し、ボウルに入れていった。


「きみはぼくにとって……」彼はささやいた。「ソロモン王の秘宝であり、地図にない幻の帝国だ。ぼくが唯一戻りたいと思う故郷であり、旅したいと思う土地であり、手に入れたいと思う宝なんだよ。エキゾティックなのに懐かしく、刺激的なのに慰められる。良心の源であり、甘い誘惑だ」

それから数ページにもわたり、こちらが恥ずかしくなるほどロマンティックな愛の言葉が続いた。ジャスティンはもっと読みたくなった。「本当にこんな感じなの？　たしかにあなたとアレックスは愛しあっているけれど、こんなふうには思わないんじゃないの？」

ゾーイがうっすらと頬を染めた。「現実のほうがもっといいわ。ドラマティックな瞬間だけじゃなく、日々、ささいなところで愛情を感じられるから。ちょっと頬に触れてきたり、うとうとしていたら毛布をかけてくれたり、歯医者の予約を忘れないよう冷蔵庫にメモを貼ってくれたりとか……。熱い一夜より、そういうことで愛情は深まるような気がするわ」

ジャスティンはじろりとゾーイを見た。「まったく、癪にさわるわ」

ゾーイがにっこり笑った。「あなたにもいつかそういう日が来るわよ。そのうちに、きっといい人にめぐりあうわ」

「もうめぐりあっているのに、気がつかなくて逃しちゃったのかも」

ゾーイが顔を曇らせた。「そんなふうに思っていたの？　だっていつも、男の人を愛せるかどうかなんてどうでもいいという顔をしてたじゃない」

「自分をだまそうとしていたのよ。実際、恋愛なんかできなくてもかまわないと思えるときもあったわ」ジャスティンはテーブルに突っ伏した。「ねえ」くぐもった声で尋ねる。「アレックスと恋愛しなければ、あと一〇年長生きできるとしたら、どうする？」

ゾーイがためらうことなく答えた。「それなら長生きしなくてもいいわ」

「どうして？」

「それは……あなたがまだ見たことのない色を説明するようで難しいわね。言葉じゃうまく言えないんだけど、アレックスと恋愛してみて初めて、ああ、生きているってこういうことかと思えるようになったという感じかしら」

ジャスティンは黙りこんだ。涙がこみあげそうになる。

「大丈夫よ。きっといつかすごい恋愛ができるから」ゾーイが慰めた。

無理だわ、とジャスティンは思った。少なくともこのままでは何も変わらない。

ひとつの考えが頭に浮かんでいた。それがばかげていて、危険なことだというのはわかっている。だから、そのことはなるべく考えまいとした。

だけど、あのグリモワールなら……という思いがあった。ベッドの下に保管してあるグリモワールが自分を呼んでいるような気さえした。

それはこう言っていた。〝余が力になってしんぜよう。余にかかれば、汝の願いはかなうだろう〟と。

2

ジャスティンは朝食の食器をさげながら、宿泊客に声をかけていった。今朝はカナダからの老夫婦と、ワイオミング州からの新婚旅行のふたり連れ、そしてアリゾナ州からの四人家族が滞在している。

家族客のふたりの男の子は、まだゾーイお手製のパンプキンパンケーキをむさぼるように食べていた。年の差は二歳ほどで、暴れだす直前の竜巻のような子供たちだ。

「おいしい？」ジャスティンはふたりに尋ねた。

「うん」兄が答えた。

弟もパンケーキを口いっぱいに頬ばったまま言う。「シロップの味が変！」

弟のほうはパンケーキが浮かぶほど大量にシロップをかけていた。髪が汗で額に張りついている。

ジャスティンはほほえんだ。「それはたぶん、本物のメープルシロップだからよ。お店で売っているシロップはだいたいたいがコーンシロップに香りづけをしたもので、メープルシロップは入ってないの」

「そっちのほうがおいしいや」弟がまだ口をもぐもぐさせながら答える。

「こら、ハドスン、お行儀が悪いわよ」母親は息子をしかり、申し訳なさそうにジャスティンを見た。「ごめんなさいね」

「いいえ、ちっとも」ジャスティンは母親の前のあいている皿を手で示した。「もうおさげしてもよろしいですか？」

「ええ。ごちそうさま」母親が息子たちのほうを見た。ジャスティンは皿やグラスを片づけた。

携帯電話で話をしていた父親が、せわしげにジャスティンのほうへ顔を向けた。「ぼくのもういい。紅茶を頼む。急いでくれ。そろそろ行かなきゃいけないんだ」

「かしこまりました」ジャスティンは愛想よく答えた。「よろしければ、テイクアウト用の紙コップでお持ちしましょうか？」

父親は短くうなずき、電話の会話に戻った。

ジャスティンが皿を持ってキッチンへ戻ろうとすると、ダイニングルームに若い女性が入ってきた。

「ホテルの方ですか？」黒い細身のスーツに、ミドルヒールのパンプスをはき、赤みがかったブラウンの髪を完璧なボブカットにしている。整った顔だちをしており、ブルーの目が輝いていた。身につけているアクセサリーは上質な金のネックレスだけだ。その姿だけを見ているとイギリスの上流階級のアクセントでしゃべりそうな気がするが、実際はウエストヴァージニア州あたりの粘っこい訛りのある話し方をした。「チェックインをしたいのですが、フロントにどなたもいらっしゃらなかったものですから」

「申し訳ありません」ジャスティンはわびた。「今朝はスタッフがひとりお休みしているもので、ちょっと手が足りなくて……。ご予約のご一行様の方ですか？」

女性がおもむろにうなずいた。「〈イナリ・エンタープライズ〉のプリシラ・ファイヴアッシュです」

ジャスティンはその名前を覚えていた。〈イナリ・エンタープライズ〉の有名なゲームクリエイターであるジェイソン・ブラックの秘書で、今日は一行に先んじてチェックインをする予定になっていた。「すみません、一〇分ほどお待ちいただけませんか。よろしければ、そのあいだにコーヒーでもいかがです？」

「結構です」プリシラ・ファイヴアッシュは愛想がよいとは言いがたかった。打ち解けるつもりはまったくないらしい。「どこか電話をかけられる静かな場所はありますか？」

「オフィスをどうぞお使いください。鍵はかかっていませんから」

「ありがとう」

家族連れの父親がいらだたしげにジャスティンをせかした。「早く紅茶を頼む」

「すぐにお持ちしますわ」そう言いつつも、ジャスティンはダイニングルームの戸口で足をとめ、その秘書に声をかけた。「ファイヴアッシュというのは珍しい姓ですね。イギリスかアイルランドあたりのご出身なの？」

「イギリスだと聞いています。今はもう存在しないんですけど、その昔、五本のトネリコの木《ファイヴ・アッシュ・ツリー》のまわりにできた村があったらしくて」

魔女の一族にありそうな姓だとジャスティンは思った。トネリコは楢《なら》に負けず劣らず特別な力を持っているし、五本は五芒星《ごぼうせい》と数字が一致する。もう少し質問したい誘惑に駆られたが、それ以上は尋ねず、そのままキッチンへ向かった。

その直後、ダイニングルームからただならぬ声や物音が聞こえた。母親の叫び声、食器のぶつかる騒々しい音、椅子が倒れたような音。ジャスティンは大急ぎでダイニングルームへ戻り、抱えていた皿を近くのテーブルに置いた。

家族連れの弟のほうがパンケーキを喉につまらせたらしい。白目をむき、喉をかきむしり、パニックに陥っている。母親が必死に背中をたたいていたものの、効果はなかった。

すると、プリシラが駆け寄ってきて少年を背後から抱きかかえ、片手で拳をつくり、少年の腹を上向きに強く圧迫した。さらに三度それを繰り返したが、喉のつまりは解消されなかった。少年は血の気を失い、唇をぴくぴくと震わせはじめる。

「何をするの！」母親が叫んだ。「痛がってるじゃないの！」

「応急処置だ」父親は一喝し、両手を握りしめてプリシラをにらみつけた。「あんた、ちゃんとやり方を知ってるのか？」

プリシラはそれには答えず、厳しい表情でジャスティンを見あげた。「だめ。かなりの量がつまっているみたい」

「救急車を呼んでちょうだい」ジャスティンは頼んだ。

プリシラは近くにあった自分のバッグから大急ぎで携帯電話をとりだした。そのあいだにジャスティンは苦しそうにしている少年の背中にまわり、プリシラと同じ応急処置を二度ばかり施したあと、小声でつぶやいた。「空気の精よ、この童《わらわ》に息をさせよ。どうか願いをかなえたまえ《ソー・モート・イット・ビー》」

一瞬で喉につまった異物が消え、少年はもがくのをやめ、ぜいぜいと息をしはじめた。両親が息子を抱きしめる。母親の目には感謝の涙が浮かんでいた。

ジャスティンはポニーテールからほつれた髪をかきあげ、鼓動を落ち着かせようと、ひとつ大きく息を吐いた。

そのとき、視界にプリシラの黒い革のパンプスが視界に入った。ジャスティンはプリシラを見あげ、弱々しい笑みを浮かべた。ほっとしたせいで体から力が抜けていた。

ムーンストーンのようなブルーの目がじっとこちらを見おろした。「あなた、おもしろいやり方で喉のつまりを直すのね」

騒動がおさまったあと、ジャスティンは小さなオフィスでプリシラと打ちあわせをはじめた。ホテル〈アーティスト・ポイント〉は今日から五日間、貸し切りになる。滞在するのは〈イナリ・エンタープライズ〉のゲームソフト開発チーム六名だ。空き室がいくつも出ることになるが、その分の室料もすでに支払われていた。

「ジェイソンはプライバシーを大切にしているの」プリシラが説明した。

それを聞いてもジャスティンはまったく驚かなかった。大ヒットとなったファンタジーゲーム・シリーズを世に送りだしたジェイソン・ブラックは、絶対に正体を現さないことで知られている。宣伝イベントにも顔を出さないし、マスコミの取材も受けない。たまに、写真は撮らず、個人的な情報はいっさい報道しないという条件つきで、書面での取材に応じるだけだ。

現にジャスティンとゾーイ、それに掃除などを手伝ってくれるふたりのスタッフは、秘密保持契約書に署名させられた。つまり、ジェイソン・ブラックについて誰かにしゃべるのは法的に禁じられたということだ。おそらく彼がはいている靴下の色をもらしただけで裁判沙汰になるだろう。

試しにインターネットで検索をかけたところ、会社や実績についての情報は山ほど出てきたが、ジェイソン・ブラックに関してはいくつかの事実がわかっただけだった。彼はカリフォルニアで育ち、サッカー奨学生として南カリフォルニア大学に入学した。大学二年生のなかばで休学し、何を思ったのか知らないが、カリフォルニアにあるロス・パドレス国立森林公園の近くにある禅寺に入った。それからの二年あまりについては情報がまったくない。結局、大学に復学はせず、ソフトウェア会社に入社し、ゲーム開発部門で成功をおさめた。その後、〈イナリ・エンタープライズ〉でゲーム部門の責任者となり、毎回、多額の売り上げを記録しているファンタジーゲーム・シリーズを開発してきた。

私生活については、女性関係の噂はいくらかあったようだが、婚約や結婚はしていない。インターネット上にはジェイソン・ブラックとおぼしき写真が数枚出ている。車に乗りおりしているところと、誰かをパーティか何かへエスコートしているような写真で、どれも顔はそむけている。よほど写真を撮られるのがいやなのだろう。それに画質が粗い。

「どうして彼はそんなに公の場に出るのが嫌いなの？」

「何を尋ねてくれてもかまわないけれど、お答えはできないわ」

「すてきな人？」

「ハンサムすぎて、ご自身のためにはならないくらいよ」プリシラが暗い顔で答えた。

ジャスティンは眉をつりあげた。「彼と親しい関係なの？」

プリシラが鼻で笑った。「いいえ。わたしには仕事のほうが大事なの。それを失うようなリスクは冒さないわ。それに、だいたい彼とわたしでは合わないもの」

「どうして？」

プリシラは指を一本ずつ折りながら理由をあげていった。「彼はすべてを自分のやり方で通すのが好きなの。それに、わたしは彼に心を開いていない」ブリーフケースからタブレットとファイルをとりだした。「ジェイソンの宿泊に関する依頼リストよ。一緒に確認してちょうだい」

「それなら先日メールをもらったから、もうすべて整えてあるわ」

「更新されているのよ」

ジェイソン・ブラックの要求はこうだった。客室は二階の西向き。室温は二〇度。ベッドはキングサイズ。シーツは柔らかい高級品。枕はグースダウンで羽軸の入っていないもの。毎朝、冷たい天然水のボトル二本とスムージー一杯をルームサービス。バスタオルは白いものを一日に二枚。石鹼とシャンプーは無香料。LEDタイプの卓上スタンド。無線LAN環境。部屋に飾る花は白色。ナイトテーブルにフォームタイプの耳栓。果物はワックスの塗られていないオーガニックのもの。紙媒体の新聞や雑誌は不要。毎晩九時に、冷たいウォッカ（銘柄ストリチナヤ）二杯をルームサービス。

「どうして二杯なの？」ジャスティンは尋ねた。

プリシラが肩をすくめた。「いちいち理由を尋ねたりしないから知らないわ。そんなことをきけば不機嫌になるし、どうせ答えてはくれないから」

「いいことを聞いた。覚えておくわ」ジャスティンはリストに目を戻した。「どれも大丈夫よ。ただ、お部屋に飾る白い花のことなんだけど、どんなものがいいかしら。デイジーとか、リリーとか？」

「お任せするわ。ただ、香りの強くないものにしてちょうだい」

「もうひとつ。ご存じのように、当ホテルの客室はそれぞれ決まった画家をイメージした装飾と内装になっているの。二階の西向きはふた部屋あって、ひとつはロイ・リキテンスタイン、もうひとつはグスタフ・クリムトなんだけど、ミスター・ブラックはどちらがお好みかしら？」

プリシラは赤みがかったブラウンの髪を耳にかけた。「どちらもわたしには難しい病気の名前にしか聞こえないわ。アールデコとアールヌーヴォーの区別もつかないくらい芸術にはうといの。少し解説してくださる？」

その素直な態度がジャスティンは気に入った。「ロイ・リキテンスタインはアメリカのポップアーティストよ。新聞に連載されている漫画のような作品を描く人なの。吹きだしにせりふが書かれているものもあるわ。テクニックが独特で、感情というよりは皮肉を表現していると言える。グスタフ・クリムトの作品はそれとはまったく違って、はるかに官能的よ。一九世紀のオーストリアの画家で、いわゆるアールヌーヴォーというやつね。その曲線美は日本の版画の影響を受けているわ。代表作は《接吻《せっぷん》》という絵で、お部屋に複製画が飾ってある。こんなところかしら。で、ミスター・ブラックはどちらがお好きそう？」

プリシラは顔をしかめている。

ジャスティンは辛抱強く返事を待った。

「グスタフ・クリムトかしら」プリシラはようやく答え、警戒するように目を細めた。「余計な詮索は無用よ」

「秘密保持契約書に署名したんだから安心してちょうだい。それに心配しなくても、わたしは口がかたいから」

「そうみたいね」プリシラは意味ありげに言い、まっすぐジャスティンを見た。「ねえ、〝空気の精〟って何？」

呪文を聞いていたのね。ジャスティンはそう思ったが、なんでもなさそうに答えた。「四代元素の精霊のひとりよ。ほかに火の精、土の精、水の精がいるわ」

「あなた、自然崇拝者なの?」

ジャスティンはほほえんだ。「そうね、植物が話を聞いてくれると思ったことはあるかも。あなたの宗教は?」

「エンジェルズ・オン・ファイア・ミニストリーを信仰する家庭で育ったの」

「聞いたことがないわね」

「禁欲と黙示録を説く宗教よ。うちの教会の司祭は、恐竜の化石は悪魔が人間をだますため地に埋めたものだと言っていたわ」プリシラがうんざりしたようにつけ加えた。「わたし、一五歳までに二度も悪魔払いを受けたの」

「それはまたどうして?」

「ロックミュージックを聴いたから」

「二度とも?」

「一度じゃ悪魔を追い払えなかったのよ」プリシラのバッグのなかで携帯電話が鳴った。「ちょっと失礼」彼女は携帯電話をとりだし、画面を見た。「返信しなきゃいけないメールが何通かあるの」

「ここでどうぞ。わたしはあなたのお部屋を用意してくるから」

「ありがとう。すべての部屋の準備が整ったら、わたしが一括してルームキーを管理してもいいかしら？」

「かまわないわ。ただ、いつもならお客様がいらしたら、わたしがお部屋へご案内するんだけど……」

「それはわたしに任せて。ジェイソンは世間話が嫌いだから」

「わかったわ。じゃあ、みなさんが到着されたとき、わたしは奥に引っこんでるわね」

「ありがとう」プリシラはメールの返信を打ちはじめた。「ところで、わたしの部屋はなんという画家なの？」顔もあげずにきく。

「エドガー・ドガよ」ジャスティンは答えた。「フランスの印象派の画家で、バレエを扱った作品が多いわ。それほど広くはないけれど、いちばんかわいらしいお部屋よ。白いレースがたっぷり使われていて、ピンク色の薔薇が飾られていて、クリスタルのシャンデリアがあるの」

プリシラはメールを打つ手をとめなかった。「どうしてわたしが乙女チックな部屋を好むだろうなんて思ったわけ？」

「あなたのタブレットの背景画像を見たから」ジャスティンはからかうように両眉をつりあげた。「ピアノの上に子猫たちが並んでちょこんと座っている写真だったでしょう。まさかと思ったわよ」

プリシラがばつの悪そうな顔をしたのを見て、ジャスティンは静かに笑った。「安心して。誰にもしゃべらないから」

3

その日の午後、ジャスティンはキッチンの椅子に座り、ゾーイが冷蔵庫とパントリーの在庫確認をしているそばで、ミントティーを飲んでいた。

「明日の朝食に何か足りないものはない？」ジャスティンは尋ねた。「客室の掃除が終わったから、お使いに行くわよ」

「大丈夫、いるものは全部そろってるわ」ゾーイはそう言うと、卵のパックを持ってきた。「ねえ、ちょっと見て。いつもの農場で買ったものなんだけど、あそこ、アローカナ種の鶏を入れたみたいよ」

白色や茶色の卵にまじって、薄い青緑色の卵が三つ入っている。

「まあ、きれい！」ジャスティンは言った。「ねえ、うちでも鶏を飼いましょうよ」

「だめ」

「卵代が浮くじゃない」

「鶏は鳴き声がうるさいし、においもするわ。それに鶏小屋までつくっていたら、卵代よりはるかに高くつくわよ」

「一羽でいいの。ペットみたいなものだから」ジャスティンはくいさがった。

「一羽じゃ寂しくてかわいそうじゃない」

「だったら二羽。名前はテルマとルイーズ《〈テルマ＆ルイーズ〉》（米映画のタイトル）に決まりね」

「だめ」ゾーイは穏やかな口調だが、きっぱりと却下した。「そうじゃなくてもあなたはホテルの仕事が忙しくて、お庭の手入れさえままならないんじゃなかったの？　それに、わたしがアレックスとつきあう前に、なんと忠告してくれたか覚えてる？　同じ言葉を返してあげる。今のあなたに必要なのは、ペットじゃなくて恋人だと思うわ」

ジャスティンはテーブルに突っ伏した。「それは無理よ」悲しい声で言い、ミントの香りがするため息をつく。「どうせドゥエインと同じような別れ方をすることになるもの。決めた、わたしはもう男なしで生きることにしたわ。どうせなら、いっそのこと修道女にでもなろうかしら」

「キリスト教徒でもないくせに」

「宗旨替えをするわ」ジャスティンは顔もあげずにそう言ったが、あることに気づいてため息をついた。「でも、そしたら修道衣を着て、頭に布きれをかぶらないといけないのね」

「布きれじゃなくて頭巾よ」ゾーイが修正した。「それどころか修道院で暮らすのよ。女の人しかいなくて、毎日、庭仕事をするはめになるんだから」

それくらいなら母の魔女団《カヴン》にでも入ったほうがましかしら、とジャスティンは思った。

母のマリゴールドは〈水晶窟《クリスタルコーヴ》カヴン〉の一員であり、娘がそこに入会することを望んでいる。ほかの会員たちは、みな、いわば親戚のようなものだ。ジャスティンは彼女たちのことを子供のころからよく知っているし、慕ってもいる。それでも仲間に入りたいとは思わなかった。ときおり呪文を使ったり、秘薬を煎じたりするのは好きだが、だからといって魔女修行に専念する気にはなれない。

ところが、そのせいで母の怒りを買い、もう四年以上も不仲が続いている。まだ当分、関係改善は見こめそうになかった。その代わり、カヴンのローズマリーとセイジがジャスティンを支えてくれた。ジャスティンにとってはゾーイに次いで家族のような存在だ。ふたりは大釜《コールドロン》島の灯台で暮らしている。セイジの亡夫が、そこで灯台守をしていたのだ。

ホテルの玄関から人の話し声と、スーツケースのキャスターが転がる音が聞こえ、ジャスティンは顔をあげた。

「ご一行様がいらしたみたいね」ゾーイが言った。「わたしも一緒にご挨拶に行くわ」

「それがね、行っちゃだめなのよ。プリシラがみなさんを客室へ案内してくれるわ。鍵を渡してあるから」

「お客様を歓迎しないの？」ゾーイが戸惑ったように言う。

ジャスティンはうなずいた。「ミスター・ブラックはすべてにおいてビジネスライクなのがお好きみたいよ。ホテル側の人間と挨拶を交わし、握手をして、ちょっと世間話をするなんてことにわずらわされたくないらしいの。ほかのみなさんは朝食をとりにダイニングルームへおりてくるけれど、ミスター・ブラックは午前六時にスムージーのルームサービスをご所望よ。そういえば、プリシラがあなたの携帯電話にスムージーの材料をメールで送ると言ってたっけ」

ゾーイは調理台に置いてあった携帯電話をとりあげ、メールを確認した。「ええ、来ているわ」驚いた顔で、まじまじとメールを見る。「何かの間違いじゃないかしら」

「どうしたの？」

「ほうれん草、プロテインパウダー、ピーナッツバター、豆乳……。もっとあるんだけど、あなた、聞いているだけで胸焼けがしてきたでしょう？」

ゾーイがあきれた顔をしているのを見て、ジャスティンは笑った。「はやりの〝グリーンモンスター〟というやつね。そういえば、ドゥエインがよくそんなのを飲んでいたわ」

「沼の水みたいにどろどろのものができそう」

「できるだけ健康的で、なるべくまずいのがお好みなんじゃないの？」

「まあ、いいんだけど」ゾーイは携帯電話の画面を見たまま、鼻にしわを寄せた。「ほら、ミスター・ブラックはアレックスが仕事でかかわる人だから、チャンスがあればご挨拶しておこうと思ったんだけど、なんだか会いたくなくなってきたかも」

「その仕事がうまくいったら、アレックスは大金持ちよ。そしたら自分の子供にジェイソンの名前をもらいたくなるわよ」

ジェイソン・ブラックがサンファアン島を訪れた目的は、アレックスが所有しているドリームレイクに面した土地の視察だ。アレックスはそこを住宅地として開発する目的で購入した。

住宅市場が暴落したせいで資金繰りがうまくいかなくなったが、それでも彼は土地を手放さなかった。

そんな折り、ある不動産仲介業者が、その土地を買いたいと接触してきた。どうやらジェイソン・ブラックは、そこにイノベーションとインスピレーションをもたらす研修センターを建てるつもりらしい。数棟の建物から成る大きな施設で、環境にやさしい設計にすることを望んでいる。アレックスは環境性能評価システム《LEED》認定プロフェッショナルの資格を持っているので、環境とエネルギーに関する厳しい建築基準に応じることができる。そのため今回ふたりが行う交渉には、土地の売買だけではなく、アレックスが施工主になるかどうかの話しあいも含まれた。

アレックスのために、そして何よりゾーイのためにも、ジャスティンはその交渉がうまくいくことを願っていた。ゾーイは最愛の祖母を亡くすなど、いろいろとつらい思いをしてきた。そろそろ、つきに恵まれてもいいころだ。

それに、この取り引きには個人的な興味もあった。この夏、ジャスティンはその土地のそばにある小さな物件を購入した。昔は別荘として使われていたものだが、長いあいだほうっておかれていたせいでかなり傷んでいた。ゾーイは認知症の祖母と一緒に、そこに住みたがっていた。そこで少しでも力になれればと思い、その家を買いとって改築し、賃料は求めず、ゾーイに貸していたのだ。

もし、アレックスが所有している土地に高級感あふれる研修センターが建つことになれば、それに隣接しているジャスティンの物件も価値があがるかもしれない。みんなが得をするというわけだ。

「ミスター・ブラックはいい人に違いないって、わたし、アレックスに言ったのに」ゾーイがこぼした。「だって、スタッフのために研修センターをつくろうなんて発想がすばらしいと思ったの」

ジャスティンはほほえんだ。「で、アレックスはなんと？」

「高尚とかそういうことじゃなく、ただの節税対策だって。それでもまだわたしは、そんなに意地悪な目で見るものじゃないわとたしなめたんだから」

ジャスティンは笑った。「ミスター・ブラックにもどこかしらいいところがあるかもよ。まあ、可能性は低そうだけど」ミントティーの残りを飲み干すと、椅子から立ちあがり、カップを食洗機に入れに行った。「ラウンジにワインとスナックを持っていっておくわ」

「そんなの、わたしがするわよ。あなた、今日は忙しかったんだから。客室のお掃除だって、アネットしかお手伝いがいなかったし。ニタは風邪でもひいたの？　明日は来てくれるかしら？」

「そういうわけにはいかなそうよ」ジャスティンは笑顔になった。「さっき、携帯にメールが来たの。彼女、つわりだって」

「おめでたなの？　まあ、すてき！　ベビーシャワー（ベビー用品をプレゼントするパーティ）を開かなくちゃね。ニタのつわりがおさまるまで、誰かほかにお手伝いをお願いする？」

「ううん。そろそろ観光シーズンは終わりだもの、これからは客足が減るわ。ニタの分はわたしがカバーできると思う」ジャスティンはため息をついた。「恋人もいなくて、どうせ暇だし」

「お部屋へ戻って、しばらく休んだら？ さし入れをあげるから」ゾーイはパントリーへ行き、プラスティックの容器をとりだした。クランベリー入りのアイスボックスクッキー、バターたっぷりのショートブレッド、もちもちとした丸い黒糖パン、自家製のマリオンベリージャムを挟んだマカロンなど、昨日ティータイムのとき、宿泊客に出したお菓子が入っている。それがいくらかでも残っていることにジャスティンは驚いた。ゾーイの焼いたお菓子はたまらなくおいしい。だから客たちはなんのためらいもなく、ハンドバッグやポケットに入れて持ち帰ってしまうのだ。あるときなど、男性が野球帽にピーナッツバターのクッキーを五つ、六つ、ほうりこんでいたこともある。

ジャスティンはこれで命が助かるとばかりに、まるで移植用の臓器が入っているケースを持つように、そのプラスティック容器を抱えこんだ。「クッキーにはどんなワインが合うの？」

ゾーイが冷蔵庫を開け、白ワインのボトルを出した。「飲みすぎちゃだめよ。夜にはミスター・ブラックの部屋にウォッカを届けるんでしょう？」

「きっとプリシラが運ぶわよ。でも念のため、ワインはそこそこにしておくわ」

ゾーイが心配そうに顔をしかめた。「恋愛なんてしなくてもいいと思っているみたいだけど、あきらめちゃだめよ。希望が持てないときほど積極的にならなきゃ」

「わかってるわ」ジャスティンはゾーイを抱きしめ、キッチンの裏口から外へ出た。

ハーブガーデンの脇を通り、裏庭にあるこぢんまりとした田舎風の家へ向かった。その昔、ある作家が隠れ家として使っていたものだ。寝室がふた部屋しかないその家を、今はジャスティンが自宅として使用していた。

「鶏小屋を作る場所くらい、いくらでもあるわよ」ゾーイには聞こえないとわかっていながらも、ジャスティンは声に出して言ってみた。

のんびりとした午後だった。すでに日は傾いている。マドロナの木の赤っぽい枝のあいだから木もれ日が斜めに落ち、榛《はん》の木の穂になった花が金色に染まっている。ハーブガーデンの花壇からは、動物よけのフェンスを通して、つんとした香りが漂ってきた。

この丘の上にあるホテルの建物は、かつては個人の大邸宅だった。ジャスティンはひと目でその建物が気に入り、安く手に入れた。そして自分で壁を塗装し、装飾品を飾り、各部屋をゴッホやダヴィンチなどの画家にちなんだ客室に変えたのだ。そうしていると自分だけの世界をつくりあげているような気分になった。お客様がゆったりとくつろぎ、おいしいものを食べ、夜はゆっくりと眠れる、静かで落ち着いた温かみのある場所だ。

子供のころは各地を転々としていたことを思えば、ここを故郷だと感じられる今の暮らしには心から満足している。島の人々はほとんどが顔見知りだと言ってもいいし、毎日が楽しいことばかりだ。友人は多いし、ホテルを誇りに感じているし、松や羊歯《しだ》に覆われた森を歩いていると、この島が大好きだと思える。夕焼けが海ににじむフライデーハーバーの景色も気に入っていた。これ以上、何を望むことがあるだろう。

玄関に着いたとき、フェンスの前で茶色い野ウサギがものほしそうにハーブを見ているのに気づき、思わずにっこり笑った。「ごめんね、ウサちゃん。でもあなた、去年の六月にこのパセリを食べちゃったでしょう。もう、だめなの」

ドアノブに手をかけたとき、誰かに見られているような気がした。

肩越しにうしろを見たが、誰もいなかった。

ふと、ホテルの二階の窓に目が行った。細身の男性の人影が見える。それが誰だかは、すぐに察しがついた。

その人影は、獲物をねらう捕食動物のようにまったく身動きしなかった。ゾーイがくれた白ワインのボトルがよく冷えているせいで、それを握る手が水滴で濡れる。ジャスティンは首を振り、見られているような感覚を無理やり頭から追い払い、顔をそむけた。野ウサギがさっと身を翻して逃げていく。

ジャスティンは家のなかに入り、スカイブルーに塗装された玄関ドアを閉めた。家具はどれもいい感じに古びており、何度も塗り直されたせいで、塗料のはげたところが日光を受けて光って見える。ソファは古典的な花柄の布で覆われ、木の床にはピンクとベージュを使った古いラグマットが敷かれていた。

ジャスティンは小さな円テーブルに白ワインとお菓子を置き、寝室へ入った。床に座りこみ、ベッドの下から魔術の奥義書《グリモワール》を引っ張りだして膝にのせる。そして、ゆっくりとひとつ息を吐いた。

わたし、どうしちゃったのかしら？

こんなに激しく胸がうずくのは初めての経験だ。

心を落ち着かせようとグリモワールを包んでいる布を開くと、心躍る香りがたちのぼった。蜂蜜の甘さと、ハーブの青っぽさと、古いラベンダーのかびくささと、蝋燭の煙のにおいがまじったような香りだ。布は端がほつれ、指形のしみがついている。それがはらりと広がり、革装丁で、ページの端が切りそろえられていない書物が出てきた。革がブラックプラムのようにつややかだ。表紙には時計の文字盤の細工が施され、その中心に銅製の小さな鍵穴があった。

背表紙に刻まれた『トリオデキャッド』という文字を指でたどった。これは〝一三〟という意味だ。このグリモワールは二〇〇年以上も前につくられた書物で、さまざまな呪文や儀式や秘儀が記されている。

一般的にグリモワールはその所有者が亡くなると燃やされる。だがこの『トリオデキャッド』のように、それができないほど強力なグリモワールもあった。そういう数少ないグリモワールは、代々受け継がれることになる。それほどのグリモワールになると、書物そのものが意志を持ち、所有者のもとを離れるのを拒むため、ほかの人間が盗むというのは不可能だ。たとえそれができたとしても、鍵がなければ絶対に開くことはできない。

〝一三ページは絶対に見てはだめよ〟このグリモワールをくれたとき、母はそう言った。

〝何が書いてあるの？〟

〝それはね、見る人によって違うの。その人の願いをかなえる方法が書かれているのよ〟

〝それなのに見ちゃだめなの？〟

〝たとえ願いがかなっても、決していいことばかりじゃないから〟母は言った。〝一三ページの教えはただひとつ。何を願うかは慎重に考えなさいということよ〟

それを聞いたジャスティンは、たしなめるような気分でグリモワールを見おろし、軽く揺すった。あなた、わたしに意地悪なんてしないわよね？

そのとき、グリモワールの表紙がかすかに笑ったような気がした。

今、ジャスティンはうしろめたい気分で、そのグリモワールを見おろしていた。これからしようとしているのが、いけないことだというのはわかっている。だけど、誰かを傷つけるわけではない。それに何か特別なことをお願いするわけでもない。ただ男性を愛せるようになりたいと望むのが、それほど悪いことだろうか？

余計なことはしないほうがいいというのはわかっている。

もちろん、今の人生がそれなりに満足できるものなら、何もしないに越したことはないだろう。だけど、自分の場合は違う。それに何かしなければ、この人生は絶対に変わらない。

ジャスティンはいつも首からぶらさげている銅製の鍵をTシャツの下から引っ張りだすと、前かがみになり、グリモワールの鍵を開けた。『トリオデキャッド』がもぞもぞと動いて表紙が勝手に開き、上質の羊皮紙とインクの香りが漂った。ぱらぱらとページがめくれ、挿し絵のさまざまな色がまざりあって見える。ヒマワリの黄色、孔雀の青色、バラの赤色、煤の黒色、エメラルドの緑色……。

背表紙がしなり、一三ページが開いた。そのページだけはまっ白だった。だが、ジャスティンが息を凝らしてじっと見ていると、シャンパンの泡のように文字がばらばらに浮かびあがり、やがてまとまった文章となった。彼女は激しい動悸を感じながら、それを凝視した。

一行目には、こう書かれていた。

禁忌《ゲッシュ》を解く方法

詳しくはわからないが、ゲッシュとは魔術によってかけられた一生続く呪いだと聞いている。それを解くのは難しく、危険なことであり、場合によってはもとの呪いよりも悲惨な結果になることがあるらしい。運が悪ければ、さらなる不幸を背負って生きるはめになる。

「そんな……」ジャスティンは愕然とした。「じゃあ、どうしろっていうの？」

『トリオデキャッド』の一三ページが、こっちを見てというように、ひらひらと揺れた。ジャスティンはだんだん、これが答えなんだという気がしてきた。

頭のなかで、さまざまな声が〝これが答えだ〟と言っているのが聞こえた。

「わたしはずっと呪われていたということ？」息がつまるような静けさのなか、彼女は自問した。「そんなことありえない」

だが、現実にはそれが起こっていたのだ。

ゲッシュの内容はすぐに思いついた。誰かがわたしに、生涯、孤独であれと呪いをかけたのだ。だけど、いったい誰が？　それほどの仕打ちを受けるようなことをした覚えはない。あまりにむごすぎる。

さまざまな感情があふれだし、胸が張り裂けそうになった。ジャスティンは震えながら、呼吸を落ち着け、しばらくじっとしていた。やがて激しいショックが煮えたぎる怒りに変わった。

一生続く呪いをかけるには、卓越した技術と、はかり知れない力がいる。わたしに呪いをかけた相手は、おそらく自分の能力の一部を永久に失っているだろう。そういう代償があるからこそ、ゲッシュは施すほうも慎重にならざるをえないのだ。

それほどの犠牲を払って呪いをかけたということは、わたしを心の底から憎んでいるということだろう。

だけど、ゲッシュは解く方法がないわけではない。それがなんであれ、呪いをかけられれば、それに対抗する手段はある。それならば、なんとしてもその呪縛から逃れてみせるわ。

4

この禁忌《ゲッシュ》を解くためならなんでもする、とジャスティンは思った。たとえ危険が伴ってもかまわない。あとはなるようになれだ。こんなのはあまりにひどすぎる。ここ何年も心から願っていたものが、実は絶対にかなわないことだったなんて。どれほど求めようが、どれほど夢見ようが、すでに運命は決まっていたなんて。

いったい誰がこんなことをしたのか突きとめてみせる。その相手に呪いをそのまま返上し、そして……。

涙がこみあげ、復讐したいと思う気力が失せた。両手できつく目を押さえる。頭がずきずき痛む。鎮痛剤をのんだところで、どうにもならないような痛みだ。一瞬、母に電話しようかと思った。だが、母とは四年も仲違いをしたままだ。それに、どうせ母は同情などしてくれないし、このゲッシュについて何か知っていたとしても、決して教えてはくれないだろう。

世の中には無条件に子供を愛する母親もいる。だが母のマリゴールドは、これは特別に貴重なものだとでもいうようにジャスティンに愛を与え、娘が意のままにならないと、容赦なくそれを奪いとった。一般的な教育には興味がなかったため、あれやこれやと難癖をつけ、娘が大学に進むのを阻もうとした。ジャスティンがホテルのフロント係の職につくと、その仕事をからかったり批判したりもした。そんなふたりのあいだに決定的な亀裂が入ったのは、ジャスティンがホテル経営にのりだしたときだった。

〝あなたには本当に我慢がならないわ〟マリゴールドが怒って言った。〝あなたが人よりすぐれていることなんてひとつしかないんだから、それに打ちこめばいいじゃない。ホテルの経営なんて、毎日、トイレの掃除をしたり、汚れたシーツを替えたり、結局は家事と同じよ。そんなことをするのが夢だとでも言うつもり？〟

〝期待にこたえられれば、わたしもお母さんも楽なんでしょうけど〟ジャスティンは答えた。〝でも、わたしはどっちの世界にも属せないの。魔女にはなりきれないし、だからといって普通の人間というわけでもない。だけど、その中間にいるのは気に入っているわ。それに、ホテルに関して言えば、おもてなしをするのは好きだし、掃除なんて苦にならない。何より自分の居場所がほしいのよ。もう二度と引っ越ししなくてもすむように〟

〝あなたがどうしたいかなんて、この際、問題じゃないの〟マリゴールドが言い返した。〝うちの魔女団《カヴン》は西海岸ではいちばん古くて由緒正しいのよ。それなのに、あなたが入信しないから、いまだに一二人のままだわ。一三人になるのがどれほど重要か、そんなこともわからないの？〟

もちろん、ジャスティンにはわかっていた。カヴンは一三人になると、ひとりひとりの能力を足したよりも強い力を発揮することができる。だからこそ、自分の気持ちを優先させてカヴンに加わらないことを、みんなに申し訳なく思ってもいた。だがその一方で、自分はどれほど努力してもほかの魔女たちのようにはなれないことも自覚していた。一生、劣等感にさいなまれながら生きるのはいやだ。

〝これ以上、魔術を覚えたいという気になれないの〟ジャスティンは言い訳を口にした。〝今、知っているので充分よ〟

マリゴールドは軽蔑に満ちた目で娘をにらみつけた。〝瓶や水晶を使った魔術が少しできるようになったくらいで満足なの？　子供の誕生日会で余興ができれば、それでいいというわけね〟

〝あら、ほかに風船で動物もつくれるわよ〟ジャスティンはそう言い、母がくすりとでも笑いはしないかと期待した。

だが、マリゴールドは冷ややかだった。〝魔女の血筋に生まれていながら入信しないなんて、聞いたこともないわ。カヴンに入らないとわかっていたら、あなたなんて産まなかったのに〟

仲直りをするのは不可能だった。マリゴールドは、娘が思いつくどんな生き方よりも、自分が誘導する人生のほうがはるかにすばらしいと信じこんでいた。一方、ジャスティンは、どう生きるかは個人の自由だと主張してきたが、このときようやく気がついた。それを理解してくれるような母親なら、そもそも娘の人生を意のままにしようなどとは思わなかったということに。

どいらないと思っているのだ。

もうひとつ、わかったことがある。母は、自分が望むような娘でなければ、いっそ子供な
そんな母娘《おやこ》関係のせいで、ジャスティンは中途半端に魔術とかかわるようになった。だが本質的に魔術というのは、きちんときわめるか、あるいはいっさい手を染めないか、どちらかにすべきものだ。道楽で魔術を行おうとするのは、ちょっとだけ妊娠しようとするのと同じくらいありえない。

ジャスティンはもう一度、『トリオデキャッド』の一三ページに浮かびあがった魔術の説明を読んだ。もし正しく読めているのなら、この魔術の儀式は午前〇時に合わせて、欠けゆく月の下で行わなくてはいけないらしい。これは理解できる。何かを追い払ったり、解放したり、反転させたりするのにいちばんいいタイミングは、新月になる直前だ。ゲッシュほど強力な呪いを解くには、こういう事柄は大事にしたほうがいい。

ジャスティンは窓際にあるアンティークの机へ行くと、パソコンを開き、インターネットで月相を調べた。

運よく、今日は新月の一日前だった。今夜を逃せば、次のチャンスまで一カ月も待たなくてはいけない。そんなに長いあいだ我慢できるとは思えなかった。全身の細胞が、何か行動を起こせと叫んでいる。まるで今にも軌道からはずれて宇宙に飛びだしそうな彗星《すいせい》になった気分だ。

本当はローズマリーとセイジに電話をかけて、相談したほうがいいのだろう。だが、どう

説得されるに決まっているし、そうではなくとも、とりあえずしばらく待つように説得されるのは目に見えている。今は誰の言葉にも耳を貸したくはない。たとえ、それがまともな忠告だとしてもだ。このゲッシュは、なんとしても今夜じゅうに解いてしまいたい。

それから『トリオデキャッド』を隅から隅まで丹念に読み、ゲッシュを解く魔術について勉強した。やると決めたからには、儀式を正確に執り行う必要がある。魔術にはさまざまな要素が絡み、そのどれひとつにも間違いがあってはいけないからだ。呪文の発音が正しくなかったり、文言の一部を言い忘れたり、集中力に欠けたり、必要な道具や材料の質が悪かったりすると、魔術がきかない。それどころか、まったく望まない結果になったり、違う人にかかってしまったりすることもある。蜜蝋ではなくパラフィンでできた蝋燭を使ってしまったというささいなミスでさえ、悲劇的な結果をもたらすかもしれないのだ。

すっかり自分の世界に入りこんでいたため、携帯電話の着信音が鳴ったときはびくっとした。ジャスティンは携帯電話をつかみ、誰からの電話か確認した。

「あら、プリシラ」ジャスティンは電話に出た。「うまくいってる?」

「ええ、大丈夫よ。みんな、いったん部屋に落ち着いたあと、〈ダウンリガーズ〉へ食事に行ったわ。もう、ほとんどの人は帰ってきたけれど。電話をしたのは、あと一五分でジェイソンの部屋にウォッカを持っていく時間だということを忘れていないかどうか確かめるためよ」

「あら」ジャスティンは自分のTシャツとジーンズを見おろした。今朝、客室の掃除をしたときのままの服装なので、アンモニア水と床用ワックスのにおいがする。それに、ジーンズはくたびれているし、ポニーテールに結った髪も乱れていた。「それもあなたがするのかと思っていたわ」

「いいえ。ジェイソンはあなたをご指名なの」

ジャスティンは相手に聞こえないようにため息をついた。「わかったわ」

「九時ぴったりにお願いね」プリシラが言った。「彼は待たされるのが嫌いだから」

「任せてちょうだい。じゃあね」

ジャスティンは通話を切り、バスルームに駆けこむと、大あわてで服を脱ぎ、シャワーを浴びた。急ぎはしたけれど、しっかり体を洗ったあと、タオルでごしごしと髪をふく。

それからクローゼットをあさり、ノースリーブのニットのワンピースと、白いフラットサンダルを見つけた。手早くそれらを身につけ、髪をうしろでひとつに結ぶ。そして、さっとリップクリームを塗り、まつげにマスカラを塗った。

小さな庭を抜けるとき、思いきって二階の窓を見あげてみたが、人影はなかった。ジャスティンは認めた。わたしはジェイソン・ブラックに興味を持っている。これほど私生活を厳格に管理したがるなんて、いったいどんな人なのかしら。

ホテルの裏口からキッチンに入り、冷蔵庫からご指定の銘柄であるストリチナヤのボトルをとりだした。そのよく冷えたウォッカをふたつのショットグラスに注ぐと、それを縁の高い銀色のトレイに置き、まわりに砕いた氷を敷きつめる。そして酒がこぼれないように気をつけながら、トレイを二階へ運んだ。

ホテルのなかはいつになく静かで、ときおりそっと引きだしを開け閉めする音や、携帯電話のくぐもった着信音が聞こえる程度だった。〈クリムトの間〉に近づくと、室内から男性の声が聞こえた。電話で誰かと話しているらしい。こんなときにノックしてもいいのだろうか？　会話の邪魔はしたくない。だが、もう九時だ。ジャスティンは愛想のよい表情を顔に張りつけ、そっとドアをノックした。

足音が近づいてきた。

ドアが開いた。そこに現れた男性の第一印象があまりに強烈だったため、ジャスティンは頭がくらくらした。真夜中を思わせる瞳、険しい顔つき、悩ましく乱れた短い黒髪。男性は彼女に部屋へ入るよう手で示し、一瞬だけ携帯電話の送話口をふさいだ。

「待っていてくれ」その目がまっすぐにこちらを見る。

ほんの一秒ほどのことだったが、ジャスティンは衝撃を受け、よろめきそうになった。瞳の色が糖蜜のように濃いうえに、眼光が鋭く、何を考えているのか表情が読めない。まるで悪魔の目のようだ。

ジャスティンは思わずうなずき、なんとかウォッカをこぼすことなくトレイをテーブルに置いた。どぎまぎしていたせいで気づかなかったが、ジェイソン・ブラックは電話の相手と日本語で会話をしていた。落ち着いた低い声で、愁いを帯びている。

どうしていいかわからず、しかたがないので窓辺へ寄り、外の景色に目をやった。黒いプラムのような空に、白くて細い月がまるで爪痕のように浮かんでいる。魔術を施すにはうってつけの夜だ。

ジャスティンが振り返ると、ジェイソン・ブラックが会話をしながら、ゆっくりと部屋のなかを行ったり来たりしていた。背が高く、身のこなしがアスリートのように優雅だ。まっ白なボタンダウンのシャツとカーキ色のズボンで隠されているが、おそらく筋肉質の体をしているのだろう。彼がテーブルの上にかがみこみ、メモ帳に何か書きつけた。手首につけたスイスアーミーの腕時計が光を反射した。

肌は琥珀色で、頬骨が高い。目尻のしわは、忙しい日々と睡眠不足の表れだろう。口もとの表情はかたいが、唇は柔らかそうでセクシーだ。

「すまなかった」ジェイソンが電話を切り、ジャスティンに近づいた。「東京とは一六時間の時差があるから、もう一本、今日のうちに電話をしておきたかったんだ」

その態度はくつろいでいるように見えたが、それでもジャスティンは逃げだしたい衝動に駆られた。危険な香りをかぎとったからだ。薄いガラス板一枚を挟んで、虎と向きあっているような気分だった。

「ちっともかまいません。ストリチナヤをお持ちしました」彼女は言った。

「ありがとう」ジェイソンがこちらを見つめたまま片手をのばした。「ジェイソンだ」

「ジャスティン・ホフマンです」手をさしだすと、指のあたりをしっかりと握られ、肘のあたりまで熱くなった。「このお部屋はいかがですか？」

「気に入っている。ただ……」ジェイソンは手を離した。「ひとつ尋ねたいことがあってね」テーブルにある胡蝶蘭《こちょうらん》の植木鉢のほうへ顎をしゃくった。枝が二本あり、それぞれにまっ白な花がいくつもついている。「ぼくは〝白い花〟としか希望を伝えなかったのに、どうしてまたこれを――」

「お気に召しませんでした？　すみません。明日の朝いちばんに別の花ととり替えて――」

「その必要はない。ただ――」

「いいえ、ちっとも手間じゃありませんから――」

「ジャスティン」ジェイソンが片手をあげ、ジャスティンを制した。「胡蝶蘭は好きだ。ただ、どうしてこれを選んだのかききたいだけだよ」

「切り花より、生きているお花のほうがいいんじゃないかと思ったんです。それに胡蝶蘭ならクリムトの作風に合いますから」

「たしかに。清潔そうで、優雅で……」ひと呼吸、間があった。「それに、なまめかしい」

ジャスティンはその言葉をどう解釈していいかわからず、曖昧な笑みを浮かべた。「ほかに何もなければ、これで失礼します」

「用事でもあるのかい？」

彼女は戸惑い、ジェイソンの顔を見た。「別にそういうわけでは……」

「だったら、もう少しいなさい」

ジャスティンは目をしばたたいた。「世間話はお嫌いだとうかがいましたけれど」

「ぼくが話したいのだから、世間話という範疇にはあてはまらない」

彼女はさしさわりのない笑みを顔に張りつけた。「でも、お疲れでしょう」

「そんなのはいつものことさ」ジェイソンは椅子の背をつかみ、片手でやすやすとベッドのそばに移動させた。そして、自分はベッドに腰をおろすと、その椅子を手でさし示した。

「かけたまえ」

また命令口調だ。ジャスティンはそれをおかしいと思うと同時に、いささかいらだちも覚えた。彼は他人に命令をくだすことに慣れきっているタイプのようだ。どうしてわたしと話などしたいのだろう。アレックスとゾーイの情報でも引きだし、ドリームレイクの土地売買に関する交渉を有利に導きたいとでも考えているだろうか。

「じゃあ、少しだけ」ジャスティンは椅子に腰かけた。「今日は長い一日でしたから」膝を合わせ、太ももに両手を置いて相手を見る。

ジェイソンは陰のある美しい顔をしており、自信にあふれていた。生きている人間というよりは、物語の登場人物のようだ。年齢は三〇歳を少し過ぎたくらいだろうか。まるで防弾チョッキのように、何物にも惑わされないという雰囲気を身につけている。〝ハンサムすぎて、ご自身のためにならないくらいよ〟とプリシラは言ったが、この容貌はご自身どころか、誰にとってもいいことにはならないだろう。

「どうして、このホテルをお選びになったんですか」ジャスティンは思いきって尋ねた。「あなたなら豪華なヨットを借りきって、港に停泊させておくこともできたでしょうに。シアトルの高級ホテルのペントハウスに泊まり、必要なときだけ飛行機でこちらに来るという手もあったはずです」

「豪華なヨットなどに興味はない。それにこのホテルは、プロジェクトの交渉をしながら休暇を過ごすのにちょうどよさそうだ」

それを聞いて、ジャスティンは笑った。「休暇ではないでしょう」

ジェイソンが片眉をつりあげる。「どうしてそう思う？」

「休暇というのは仕事など何ひとつせず、必要もない写真を撮り、夜ふかしを楽しみ、たっぷりと食べ、ぐっすり眠ることです」

「そんな時間の過ごし方は……」彼が言葉を探した。「おぞましいな」

「ゆっくりするのがお好きではないみたいですね」ジャスティンは尋ねるというより、断定的に言った。

「どういう意味だ？」

「ときにはお休みをとり、ご自分の来し方を振り返って、満足されることもいいものですよ」

「満足できるような来し方などない」

「大企業で責任のある役職についていらっしゃるし、億万長者なのに？」

「事業が成功したのは、何もぼくだけの力ではない」ジェイソンが淡々と答えた。「いいチームと幸運に恵まれたからだ」ショットグラスをとりあげ、もうひとつ残っている銀色のトレイをジャスティンのほうへ押しやる。「飲みたまえ」

彼女は目をしばたたいた。「それって、一緒に飲もうと誘ってらっしゃるの?」

「そうだ」

ジャスティンはどう反応していいかわからず苦笑した。

ジェイソンが眉をひそめる。「何がおかしい?」

「だって、誰かを誘うのに命令ばかりするのは変でしょう? 〝かけたまえ〟とか〝飲みたまえ〟とか……」

「だったら、どう言ってほしいんだ?」

「たとえば、〝よかったら、きみも一杯どうだ?〟とか?」

「そんなことを言ったら、断られるかもしれないじゃないか」

「誰かに何かを断られたことはないんですか?」ジャスティンはそう尋ね、たぶん、そんな経験はないのだろうと考えた。

「そういうことがあってもおかしくはないと思っている」

「本当かしら。とにかく、わたしは命令されることには慣れていないんです。わたしを誘いたいのなら、それなりの言葉でおっしゃってください」

ジェイソンはしばらくまっすぐに彼女を見ていたが、やがて口を開いた。「よかったら、きみも一杯どうだ?」

ジャスティンはどきっとし、頬が熱くなった。「ええ、喜んで」そう言ってグラスに手をのばす。「いつもはおひとりで二杯飲まれるんですか?」

「一杯で疲れがほぐれるときもある。それでも眠れないときは二杯目に手を出す」

「ハーブティーとか、熱いお風呂を試されたことは?」

「ありとあらゆることを試したさ。睡眠導入剤も、音楽も。ゴルフの本を読んでみたこともある。羊を数えだすと、羊のほうが先に寝てしまうくらいだ」

「不眠症はいつから?」

「生まれたときからだ」唇の端に、かすかに愉快そうな表情を浮かべた。「だが、不眠症にもいいところはある。オンラインのスクラブル・ゲームで優勝したし、きれいな朝焼けを楽しめるからね」

「今夜は眠れるかも。この島は、とりわけ夜は静かですから」

「そう願うよ」眠れるわけがないと思っているような口調だった。不眠症の原因は、ただ音が気になるというような簡単なことではないのだろう。

ジャスティンはショットグラスを鼻に近づけ、そっとにおいをかいでみた。刈りとられたばかりの干し草のような、かすかな甘い香りがした。「ウォッカをストレートで飲んだことがないんです」試しになめてみると、舌先が熱くなった。「まあ、舌が焼けそうだわ」

「ちびちび飲むんじゃない。ひと口でグラスを空けるんだ」

「無理です」

「できるさ。息を吐きだし、くいっと飲んで、一〇秒か一五秒ほど待ってから息を吸うといい。そうすると喉が焼けるような感覚にはならないから」ジェイソンは手本を示すように、一気にウォッカを飲んだ。喉もとがごくりと動く。その肌はなめらかで、日に焼けていた。

ジャスティンは無理やり目を伏せ、自分のショットグラスをじっと見た。「できるかしら」そうつぶやき、息を吐きだした。ウォッカを飲み干し、息をとめておこうとする。だが、肺がぴくぴくと痙攣し、こらえきれずに息を吸いこんだ。その瞬間、後悔した。喉を空気が通り、焼けつくような痛みを覚えたからだ。息がつまり、涙がこみあげてきた。

「息を吸うのが早いんだよ」ジェイソンが言った。

ジャスティンは咳きこみながら笑いだし、ようやく返事をした。「あなたと違って、わたしはそんなに長く、酸素なしじゃ我慢できないんです」首を振り、目の下の涙をぬぐう。

「どうしてウォッカなんですか。ワインだったら飲みやすいのに」

「ウォッカのほうが、ききめが早い。ワインでは酔いを感じるのに時間がかかりすぎる」

「なるほど」彼女は言った。「ワインなんか水みたいなもので、酒とすら言えないというわけですね。そんなものをこれまで飲みつづけてきた自分がばかみたいだわ」

あてこすりなど聞こえなかったとでもいうように、ジェイソンは話しつづけた。「それに食事をするときは、ウォッカのほうが味覚がさえる」

「本当に？　どうして？」

「エチルアルコールが溶剤として働き、舌に残った香料をとかすんだ。だからウォッカを口にしたあとに料理を食べると、その香りが強く感じられ、長く続くことになる」

ジャスティンは興味を覚えた。「ぜひ、試してみたいわ」

「スパイスや塩気の強い食べ物には、とくによくきくぞ。キャビアとか、スモークサーモンとか」

「残念ながらキャビアはないけれど、食べるものなら何かしらありますよ」ジャスティンはジェイソンの顔を見た。相変わらず表情は読めなかった。「きっと、ここで電話でもかけていて、みなさんと一緒にレストランへ行ったりはしなかったんでしょう？」

「ああ、そうだ」彼が認めた。

「おなかがすいているんじゃない？」

ジェイソンは即答しなかった。「まあ、少しは」ようやく答えた。

こんなに警戒心の強い人は見たことがない、とジャスティンは思った。のんびりと何かを楽しむことなどあるのだろうか。いや、そんな姿は想像もできない。この人はどんな声で笑うのだろう。

「ねえ」思わず尋ねた。「最後にがつがつと食べたのはいつ？」

「さあ。覚えがないな」

「キッチンにいらっしゃいな。わたしもおなかがすいているから、一緒に何か食べましょう。それに、わたしが二杯目のウォッカを飲んじゃったから、一杯、お返ししなくちゃ」

驚いたことに、ジェイソンは同意した。おそらく本人も、そんな自分にびっくりしているだろう。

5

ジェイソンは傷ついた木製のテーブルにつき、キッチンのなかを見まわした。なかなかの広さがある。戸棚は塗装され、壁紙はレトロなサクランボ柄で、カウンターはソープストーンだ。大きなパントリーがあり、パンや焼き菓子用の材料が入った大きなガラス瓶がいくつも置かれ、缶詰が三、四列奥まで並んでいる。

ジャスティンが野菜のピクルスが入った大きなガラス瓶をいくつか選び、テーブルに運んだ。そして冷蔵庫からウォッカをとりだし、ふたつのショットグラスとともにジェイソンの前に置いた。「注いでちょうだい」そう言うと、今度はバゲットを薄くスライスしはじめた。ジェイソンは言われたとおりにウォッカをグラスに注ぎ、すぐにまた彼女に視線を戻した。

まだ知りあって間がないというのに、もうくだけた口調で話しかけてくる。こんな相手は初めてだ。ジャスティンにそんなことができるのは、ぼくが寛容な態度をとっているからであり、その気になればいつでも黙らせられるということには気づいていないのだろう。だが本音を言えば、彼女にはとても興味を覚えている。こんな気持ちになったのは久しぶりだ。ジャスティン・ホフマンはきれいな女性だ。すらりとした体つきに、黒っぽい長い髪、きめの細かい肌、細面の顔。そして、しゃべるときには身ぶりが大きい。もし彼女の前に黒板があったとしたら、その手の動きによって、もう何度も文字が消されているだろう。いつもならこういうタイプの女性にはいらだちを覚えそうなものなのに、そういう感情はなかった。それに、何をしようが彼女の勢いはとめられないような気がした。

身辺調査をした結果、無茶をしない人間だということはわかっている。母子家庭で育っているが、まっすぐに成長したらしく、学校を中退したり、アルコールや薬物に溺れたりすることはなかった。クレジットカードで問題を起こしたこともない。男性関係は少なく、過去にふたりばかり恋人がいたものの、どちらとも一年足らずで別れている。逮捕歴も、健康上の問題もなく、何かの依存症にも陥っていない。過去に一度、駐車違反の切符を切られたことがある程度だ。つまり、ジャスティンを誘惑したり、金銭で釣ったり、脅迫したりという手は通じないということだ。

だが、誰にでも何かしら隠しごとはある。それに、人間は自分にないものを求めるものだ。彼女が何を隠しているかはわかっている。ただ、何を求めているのかは不明だ。

ジャスティンがテーブルのそばに寄り、仕切りのある大きな皿に料理を盛りつけた。「ベジタリアンなんでしょう?」

「それで通せるときにはそうしている」

「禅寺にいたせいでそうなったの?」

「禅寺のことをどうして知っている?」

「ウィキペディアにそう書かれていたわ」

ジェイソンは顔をしかめた。「再三、削除依頼を出しているんだが、先方が応じてくれないんだ。個人情報を遵守しようなどという気はさらさらないらしい」

「このごろは一般人だって個人情報を守るのは難しいわ。ましてや、あなたのような人ならなおさらよ」ジャスティンは包み紙を開いて三角形のチーズをとりだし、薄くスライスしはじめた。「ベジタリアンになったのは宗教上の理由からなの？　来世で鶏になるのが怖いとか？」

「いいや。ただ、禅寺での食事が気に入っただけだ」

ジャスティンはゆで卵を持つ手をとめた。「もしかして、卵や乳製品もだめ？」

「いや、大丈夫。それに魚も食べる」

インゲン豆とカリフラワーのピクルス、塩をまぶしたアーモンド、柔らかそうなスペイン産のオリーブ、光沢のあるピンク色をした自家製の塩漬けサーモン、直売所で買った新鮮な卵を使ったゆで卵、スライスしたマンチェゴチーズ、乳脂肪の多い濃厚なブリーチーズ、大きな干しイチジクなどが、皿の上に並べられた。それにスライスしたバゲットとローズマリークラッカーが添えられている。

「さあ、召しあがれ《ボナペティ》」ジャスティンはフランス語でそう言うと、ジェイソンの隣に座った。

ジャスティンは一緒にいて楽しい相手だった。愛嬌があり、よく笑う。顔だちはすっきりと整い、目は黒っぽく、唇は柔らかそうな桜色だ。だがおもしろいことに、どういうわけか色気に欠けていた。薄い氷に包まれたようなよそよそしさがあるせいだ。その生娘のようなかたさを、どうにかして突き崩したいという気分にさせられる。

「なぜ朝食付きのホテルなど始めようという気になったんだ？」ジェイソンはバターを塗ったクラッカーに、ラディッシュのスライスをのせた。「きみのような若い女性がやりたがるようなことじゃないだろうに」

「そうかしら」

「ここでの生活は穏やかすぎる。人口が七〇〇〇人ばかりの島に閉じこもっていたら退屈じゃないのか？」

「全然。子供のころは各地を転々としていたわ。母ひとり子ひとりだったんだけど、その母がひとところに落ち着いていられない性格なのよ。でも、わたしは慣れ親しんだものに囲まれているのが好き。毎日顔を合わせる友人とか、いつもの枕とか、自分で手入れしているハーブガーデンとか、愛用のマウンテンバイクとか。いつも同じ道を走ったり、同じ浜辺を散歩したりしていると、ちょっとした変化もわかるようになるわ。そんなふうに、この島とつながりを感じられるのがうれしいの」

「わかるよ」

「本当？」

「ああ。日本には、人が住む土地を選ぶのではなく、その土地が人間を選ぶのだという考え方がある」

「あなたはどこの土地に選ばれたの？」

「まだどこにも」生涯そういうことはないだろう、とジェイソンは思った。サンフランシスコ湾のそばにコンドミニアム、ニューヨークにアパートメント、タホ湖沿いに山荘を所有しているが、そこへ行っても〝帰ってきた〟という感覚はない。

ジャスティンが何か考えているような顔でこちらを見た。「どうして禅寺になんて入ったの？」

「ある問いに答えがほしかったからさ」

「その答えは得られた？」

ジェイソンはかすかな笑みを浮かべた。「得られたが、またいくつもの問いが出てきた」

「禅寺を出たあとは、どうしていたの？」

彼はからかうように両眉をつりあげた。「ウィキペディアには書かれていないのか？」

「そのころの二年間はまったくの空白になっているわ。いったい何をしていたの？」

ジェイソンは答えるのをためらった。長いあいだ個人情報を隠しつづけてきたせいで、いざ話そうと思っても迷いが生じる。

「わたしは秘密保持契約書に署名したのよ。あなたがすべてを打ち明けたところで、それをどこかでしゃべったりなんかしないわ」

「契約を破ったら、どんな罰則が待ってるんだ？」彼は尋ねた。「刑務所行きか？　それとも違約金か？」

「知らないの？　だって、そっちが出してきた契約書なのよ」

「細則は三種類あるんだ。プリシラはどれをきみに渡したんだろうと思ってね」

ジャスティンは肩をすくめ、にっこり笑った。「細則なんて読まないことにしているの。どうせろくなことは書かれていないから」

ジェイソンは思わず笑みを浮かべた。まさか彼女からこんな不意打ちをくらうとは思わなかった。このような気分になったのは初めてだ。油断しているとジャスティンの何かに引っかかって転びそうになり、つんのめった拍子に、どう言い表せばいいのかわからないような感情が飛びだしそうになる。彼は慎重にウォッカのグラスをつかみ、いつものようにひと口で飲み干した。

ジャスティンが顔を傾け、じっとこちらを見た。「どうしてゲームソフトの仕事をするようになったの？」

「学生のころ、ゲームテスターのアルバイトをしたり、二次元のゲームソフトをつくったりしていたんだ。そんなころ友人の知りあいがゲーム会社をつくり、ぼくが設計とプログラミングを担当することになった。やがて〈イナリ・エンタープライズ〉に引き抜かれ、ゲーム部門をたちあげたというわけさ」

「いきさつはわかったけれど、その説明じゃ理由が伝わってこないわ」ジャスティンが言った。「ゲーム制作のどういうところがおもしろいの？」

「負けず嫌いな気持ちを刺激されるところかな」ジェイソンは本音を語った。「よくできたゲームの美的センスには心を引かれるし、ゲームの世界を創造したり、困難な設定や落とし穴を考えたりするのも好きだ」そこで言葉を切った。「ゲームはするのか？」

ジャスティンが首を振った。「わたしには合わないの。ふたつばかり試してみたけれど、どちらも複雑すぎて難しかったし、それに暴力的だった。性差別があるものも嫌いよ」

「ぼくが制作するゲームには、売春やレイプや、女性に対する差別用語は出さない」

彼女が疑わしそうな顔をした。「《天駆ける反逆者》って、あなたがつくったんでしょう？コマーシャルを見たけれど、女性の登場人物はほとんど宇宙売春婦みたいな格好をしているじゃない。完全武装した兵士と戦うのに、どうしてレザーのミニスカートを身につけたり、ヒールが一〇センチ以上もあるブーツをはいたりする必要があるの？」

たしかにジャスティンの言うとおりだ。「一〇代の男は、そういうのが好きだからな」ジエイソンは非を認めた。

「やっぱり、そういうことね」

「でも、どんな服装をしていようが、《天駆ける反逆者》に出てくる女性の登場人物は、男どもに負けないくらい強いぞ」

「強いか弱いかだけじゃなくて、見た目や口調にも性差別は表れるわ」

「きみは男女同権論者《フェミニスト》なのか？」

「男性と同じように敬意を持って接してほしいと思っているかということなら、ええ、わたしはフェミニストよ。でも、いつでも世間に対して怒っているような女性たちとは違うわ」

「ぼくならレザーのミニスカートとヒールが一〇センチのブーツで戦えと言われたら、間違いなく怒るぞ」

ジャスティンは声をあげて笑い、それぞれのグラスにウォッカを注いだ。そして自分のウォッカをほんの少し飲み、オリーブをかじった。彼女がふっくらとした実を口に挟み、唇をすぼめたのを見て、ジェイソンは体が熱くなった。

「〝真実か挑戦か《トゥルース・オア・デア》〟で遊んだことはある?」ジャスティンがオリーブの種を脇に置いた。

「せいぜい高校生のころまでだったな」彼は答えた。「あまり楽しかった記憶はないね」

「わたしもよ。でも、ちょっとだけやってみない?」

ジェイソンは彼女の顔を見て、真意を探ろうとした。〝トゥルース・オア・デア〟とはパーティゲームの一種だ。質問者が真実か挑戦か《トゥルース・オア・デア》と尋ね、回答者がどちらかを選ぶ。真実《トゥルース》を選んだ場合は、どんな質問をされても正直に答えなくてはいけない。挑戦《デア》を選んだ場合は、どんな要求をされても、そのとおりに行動しなくてはいけない。それを順番に行っていくという遊びだ。ジャスティンはそのゲームを利用し、ぼくが普段なら決して答えないようなことを言わせようとしているのだろう。だが、それならこっちにも考えがある。「ぼくはデアは選ばないぞ」

「じゃあ、あなたはずっとトゥルースね。禁止事項は……」

「それはなしだ。じゃないと、おもしろくない」

「わかったわ」ジャスティンが苦笑いした。「罰はどうする?」

「負けたら、何かひとつ脱ぐこと」彼女が目を丸くしたのを見て、ジェイソンは愉快になった。

「いいわ」ジャスティンが同意した。「では、わたしから行くわよ。あなたにとって本当の幸せとは何？」

ジェイソンは白い小さな紙ナプキンを手にとり、三角に折ると、爪で折り目をこすった。「そんなものはないと思っている」三角形の端を開き、小さな四角をつくる。「世の中には、丸々ひと箱のドーナツを食べるのが幸せな人間もいる。バスケットボールでレイカーズがスパーズに勝つのが至福だと思うやつもいる。ラテン語の名前がついているような体位でセックスをすると、ある種の神経伝達物質が受容体と結びつき、特別な刺激を得られたと感動する者もいる。でも、そんなのは長続きしない。本当の幸せじゃないんだ」

「あなたって悲観的な人なのね」ジャスティンが笑った。

「さあ、今度はぼくが質問する番だ」ジェイソンはナプキンの端を内側に折り、菱形をつくった。「トゥルース・オア・デア？」

「トゥルースよ」ジャスティンは迷わずに答え、彼の手の動きを興味深そうに見つめた。

「最後につきあった男とは、どうして別れたんだ？」ジェイソンはさらにナプキンの端を内側に折り、また爪で折り目をこすった。

ジャスティンの顔が赤くなる。「それは……なんとなく、うまくいかなくなっただけよ」

「それじゃ答えになっていない。原因はなんだ？」

「これといった理由なしに別れるカップルもいるわ」

ジェイソンはナプキンを折りかけた手をとめ、からかうような目で彼女を見た。「いや、何かしらあるはずだ」

「だったら、わたしがそれに気づいていないのよ」

「違うな。ただ認めたくないだけだ。ほら、きみの負けだ」ジェイソンは促すような目で彼女を見た。

ジャスティンは顔をしかめ、片足をもぞもぞと動かして白い華奢なサンダルを脱ぐと、それを彼の椅子のほうへ押しやった。

きれいな素足だった。指が長く、ラメの入った水色のペディキュアをしている。ジェイソンは思わず見とれた。

「次の質問に行くわよ」ジャスティンにそう言われ、彼はしかたなく顔をあげた。「禅寺を出たあとの二年間はどこにいたの？」

ジェイソンは少しいびつな菱形になったナプキンの先端を丸めるように折りだし、花びらの形にした。「沖縄にいる親戚のところへ行っていた。母が日本人とのハーフなんだ。母方の親戚には会ったことがなかったので、いつか訪ねたいと思っていたのさ。母を身近に感じられるようになるかと思ってね」ジャスティンが何か言うのを待たずに、折りあがったものをさしだす。

彼女はそっと受けとると、驚いて目を見開いた。「リリーね」

「日本語では百合《ゆり》という」ジェイソンはつぶやいた。「風に吹かれて花がゆらゆらと揺れるさまを表して、その名前がついたと言われている。じゃあ、次に行くぞ。トゥルース・オア・デア？」

ジャスティンが不意をつかれたように目をしばたたいた。「トゥルースよ」

「最後につきあった男と別れた原因は？」

彼女があんぐりと口を開ける。「さっきと同じ質問じゃない」

「まだ答えないつもりか？」

「ええ」

「じゃあ、またひとつ何か脱いでくれ」

ジャスティンは怒ったような顔でもう一方のサンダルを脱ぎ、彼のほうへ軽く蹴った。

「ずっとその質問をしつづけるつもり？」

ジェイソンはうなずいた。「きみが答えるか、それとも脱ぐものがなくなるかだ」

「なんでもいいから、ほかにわたしにきいてみたいことはないの？」

「それがないんだよ」彼はいかにも残念そうな顔をしてみせた。「ぼくはひとつのことにこだわるたちなんだ。単細胞なのさ」

ジャスティンがむっとした顔をした。「じゃあ、次の質問よ。あなたが禅寺に入ったのは、ある問いに答えがほしかったからだと言ったわね。で、何がわかったの？」

「それは……」ジェイソンはゆっくりと答えた。「ぼくには魂がないということだ」

6

ジャスティンが驚いてジェイソンを見た。「魂《ソウル》がないって……つまり、ソウルミュージックとかが歌えないってこと？」

「違うよ。それなら普通に〝音楽性がない〟と言うさ。まあ、それも事実なんだけど。そうじゃなくて、文字どおり、ぼくには魂がないんだ」

「だって、魂がなかったら、こんなところでわたしとおしゃべりなんてしていられないでしょう？　つまりは、死んでいるということなんだから」

「魂とはどういうものだと思ってる？」

「心臓を拍動させたり、脳みそを働かせたり、体を動かしたりするものよ」

「実際のところ人体は、およそ一〇〇ワット、つまり電球一個が点灯する程度の熱電エネルギーで動いている」

「聞いたことがあるわ」ジャスティンが言った。「でも、エネルギーの源は魂だと思う」

「違う。魂と体は別物なんだ」

ジャスティンはよくわからないという顔でじっとこちらを見ている。そして、唐突にこう尋ねた。「仏教では魂をどうとらえているの?」

「それを考えるのは無意味だ。仏教では魂すなわち自我について、それにこだわり、死後、天界で幸せになることばかり求めると、現世での真実や永遠といったものが見えなくなると説いている」

「あら。だったら、あなたにはその魂だか自我だかがありそうね」

ジェイソンは黙ったまま無表情で彼女を見た。

「あなたって、本当におもしろい人ね」ジャスティンはそう言ったが、決してほめ言葉には聞こえなかった。

「次はぼくの番だ。質問はわかってるね?」

ジャスティンがいらだちはじめた。「また、別れた理由をきくの?」

「嘘をつくという手もあるぞ」

「そういうのは苦手なの。何かほかのことを質問してちょうだい」

ジェイソンは首を振った。

「だったら、デアにさせて」ジャスティンが悔しそうにつけ加えた。「お願い」

ジェイソンはまた首を振った。彼女の肌がみるみるうちにピンク色になる。

「その程度のことが、どうしてそんなに難しいんだ?」

ジャスティンは立ちあがって近くの戸棚のそばへ行き、ラップフィルムの箱をとりだした。そしていささか乱暴な手つきでラップフィルムを広げ、大皿にかける。「わたしにとっていやな話がかかわっているからよ。だから気が進まないの」

「気が進まないなんてものじゃなさそうだな」ジェイソンはラップフィルムの下へ手を入れ、ひとつ残っていたオリーブの実をつまんだ。「話すに話せないという感じだ」

ジャスティンは大皿をとりあげ、冷蔵庫に突っこんだ。「もう部屋へ戻るわ。明日は朝が早いし、今夜はまだしなくちゃいけないことがあるから」

「何をするんだ？」

「あなたには関係ないことよ」彼女がそっけなく言った。「ほら、もう行ってちょうだい。キッチンの明かりを消すから」

ジェイソンは立ちあがり、ウォッカのボトルとショットグラスを調理台へ運んだ。

「逃げるつもりか？　まだゲームは終わっていないぞ。質問に答えるか、罰を受けるかだ」

「その質問には答えられない。でも、サンダルは脱いでしまったし、ワンピース一枚だから罰を受けることもできない。どっちも無理なの」

彼女がもう解放してほしいと思っているのはジェイソンにもわかっていた。紳士なら、それに応じるべきだろう。

「きみもこのルールに賛成しただろう？」それでも続けた。

「そうよ。でも、ただ楽しいひとときを過ごせて、そのうえお互いのことが少しわかったらいいなと思っただけなの」

「どんな質問をすればよかったんだ？　何がそんなにいやなのか、ますます興味がわいてきた」

「今この瞬間は、あなたのことがいやかも」

ジェイソンは相手につめ寄った。細い首筋の血管が激しく脈打っている。「さあ、答えるか、罰を受けるか」彼はもう一度、静かに言った。

ジャスティンは支えがないと立っていられないとでもいうように調理台に腰を押しつけ、まっすぐ彼を見た。黒っぽい大きな目に、不安と好奇心が渦巻いている。あまりに近くにいるため、体の震えまでもが伝わってきた。

「わたしに触れたら裁判沙汰にするわよ」ぶっきらぼうな口調だ。

「別にワンピースを脱がせようとしているわけじゃない」ジェイソンはゆっくりとそう言い、彼女の首に指を滑らせた。シルクのようになめらかな肌だ。首の下のくぼみに触れると、脈が恐ろしく速かった。

ジャスティンが体をこわばらせ、顔をまっ赤にした。「自分でやるわ」何をされるのか、勝手に見当をつけたらしい。ノースリーブのワンピースの肩口に手を入れ、ブラジャーの白い紐を親指で引っ張りだすと、もぞもぞと体を動かし、手早く腕を抜いた。もう一方の紐も同じようにしたあと、襟ぐりから手を入れてフロントホックをはずし、白いブラジャーを引っ張りだす。

「ほら」挑むような目をして、それをさしだした。「これでゲームは終わり」

ジェイソンは成りゆきでブラジャーを受けとった。指のあいだから肩紐が垂れる。伸縮性のある生地でできていて、まだぬくもりが残っていた。

つい、ワンピースに目をやった。薄いコットンを通して、胸の頂がはっきりと見てとれる。今し方まで柔らかなふくらみを包みこんでいたものを手にしたせいで、よからぬ考えがわき起こった。彼女に触れたい。彼女を愛撫したい。彼女に覆いかぶさり、肌をほてらせて身もだえする姿を見てみたい。体がうずきはじめた。さっさとこの場を立ち去らないと、すぐに見た目にも明らかになってしまうだろう。

ジェイソンはテーブルのほうへ行き、しゃがみこんでサンダルを拾った。ジャスティンに近づき、サンダルとブラジャーの上に折り紙の花をのせて手渡す。

「ぼくはきみの髪をほどこうとしただけさ」それは本当だった。

ジャスティンが頬を紅潮させ、ふくれっ面をする。「おやすみなさい」そう言うと、廊下へ続くドアを指さした。「お部屋までは勝手におひとりでどうぞ」

ジェイソンは思わず笑いだしそうになった。「明日の朝は、きみがスムージーを部屋まで運んでくれるのかい？」

「いいえ、プリシラにお任せするわ」ジャスティンは裏口のそばで立ちどまり、明かりのスイッチに手をのばした。「消すわよ」

「おやすみ」

ジェイソンはおとなしく廊下へ出た。すぐにキッチンの明かりが消え、裏口のドアが閉まる音がした。

ジャスティンのことを考えながら、ゆっくりと二階の客室へ戻った。

実はジャスティン・ホフマンについては、かなりのことを知っていた。これほど情報をつかまれているとわかったら、本人はいい気がしないだろう。基本的な事柄を調べるのは簡単だった。誕生日、過去の居住場所、学歴、経済状況などだ。引っ越しを繰り返し、コミュニティ・カレッジでホテル経営の学位を取得し、〈アーティスト・ポイント〉を無理なく慎重に経営していることがわかった。

だが、そんな事実を並べてみたところで、本質がわかるわけではない。ジャスティンは生気にあふれ、輝きを放ち、冒険心を持ち、それでいて落ち着いている。自分の居場所を見つけ、それを幸せに思っているようだ。

だからといって今の人生に満足しているわけではない。彼女が心から求めているものがなんなのか、それを知りたくてたまらなくなっている。

まさかジャスティンに惹かれてしまうとは思ってもいなかった。こうなると、彼女を利用し、いちばん大切にしているものを奪おうとしていることが申し訳なくなってくる。

とはいえ、こちらも譲ることはできない。魔女と奥義書《グリモワール》と鍵はなんとしても必要なのだから。

ジャスティンは呆然としたまま、ホテルの裏にある自宅へ戻った。体が震えている。どうしてこんなことになってしまったのだろう？　軽い気持ちでゲームに誘っただけなのに、気がつくと際どい状況になっていた。

壁の時計に目をやった。午後一一時四五分だ。

大丈夫。急いで用意をすれば、まだ間に合う。

ひとまずジェイソン・ブラックのことは頭から追い払い、グリモワール『トリオデキャッド』を隠してあるベッドの下をのぞきこんだ。

本当に実行するつもり？

もちろん。自分に禁忌《ゲッシュ》の魔術がかけられているとわかった以上、それを解かなければ落ち着かない。

ジャスティンはクローゼットへ行き、杉の柄がついた箒《ほうき》をとりだした。その箒で反時計まわりに室内をはくと、シナモンの香りがたちのぼった。これは負のエネルギーを追い払う儀式だ。
二、三分、力をこめて掃いたあと、箒をクローゼットに戻し、爪先立ちになって、いちばん上の棚にあるものに手をのばした。そこからおろしたのは、さまざまな石や水晶が入った広口ガラス瓶だ。中央に蝋燭が立てられ、そのまわりに石英、方解石、黄鉄鉱、黒曜石、瑪《め》瑙《のう》、トルコ石などの石が敷きつめられている。蝋燭に火をつけ、瓶を床に置いた。あとは身を守るための魔法円を用意するだけだ。クローゼットから柔らかい麻紐をとりだし、床に大きな円をつくった。
そして、ベッドの下から『トリオデキャッド』を引っ張りだした。グリモワールが熱を帯び、今にも動きだしたそうにしているのがてのひらに伝わってくる。ジャスティンは包んである布を開いて魔法円のまんなかに座り、グリモワールを膝の上に置いた。

首にかけている金のネックレスをつかんで鍵を引っ張りだす。グリモワールの鍵を開けると、すぐに一三ページが開いた。羊皮紙をとんとんとたたきながら、文字が現れるのを待つ。以前は、悲惨な事態になるかもしれないことがわかっていながら魔術を使う人がいるのが不思議だったが、今ならそれが理解できた。ときには、結果のいかんにかかわらず、やらざるをえないときがあるのだ。

ジャスティンは蝋燭の炎に気持ちを集中させた。中央は青くまたたき、周辺は黄色く輝き、てっぺんは白く躍っている。緊張が高まり、口のなかが乾いた。失敗するのが怖いからではない。それどころか、きっと成功するだろうと確信を持っている。そうなれば、すべてがこれまでとはまったく変わることになる。

呪文を唱えた。一度……二度……三度。

だが、手ごたえはなかった。心臓はまだかたく縮こまったままだ。何も変わった様子はない。

グリモワールを膝に抱えたまま、気づくと頬を涙が伝っていた。以前、母がとりわけ難しい魔術をかけていたときのことを思いだした。〝これは魔術を助けてくれるものよ〟母は容器に入った鉱石や水晶のなかに手を入れた。〝石も、繊維も、木の根も、大地からとれたものはすべて魔術の道具になるわ。そのエネルギーに導いてもらうの。呪文がきかないのは、

自分が何を求めているのか正確につかみきれていないからよ。そういうときは、これに魂を導いてもらうの〃

ジャスティンは本能にしたがうことにした。蝋燭の火を吹き消し、瓶のなかに入った石や水晶を床にあけ、指先でかきまわした。目を閉じ、いちばんエネルギーが歌いかけてくる石を選ぶ。

表面が液体のようになめらかで、銀色に輝くヘマタイトだった。磁気を帯びやすい石で、血行を促進したり、負のエネルギーを愛に変えたりするのに役だつ。

そのヘマタイトを心臓の上にあて、てのひらでしっかりと押さえた。

「精霊よ、わたしをお助けください」こみあげる涙をこらえ、謙虚な気持ちで願いを言葉にした。「誰かを愛したいのです。たとえ一日の幸せであろうともかまいません。永遠に何もないのはつらすぎます」

窓の外が白く明るくなった。月光だ。銀色の光が幾筋かに分かれて窓から入りこみ、壁を伝って床におりた。光は指を広げたような形になり、魔法円のなかに入りこむと、ジャスティンに迫ってきた。

鼓動が異様に激しくなり、めまいに襲われた。ハチドリさながらの速さで、思考が手の届かないところへ飛んでいく。彼女はぎゅっと目を閉じ、ゆっくりと落ちていく感覚に耐えた。雲のなかを転がり、視界がまっ暗になり、そして、ふわふわとした夢のなかを漂った。

数分だったのか、数時間だったのか。月光にまつげと唇をくすぐられ、目が覚めた。ジャスティンはグリモワールを枕に、横向きで床に寝ていた。羊皮紙が頬に心地よく、かすかにクローブのさわやかな香りがする。空気が冷たかったが、毛布にくるまって息苦しかったあとで新鮮な空気を吸ったような快感があった。心細さを感じる一方で、開放感に満たされてもいる。

てのひらを開くと、ヘマタイトを握りしめていた。

呪いはこの石に封じこめられたらしい。

7

翌朝いちばんに、ジャスティンはフライデーハーバーの船着き場へ行った。朝もやのせいで朝日がピンク色に見える。海は穏やかで、ずらりと並んだヨットのマストが水面に映っていた。蟹捕獲用のかごをたくさん積んだ漁船が、港を出ていくのが見えた。二羽の鷗が、蝶番がきしむような甲高い声で鳴きながら、漁船のあとをついていく。

ジャスティンはヘマタイトを握りしめ、桟橋のいちばん先まで行った。腕を大きくうしろに引き、ヘマタイトを力いっぱい遠くへ投げる。ヘマタイトが禁忌《ゲッシュ》とともに海に沈むのを見て、ほっとため息が出た。

もう言い訳はできない。人生、何が待っているかわからないが、それを阻むものはなくなったのだから。

朝焼けのなかに飛びこんで、雲に乗れそうな気さえした。無防備で、か弱くなったように感じる。生まれたばかりの赤ん坊のようだ。

ひんやりとした風が吹いてきた。雨が降りそうなにおいがする。目をすがめると、水平線のあたりの空が暗くなっていた。犬がぴちゃぴちゃと水を飲むような音をたて、波が桟橋の柱に打ちつけている。

ホテルに戻ると、すでにゾーイが来ており、朝食の用意を始めていた。コーヒーの香りが漂い、熱くなったオーブンと焦がしバターのにおいがする。

「おはよう」ジャスティンは元気よく声をかけた。「今朝のメニューは?」

「ブリオッシュのフレンチトーストと、ベリーのコンポートよ」

「おいしそう」ジャスティンはそばにあったミキサーに目をやった。明るいグリーンのどろりとした液体が入っている。

「ミスター・ブラックのスムージーよ」ゾーイが顔をしかめた。

ジャスティンは小さなグラスに少し注ぎ、味見をした。新鮮でフルーティな香りがするし、口あたりは軽い。「麻の実のプロテインを入れるのを忘れてない?」

「ちゃんと入れたわよ。どうして?」

「だって、グリーンモンスター・スムージーってのは、まずくて、どろどろしているものよ。こんなにおいしくないわ」

「ちょっとだけ材料をアレンジしたのよ」ゾーイが言った。「だって、あまりにひどい味だったんだもの」

ジャスティンはにやりとした。「だから、そういうものなんだってば。プリシラはもうこれを彼のところへ持っていったの?」

「ええ」ゾーイは自家製のブリオッシュをスライスしはじめた。外側はこんがりと焼け、内側はケーキのように柔らかい。「プリシラったらすごいのよ。いっぺんにいろんなことができちゃうんだから。今朝はトリプルショットのエスプレッソを飲みながら、ふたつの携帯電話で同時に話して、そのあいだに別の携帯電話でメールを打っていたの」

「ジェイソンによれば、これは仕事を兼ねた休暇だそうよ」ジャスティンは冷ややかに言った。「普段はどれだけ働いているのかしらね」

「今日、アレックスと弁護士の先生は、ほぼ丸一日、彼と一緒に過ごす予定らしいわ」

「あら、おもしろい」ジャスティンは言った。「アレックスがジェイソンのことをどう思うか、ぜひともきいてみたいものだわ」

「ゆうべはあなたがウォッカを持っていったの？　どんな人だった？」

「第一印象は、自意識過剰のうぬぼれ屋で、支配欲の強いナルシストといったところね。顔の形はとてもすてきだったけれど」

そのとき別の声が聞こえ、ふたりは飛びあがった。

「それは違うわ」プリシラがスムージーのグラスを手に、キッチンに入ってきた。

ジャスティンはごめんなさいという顔をした。プリシラは謝罪の言葉を待たずに、先を続けた。「彼のことをよく知れば、顔の形なんてたいしたことはないと思うようになるわよ」

ゾーイは口をつけられていないスムージーのグラスを受けとった。「お気に召さなかったの？」不安そうに尋ねる。

プリシラがうなずいた。「おいしすぎるだけよ。細かいことにこだわる人だから」

「ごめんなさい、レシピに手を加えたの」ゾーイがきまり悪そうに打ち明けた。「すぐに代わりを用意するわね」

「わたしがつくるわ」プリシラがそう言ったとき、携帯電話が鳴った。「失礼」キッチンの隅へ行き、小声ながらきつい口調で話しはじめる。「トビー」間があった。「いい加減にしてちょうだい。わたしがそんな言い訳をジェイソンに伝えるとでも思ってるの？　あなたがあんな修正プログラムを出したものだから、武器はきかないし、ドラゴンはうしろに飛ぶしで、クレームが大変なことになっているのよ。つべこべ言わないで、さっさと根本的な解決策を示してちょうだい。そうじゃないと……ちょっと待って」また着信音がした。プリシラは肩にかけていたバッグから、別の携帯電話をとりだした。「もしもし」ふたつ目の携帯電話に出る。「ええ、今、別の携帯で話しているところです。簡単な修正ですませられると思っているらしくて、それをしきりに強調しています」

ジャスティンはプリシラに合図を送り、ミキサーを指さして、ささやくように言った。「わたしがつくるわ」

プリシラはうなずき、怒りに満ちた口調で電話の会話に戻った。

ゾーイが洗ったばかりのほうれん草を水切り器に入れたまま持ってきた。「わたしにやらせて」そう言うと、ため息をついた。

「いいえ、わたしがするわ」ジャスティンは答えた。「あなたは朝食の用意があるもの。レシピをちょうだい」

「印刷してあるわ」ゾーイが紙を押しやった。

ジャスティンは材料をミキサーにかけ、五分足らずで黒ずんだアボカドのような色のスムージーをつくりあげ、グラスに注いだ。そして、プリシラがまだ電話の相手に怒っているのを見て、こう伝えた。「わたしが持っていくから」

プリシラはジャスティンにありがとうという顔をしたあと、また携帯電話に向かっていやみを続けた。「なるほどね。だからプレステユーザーから、一〇分おきに画面がフリーズするという膨大な数のクレームメールが来るわけ？ だったら次は発売前にバグをなくしたらどう？」

ジャスティンはそっとキッチンをあとにし、スムージーを二階へ運んだ。その途中で、一階へおりる男性ふたりとすれ違った。「おはようございます。ロビーにコーヒーメーカーがありますから、ご自由にお飲みくださいね」

「ありがとう」メタルフレームのめがねをかけた男性が愛想よく言った。「さっきからカフェインがほしかったんだ」

中年太りのほうは、面倒くさそうにジャスティンへちらりと目をやった。「ぼくもルームサービスがいいな」

男性ふたりは笑った。

ジャスティンはそれを笑顔で受け流した。「ダイニングルームでのお食事も、きっと気に入っていただけますよ」

〈クリムトの間〉はドアが少し開いていた。ジャスティンはドア枠をノックした。

「プリシラ」ぶっきらぼうな声が聞こえた。「新興市場開拓グループに早く報告させろ。エキスポには誰が行っている？　出展企業のリストと、展示計画書のコピーがほしい。あとそれから――」

「ごめんなさい、プリシラじゃないの」ジャスティンは言った。「スムージーを持ってきたわ」

短い沈黙があった。「入ってくる気か？」

「ちゃんとした格好じゃないとか？」

ドアが開き、ジェイソンが白いTシャツにジーンズという姿で現れた。Tシャツには〈イナリ〉のロゴがプリントされている。

「服は着ている。ちゃんとしているかどうかはともかく」

シャワーを浴びたばかりらしく、髪が濡れ、顔はきれいにひげがそられていた。そのコーヒーのような色をした落ち着いた目を見たとたん、ジャスティンの心臓は早鐘を打ちはじめた。視線をそらすことができず、魅惑的な口もとや、細身ながら筋肉質の体が気になる。危険な香りを感じとり、腕や首筋が粟だっていた。

なんてセクシーなのかしら。

ジャスティンは指が触れあわないように気をつけながら、スムージーのグラスを手渡した。

「誰がつくった？」ジェイソンがいぶかしげに尋ねた。

「わたしよ」彼女はほほえんだ。

ジェイソンがスムージーをひと口飲み、これならいいという顔をする。「いつもの味だ」

「よかった。またつくり直しになったら、今度は毒ニンジンを少し入れたかも」

「きみはそんなことはしない」彼がもうひと口、スムージーを飲んだ。

「あら、そんなに信頼してくれているの？」

「いいや。ただ、遺体をホテルから引きずりだし、庭に埋めるのは、ひと苦労だからな」

ジャスティンは苦笑した。

ジェイソンが落ち着かなげな表情になり、まじまじと彼女を見た。「ぼくはゆうべ、きみにいやな思いをさせてしまった」

ジャスティンの顔から笑みが消えた。「別に実害があったわけじゃないわ」

「だったら……これで仲直りか？」

「いいえ。あなたが嫌いだということに変わりはないもの」

ジェイソンの目にちらりと愉快そうな色が浮かんだ。「言っておくが……」言葉を探しているように見える。

「何よ」

彼がパソコンの横にグラスを置いた。「そもそもトゥルース・オア・デアをしようと言いだしたのはきみのほうだ」

「それをあなたが鬼ごっこ《キャット・アンド・マウス》に変えたのよ」

ジェイソンは否定しようともしなかった。ジャスティンの言い分が正しいとわかっているからだろう。だが、だからといって申し訳なさそうな顔もしなかった。

「先に言っておくべきだったな。ぼくは仲よくゲームをするというのが苦手なんだ」

「ええ、ゆうべの一件でよくわかったわ」ジャスティンは部屋を出ようと背を向けた。「ミキサーにスムージーが残っているんだけど、ここへ持ってくるようプリシラに言っておきましょうか。あんなの誰も飲まないもの」

「待て」ジェイソンが引きとめる。

ジャスティンはしぶしぶ振り返った。「何?」

ジェイソンが彼女の目をじっと見つめながら近寄ってきた。ジャスティンは鼓動が速くなり、その場から動けなくなった。この人はどんなふうに唇を重ねるのだろう? 激しいキス? 穏やかなキス? 我慢できないというように抱き寄せるのだろうか? それとも、そっとやさしく腕のなかに抱きしめる? 彼女はひとつ大きく息を吸いこみ、Tシャツのロゴから目を離さないようにした。こういう男性とキスするのは、どんな感じだろう? きっとこれまでの相手とは違い、完全に身を任せることを求められるに違いない……。

「今晩、一緒に食事でもどうだ?」

ジャスティンは肩すかしをくらい、きょとんとしてジェイソンを見た。

「ふたりで?」

彼が短くうなずく。その表情は読めなかった。

やめたほうがいいとジャスティンは思った。ジェイソンはわたしの手に負えるような人ではない。いつ何をしだすかわからないような雰囲気がある。こういう男性とかかわると、ろくなことにならない。

「お誘いありがとう。でも、お断りするわ」彼女は動揺を抑えながら返事をした。「誰かお相手がほしいなら、すてきな女性を紹介するわよ」

「ほかはだめだ。きみがいい」

「なんでもかんでも自分の好きにできると思ったら大間違いなんだから」

「だが、たいていのことはそうしている」

ジャスティンは苦笑した。「だからそういう性格になるのね。これまでのお相手の方々はどうだったの？　みんな、あなたに従順だった？」

「そういう女性はひいきにした」

彼女は悲しげにほほえんだ。「ゆうべの質問だけど、少しなら答えられるわ。彼とは一年くらいつきあったの。わたしにはもったいないくらい、いい人よ。でも、わたし、そういう人とは合わなかったの」

「それはよかった」ジェイソンが言う。「だったら、ぼくとはうまくいきそうだ」

ジャスティンは首を振った。

「おいおい」彼が黒い瞳にいたずらっぽい光を浮かべる。「どうしたら、きみにイエスと言わせられるんだ？」

「本当にごめんなさい。あなたみたいな人から誘われたら、女性なら誰もがわくわくすると思うわ。でも、わたしとあなたじゃ住んでいる世界が違いすぎる。見ている現実が別物なのよ」

「そんなのは大したことじゃないし、気にしてもしかたがない」

「そうじゃなくて……わたしはいっときの恋を楽しんだり、勢いで関係を持ったりするタイプじゃないの。それに、玉の輿にのりたいという願望もないわ。だから、この件はお断りしたほうがお互いのためなのよ」

「ぼくはただ、きみとしばらく一緒にいたいだけなんだ」ジェイソンが穏やかに言った。「ゲームはなしだ。きみが好きな話題でおしゃべりしよう。それがいやなら、会話などなくてもかまわない。どこか静かな場所でワインでも飲まないか」ジャスティンがまだ迷っているのを見て、彼はハスキーな声でつけ加えた。「イエスと言ってくれ。こんな感覚になったのは初めてなんだ」

「こんな感覚って?」ジャスティンは戸惑った。

ジェイソンがとびきりすてきで誠実そうな笑顔を見せる。「まだうまく言葉にできないんだが、なんというか、もしぼくに魂があるとしたら、こういう感じなんだろうかという気がしている」

8

一緒に食事に行こうというジェイソンの誘いを受けたものの、ジャスティンはそれを後悔していた。だが、約束してしまったからには、もうあとには引けない。〝もしぼくに魂があるとしたら、こういう感じなんだろうかという気がしている〟そんな言葉を聞いたら断れるわけがない。

宿泊客の朝食が終わったあと、ジャスティンは食器をキッチンへ運び、掃除用具が入ったバケツを持って二階へあがった。掃除の手伝いに来ているアネットとニタが、すでにベッドのシーツをはずしていた。

「ニタ、具合はどう？」ジャスティンはそう尋ねながら〈ドガの間〉に入り、バケツを床に置いた。

小柄で若いニタは、コースト・セイリッシュ族の血を受け継いでいるため、髪が黒く、シナモン色のなめらかな肌をしている。そのニタがにっこり笑い、まだふくらみのわからないおなかを撫でた。「平気よ。あの馬用かと思うようなビタミン剤をのまなくていいなら、もっと気分がいいんだけど」

「無理はしないでね」ジャスティンは言った。「疲れたと思ったら、いつでも休憩してちょうだい」

「アネットが協力してくれるから大丈夫。力仕事はアネットにお願いして、わたしはモップを担当することになったの」

アネットがにやりと笑い、ジャスティンに言った。「ニタったら、今日は何があっても仕事に来るつもりだったのよ。ミスター・ブラックのお姿をひと目でも見たいからだって」

「そうなの？」ジャスティンは尋ねた。

ニタがうなずき、うっとりとして言う。「だって、すてきなんだもの」

「たしかにハンサムよね」ジャスティンは力ない笑みを浮かべた。

「それに、すっごくセクシーだわ」アネットが熱をこめて言う。「わたしたちが来たとき、ちょうど〈イナリ〉の人たちがホテルを出るところだったの。そのとき、なんとミスター・ブラックがわたしたちのためにドアを支えてくれたのよ。目が合った瞬間、血がたぎって、頭のなかでシールが渋い声で歌う『キス・フロム・ア・ローズ』が流れたわ」

「あら、ミスター・ブラックはわたしのものよ」ニタが寝室の鏡にアンモニア水をスプレーしながら言った。「ほら、映画によくあるじゃない。本当はミスター・ブラックとわたしは結ばれる運命なのに、ずっと出会えずにいたのよ。よくやくめぐりあえたとき、わたしは成りゆきでジョン・コーベットと婚約してしまっていた。でも、彼はわたしのことをあきらめてくれるの。だって、真実の愛にはかなわないから」水切りワイパー《スクィージー》を器用に動かし、慣れた手つきでアンモニア水をふきとる。

「ニタ」アネットが言った。「あなたは幸せな結婚をして、妊娠までしているのよ」

「ミスター・ブラックのためなら、このスクイージーで夫を亡き者にしてもかまわないわ」ニタが言う。

ジャスティンは声をあげて笑った。「そんなもので、どうやって旦那様を亡き者にするのよ」

「それはね、このスクイージーをこうやって――」

「ごめんなさい、余計なことをきいたわ。忘れてちょうだい。わたしは一階の掃除をしに行くわね」ジャスティンが部屋を出るときも、まだアネットとニタはどっちがジェイソンとくっつくかでもめていた。

昼過ぎまで仕事をしたあと、ジャスティンはオフィスへ行き、声が外にもれないようにドアを閉めた。携帯電話をとりだし、短縮ダイヤルでコールドロン島の灯台で暮らすローズマリーとセイジに電話をかける。

このふたりにはよく連絡をとり、元気にやっているか、何か必要なものはないかと尋ねていた。天気さえよければ、毎週のように自分でシーカヤックを漕いで会いにも行っている。サンフアン島からコールドロン島までは二キロほどの距離だ。

ローズマリーとセイジは、その辺鄙な不便きわまりない灯台で、もう四〇年近くも一緒に暮らしてきた。コールドロン島は五平方キロメートルほどしかない小さな島で、住人はわずかしかいない。定期便はなく、個人の船や飛行機で渡るしかないが、滑走路は草を刈っただけのお粗末なものだ。

そこでは年に五、六回、魔女団《カヴン》の会合が行われていた。もちろん、母のマリゴールドも参加する。ローズマリーとセイジによれば、母は元気にしているということだった。最近では魔術関連の商品をとり扱うネットショップを始め、ハーブ、石、蝋燭、占いの道具などのほかに、入浴剤や化粧品まで販売しているらしい。

「わたしのこと、何かきいたりする?」つい先日、ジャスティンはローズマリーにそう尋ねた。

「どんな様子かと、ときどき尋ねてくるよ」ローズマリーが答えた。「でも、頑固な人だからねえ。あなたがカヴンに入らないのなら、話すことは何もないと言っているね」

「わたし、どうしたらいいと思う?」

「自分のいいようにするのがいちばんだよ」ローズマリーが言った。「ふんぎりがつかないんだったら、マリゴールドにせかされようと、ほかの魔女たちにどう思われようと、無理をしてカヴンに入っちゃだめ。わたしはマリゴールドにも同じことを言っているよ。その気のない人を入れるのはよくないって」

「わたしが一生、その気になれなかったらどうするの?」

「そのときはそのときさ。それはたぶん、わたしたちのカヴンはまだ一三人の力を扱える状態ではないということだよ」

セイジもその意見に賛成だった。「誰にも運命を変えることはできないからね。だけど、やがて自分の運命を知るときは来る」寂しそうにほほえんだ。「思いもよらないものだったりするけどね」

セイジは二〇代でニール・ウィタースンという灯台守と結婚し、コールドロン島で一緒に暮らすようになった。コールドロン島の灯台は一九〇〇年ごろにつくられたもので、アメリカのワシントン州とカナダのブリティッシュコロンビア州のあいだにある潮流の速いバウンダリー海峡に面し、そこを往来する船舶への航路標識となっている。毎晩、ニールはらせん階段をのぼって灯台のてっぺんへ行き、フランス製のクリスタルガラスを四〇枚使ってつくられた灯油ランプに火を入れた。その明かりは、二〇キロ以上離れたところからでも見えたという。霧が濃い日には、接近する船舶に警告するために、ニールとセイジが代わりばんこに四五〇キロもある鐘を鳴らした。

ふたりは幸せに暮らしたが、残念ながら子供はできなかった。そして結婚五年目のある晴れた日に、ニールは小舟に乗って海に出たまま、帰らぬ人となった。小舟は転覆した状態で発見され、遺体は救命胴衣をつけたままだった。おそらく突風で小舟が引っくり返り、ニールはそれをもとに戻せなかったのだろう。

カヴンの仲間は悲しみに暮れるセイジの力となり、何人かはしばらくではあるが一緒に暮らしたりもした。セイジは夫の仕事を引き継いで灯台守となり、教室がひとつしかない島の学校で、五、六人の生徒に勉強を教えた。

それから一年ほど経ったころ、ローズマリーが灯台を訪ね、一週間ほど滞在した。セイジに請われるままに、もう一週間、さらに一週間と滞在をのばし、いつの間にか一緒に暮らすようになった。〝誰かを愛するというのは傷つくことよ〟セイジはジャスティンにそう言ったことがある。〝でも誰かを愛することで、その傷が癒されるときもある。ひとつのことが傷つく原因にも癒しにもなるなんて、そうそうないことよ〟

二度目の呼びだし音で、誰かが電話に出た。「もしもし」セイジの声には、端がほつれたアンティークのレースや、色あせた薔薇を思わせるようなやさしさがある。

「ジャスティンよ」

「電話してくると思っていたわ。何があったの？」

「どうして何かあったと思うわけ？」

「ゆうべあなたのことを考えていたら、月に血がついているのが見えたの。早く話してちょうだい」

ジャスティンは目をしばたたき、顔をしかめた。月に赤いもやがかかるのは悪い兆しだ。そんなものは自分とは関係ないし、こっちは変わりないと言いたかった。だが不安がこみあげ、それができなかった。

「セイジ」ジャスティンは言葉を選んで尋ねた。「ねえ、誰かがわたしに呪いをかけたこと、知ってた？　禁忌《ゲッシュ》よ」

重い沈黙が流れた。

「ゲッシュ……」セイジは瞑想でもするようにその言葉を口にした。「いったいどうしてまた、そんなことを思うようになったの？」

「ごまかさないで。セイジはわたしよりも嘘が下手なんだから。知っていることを教えてちょうだい」

「世の中には電話でしゃべるのにはふさわしくない内容もあるの。そういうのはちゃんと会って話すものよ」

セイジのこういう遠まわしな物言いを好ましく感じるときもあるが、今はそうは思えなかった。「電話で話すしかないときもあるの。仕事で忙しい人もいるんだから」

「そういえば、ずいぶん顔を見ていないわね」セイジの声は沈んでいた。「もう何カ月もこっちに来てないじゃないの」

「たったの三週間よ」ジャスティンの心に、不安がインクのしみのように広がった。「お願いだから、ちゃんと話してちょうだい。具体的にはどんな内容なの？　それを解こうとしたらどうなるの？」

受話器の向こうから息をのむ音が聞こえた。

「早まったことをしちゃだめよ。あなたはなんでも知っているわけじゃないんだから」

「そうみたいね」

「あなたは魔術については初心者も同然なのよ。そんな人がゲッシュを解こうとするのは、フライパンから火のなかに落ちるようなものなの」

「そういうのがいやなのよ。どうしてわたしにはフライパンの上にいるか、火のなかに落ちるか、そのどちらかしかないわけ？　なぜ、ゲッシュのことを隠していたの？　自分のことなんだから、わたしには知る権利があるはずよ」

「ねえ、どうしてゲッシュがかけられているなんて思うようになったの？」

ジャスティンは『トリオデキャッド』で知ったのだと言ってしまいたかったが、なんとかその気持ちを抑えた。

長い沈黙のあと、セイジが口を開いた。「マリゴールドと話した？」

ジャスティンは目を見開いた。「お母さんも知ってるの？　もうやだ。いい加減にしてよ。さっさと教えて！」

「ちょっと待って。ローズマリーが庭から戻ってきたわ」

くぐもった会話が聞こえた。ジャスティンはいらだち、机を指でたたいた。

「もしもし？」相手をせかしたが、返事はなかった。ジャスティンは立ちあがり、携帯電話を耳に押しあてたまま、狭いオフィスのなかを行ったり来たりした。

やがてローズマリーの声が聞こえた。「わたしよ。ゲッシュのことを聞きたいんだって？　いやな言葉を聞いたね」

「ただの言葉じゃない。実際に呪われているのよ」

「そうとも限らないよ」

「ゲッシュがいいことだとでも言うつもり？」

「そうじゃないけれど、必ずしも悪いものでもないからね」

「イエスかノーで答えて。誰かがわたしにゲッシュをかけたのは事実?」

「顔を見て話すまでは、どっちとも答えられないね」

「ということはイエスね」ジャスティンは苦々しげに言った。「答えられないというのは、肯定しているということだもの」

ローズマリーもセイジもゲッシュのことを知っていたという事実に、ジャスティンは自分が思っていた以上に傷ついた。誰も愛することができなくて寂しい、そういう相手に一生めぐりあえなかったらどうしようと、これまでに何度、灯台のキッチンでふたりに悩みを打ち明けてきただろう。それは呪いがかけられているからだとふたりは知っていたのに、ずっと隠していたのだ。

「こっちにおいで。そしたら話をしよう」ローズマリーが言った。

「何もかも放りだして飛んでいくわ。ホテルはたちまちつぶれるでしょうけど」

ローズマリーがしかるように言った。「皮肉はよくないよ」

「呪いならいいっていうの?」ジャスティンはポニーテールのゴムを引き抜き、髪をかきあげて、ずきずきする額に手をあてた。「明日、お客様の朝食が終わったら、そっちへ行くわ。お天気はいいはずだから、カヤックを出せると思う」

「じゃあ、待っているからね。一緒にお昼を食べよう」一瞬、緊張したような間があった。

「まさか、まだ何もしていないだろうね?」

「ゲッシュを解こうとしたかってこと?」ジャスティンはしらばくれた。「そんな方法があるの?」

「自分に呪文をかけるというのは難しいことなんだよ。とくに、あなたほどの技術しかない人にはね。そんなことをすれば、恐ろしい結果になるかもしれない。ゲッシュは強い魔術だよ。それはかけるのも解くのも大きな代償を支払うことになる」

「どういう意味?」

「明日、話すよ」ローズマリーが言った。

電話が切れ、ジャスティンは顔をしかめた。

自分の過ちで代償を支払うことになるのはしかたがないとしても、他人にされたことで人生が犠牲になるのは納得できないわ。


ジャスティンとゾーイがお茶の時間の準備をしているところへ、アレックスが入ってきた。ゾーイが顔を輝かせる。アレックスはTシャツとジーンズというカジュアルな格好をしていた。まだ何も開発されていないドリームレイクの地所を歩いてきたせいで、ハイキングシューズに乾いた泥がついている。

「床が汚れちゃうわ」今朝モップをかけたばかりの床に足跡がついているのを見て、ジャスティンは声をあげた。

「すまない」アレックスは、銀色のトレイに小さなフルーツタルトを並べているゾーイのところへ行き、背後から肩と腰に腕をまわして抱きしめた。「あとできれいにしておくよ」肩越しに振り返り、申し訳なさそうな笑みを浮かべる。そしてゾーイの首にキスをした。

「タルト、食べる?」ゾーイがアレックスにもたれかかる。

「ああ」アレックスはゾーイを抱きしめたままトレイをのぞきこんだ。「それをひとつもらおうかな」

ゾーイは笑いながら、彼の手をぴしゃりとたたこうとした。だがアレックスのほうが先に唇を重ね、熱い口づけをする。キスを終わらせようとしているゾーイの髪に手をさし入れ、逃げないように頭を押さえると、さらにむさぼるようにキスを続けた。

「あらあら」ジャスティンは言った。「どうせなら客室にしけこめば?」そうは言いつつも、ふたりが幸せそうにしているのを見るのはうれしかった。

アレックスは建築業者としての腕はいいし、納期をしっかりと守ることで知られているが、以前は皮肉屋で自暴自棄なところがあり、アルコール依存症に陥る寸前だった。それがここまで変わったのは奇跡としか言いようがない。

ふたりがデートをするようになったとき、ジャスティンはゾーイにやめたほうがいいと正直に伝えた。離婚歴があり、坂道を転げ落ちているような相手を救おうとしても無駄だと忠告もした。ゾーイはたしかにそうだと思うと答えたが、彼を救うことはできなくても、たち直ろうとしているときはそばにいてあげたいと言ったのだ。

アレックスが本当に変わったかどうかについては、もう少し時間をかけて見ていくしかない。だが、どうやら彼はゾーイにふさわしい相手になろうと心に決めているようだ。

「今日はどうだったの？」ようやくキスが終わり、ゾーイが尋ねた。

アレックスが笑みを浮かべ、トレイにのっているタルトをひとつとる。「条件は悪くない。慎重に見きわめるつもりだが、なかなかいい感触だ」

アレックスがそんな言い方をするのはかなりのり気になっている証拠だとジャスティンは思った。「ジェイソン・ブラックとそのお仲間たちのことはどう思った？」

「ちょっと変わっているな」アレックスが答えた。「結びつきが強すぎるし、みんな早口で口調がきつい。それに誰もがジェイソンに気に入られようと必死だ」ひと口でタルトを頬ばり、目を閉じて味わう。「ああ、なんてうまいんだ」ゾーイに言った。

ゾーイがほほえむ。「コーヒー、飲む？」

「ああ、頼む」

「チョコレートスコーンもどうぞ」ゾーイが言った。「いつもはシロップでつやを出すんだけど、今日は――」

「そんなに食べさせなくていいわよ」ジャスティンは割りこんだ。「それより、もっとジェイソン・ブラックのことを聞かせてちょうだい」

アレックスはチョコレートスコーンをひとつ手にとり、そんなことを言うなよというようにジャスティンを見た。「非常にビジネスライクな男だ。頭が切れるし、はっきりとものを言う。計画が気に入らなければにべもなくはねつけるし、彼がいいと言えば、それで決まりだ。それに、有能なやつにはありがちだが、すべてを管理したがる」

「あなただってそのうちに彼のことが気に入るかもよ」ゾーイがコーヒーを持ってきた。

アレックスが笑みを浮かべ、コーヒーをひと口飲んだ。「やつのプロジェクトと予算の高さは気に入っている。とりあえずはそれで充分だ」ステンレス製のサモワールに水を入れているジャスティンへ目をやった。「おもしろい話があるぞ。ジェイソンがドリームレイクの別荘のことをきいてきた」

「もしかして買いたいって？」ジャスティンは眉をひそめた。

アレックスがうなずく。「家で昼食のサンドイッチを食べたんだ。そのときに彼から、どうしてここも一緒に売却しないんだときかれたから、おれのものじゃない、ここは借りているだけだと答えた」そこで言葉を切り、チョコレートスコーンの残りを口にほうりこみ、またコーヒーを飲んだ。「彼は、じゃあ誰が所有しているんだと尋ねてきた。そのとたん、みんながいっせいに携帯電話やらタブレットやらをとりだして調べだしたよ。ボスがお望みとあらば、すぐさまお調べいたしますといった感じだ」

ジャスティンはにっこり笑った。「わたしだと知ったら、どんな反応をした？」

「頭がふたつある猿を見るような目でおれを眺めたよ。ジャスティン、あそこに投資した甲斐があったな。いいか、一発目の金額提示で応じると損だぞ」

「売らないかもしれないわ」ジャスティンは言った。「ドリームレイクに〈イナリ〉の研修センターができたら、貸したほうが得になるかもしれないもの」

アレックスがにやりと笑い、ゾーイに言った。「おれたちも、そろそろ引っ越しかな」

ジャスティンは笑いながら首を振った。「ううん、ゾーイがいたいだけいてくれていいの。あそこはあなたたちの家だから。ただ、そのうちにあなたたちのほうが新しいところへ引っ越したくなるかもね」

アレックスがまたゾーイを抱きしめ、耳もとでささやいた。「おれが新居を建てようか？ウェディングケーキみたいなヴィクトリア朝風のやつはどうだ？」

ゾーイは彼に軽くキスをし、笑いながらトレイを持ちあげた。「これから二年間はドリームレイクの開発で大忙しになるんでしょう？」

「おれが運ぼう」

「ドアを開けてくれれば大丈夫。それよりジャスティンのサモワールを持ってあげて。あれ、すごく重いの」

アレックスは黙って言われたとおりにした。水がたっぷり入ったサモワールを引き受けてくれた彼に、ジャスティンは礼を言った。「ありがとう」

アレックスはサモワールをいったん調理台に置いた。「ドリームレイクの家のことだけど、好きに売ってくれてかまわないぞ。おれたちはどこで暮らそうが幸せだ。ゾーイにあれだけのことをしてくれたんだ。今度は自分の利益を優先して考えろ」

ジャスティンはほほえんだ。「考えておくわ。今夜、ジェイソン・ブラックと食事に行くの。きっとその話が出ると思うから」

アレックスが驚いた顔をした。「あいつ、そんなこと言ってなかったぞ」少しためらってからつけ加える。「気をつけろ」

「どうしてそんなことを言うの？」

「今日一日、やつと過ごしてみてわかったことがある。あいつは自分でゲームのルールを決め、必ず勝とうとするやつだ。おれは今後も仕事の話を進めるつもりだが、あいつと絡むことに本当は不安もある」

「そうなのよ」ジャスティンは認めた。

アレックスが片眉をつりあげ、サモワールを持ちあげる。「どうしてまたやつと食事なんかすることになったんだ？」

「誘われたの。わたしとワインを飲みたいんだって」

「で、きみは？」

「なんとなく……彼のことが好きかもしれないなと思っちゃって……」

「やれやれ」アレックスはそう言い、サモワールを持っていった。

9

ジェイソンがこれまでつきあった女性は、仕事でかかわった手近な相手ばかりだった。業界の集まりで知りあった同業者や、インタビューをとりに来た記者、〈イナリ〉のゲームのために二〇〇時間の録音を行った声優などだ。

誰かに紹介された女性とデートをしたことは一度もない。そういうことをすると、あいだに入った人間との関係が悪くなるだけだと大昔に学んだからだ。そもそも、初対面でデートをするなんて、考えるだけでもぞっとした。よく知りもしない女性と、しかもおそらく二度と会う気にはなれない相手と、何時間も一緒に過ごさなければいけないのは苦痛以外の何物でもない。

これまでの交際はどれも短いものばかりだった。別れるときは、相手の傷ついた感情を癒すために、いつもプレゼントを渡した。だいたいそれでうまくいくが、報酬を受けとっているような気がすると言った女性もふたりばかりいた。最後につきあった相手は、細い腕につけた〈ティファニー〉のダイヤモンドのブレスレットをいじりながら、〝何よ、こんなもの〟と言ったが、それを返そうとはしなかった。

だがジャスティン・ホフマンなら、きっと鋭い言葉とともに突き返すだろう。そんな女性は初めてだ。

たぶん、自分が女性から憧れのまなざしで見られることに慣れきっており、いつも意のままに相手を動かしてきたせいで、こちらに興味を示さない女性に新鮮みを感じるのだろう。ずっとジャスティンのことばかり考えている。ハスキーな声で屈託なく笑う表情がたまらない。

もうすでにふたつも、普段なら絶対にしないことをしてしまった。まずは、自分から相手に近づくこと。いつもなら女性のほうから近づいてくるように仕向けるのだが、ジャスティンの場合は待っていても無駄なので、こちらから誘うようなまねをした。もうひとつは、心のうちを見せようとしていること。これまでは興味を覚える女性がいると、相手からはできるだけ情報を引きだし、自分のことはなるべく話さないようにしてきた。だが、ジャスティンはお互いが正直になることを求める。どこまで心を開けるのかはわからないし、そもそも自分にそんなことができる能力があるのかどうかも怪しいものだが、彼女のためなら努力するしかない。とはいえ、長いあいだ心の扉を閉めてきたせいで、いざそれを開こうにも、今となっては鍵を見つけるのさえ難しかった。

何もせずに立ち去るほうが、はるかに簡単だろう。誘惑を断ち切り、理性で感情を抑え、自分のほしいものから遠ざかるのは得意だ。だがごくまれに、どうしてもあきらめきれないほど手に入れたいと思うものに出会ってしまうことがある。

夜の七時一分前に、ホテルの裏手にあるこぢんまりとした家の玄関に着き、ドアをノックした。

ジャスティンがドアを開けた。肌はシルクのようになめらかで、体つきは細身ながら女らしい。「いらっしゃい」ほほえみを浮かべ、じっとこちらを見た。「どうぞ入って」

ジェイソンはなかへ入った。彼女に見とれていたせいで、思わずつまずきそうになった。ジャスティンは薄いニット地でできたホルターネックのワンピースを着ていた。ピンクがかったベージュという色のせいで、一瞬、裸に見え、はっとした。足は素足で、ピンク色のラメが入ったペディキュアをしている。髪はポニーテールに結い、ファスナーのあたりに垂れていた。

「あとは靴をはくだけよ」彼女が言った。

ジェイソンは黙ってうなずき、隣室へ行くジャスティンを目で追った。ファスナーの上についた小さなホックがはずれている。彼は思わずファスナーをおろすところを想像した。小さな音とともに布地がはだけ、なめらかな背中があらわになる……。

セクシーな姿を頭から追いだそうと、室内を見まわした。決して広くはないが、こぎれいな部屋だ。壁と家具はパステルカラーに塗られ、柔らかそうなソファにクッションがいくつものっている。柄はストライプや花柄で、房がついているものもあった。なんとも女性的な部屋だが、アンティークショップを思わせる塗装や飾りのせいで、魅力的で落ち着いた雰囲気をかもしだしている。

ジャスティンが隣室から戻ってきた。細いストラップのついたサンダルをはいている。

「きれいだ」ジェイソンは言った。

「ありがとう」

「背中のホックが……」彼は一瞬、その先を続けるのをためらった。「もしかまわなければ、ぼくが……」

彼女が赤くなったのを見て、ジェイソンはまた言葉を切った。頬を染めたなどというものではなく、胸もとから髪の生え際まで真っ赤になっている。彼はその熱を帯びた肌に唇や指で触れたくなった。あらゆるところにキスをしたくてたまらない。

「ありがとう」

ジャスティンがためらいがちに背中を向け、ポニーテールにまとめたつややかな髪を肩の前に垂らす。背中には贅肉がなく、首筋は柔らかそうだ。ダンサーのようにほっそりとした、しなやかな体つきをしている。

うなじでリボンが結ばれていた。ジェイソンは手をのばすのを躊躇した。自制心が戻るのを待ち、爆弾の信管をとり除くように慎重な手つきで背中のホックをとめる。

「終わったよ」声がかすれた。

彼女がポニーテールを背中に戻す。ジェイソンはその髪の感触をてのひらに感じたいと思った。

ジャスティンが向き直り、ビターチョコレートのような色をした目で彼を見あげる。熱くて甘い沈黙が流れた。

「どこへ連れていってくれるの？」彼女が尋ねた。

「〈コホ〉はどうだい？」

「お気に入りのレストランよ」

レストラン〈コホ〉はフェリー乗り場から三ブロックしか離れておらず、歩いていける距離だ。ジェイソンはジャスティンに歩調を合わせ、静かな歩道をのんびりと歩いた。

レストランに入った。クラフツマン様式の家を改造した建物で、テーブルの数は少なく、揺らめく蝋燭の明かりが白いテーブルクロスにまだら模様の影を落としている。ウエイターは給仕するべきときと控えるべきときをよく心得ており、必要になればテーブルに来るが、それ以外は存在を消していた。

「アレックスとの打ちあわせはうまくいったの？」ワインが注がれたあと、ジャスティンが尋ねた。

ジェイソンはうなずいた。「このプロジェクトを任せるのにふさわしい男だと思う」

「どういうところが？」

「細部にこだわり、いい仕事をするし、納期はきっちり守る。それに度胸があるようだ。今回は双方の弁護士と相談し、彼にとって少しリスクのある契約を結ぶことにした。ある期限までにプロジェクトが完成しないと、うちは市税の控除を受けることができず、一〇〇万ドルの損失をこうむることになる。そんな事態を避けられるかどうかはアレックスしだいだ。

だから納期を守れないときは、それを違約金として課すことにした。彼はそれでかまわないと言ったし、自信も見せている。ああいう肝の据わった男は好きだ」

ジャスティンが心配そうな表情をした。「でも、それじゃ不測の事態が起きて納期が守れなかったら、アレックスは破産しちゃうわ。彼には一〇〇万ドルなんて工面できないもの」

ジェイソンは肩をすくめた。「リスクが高い分だけ、報酬も大きい」

彼女がワイングラスを手にとる。「じゃあ、あなたが税金の控除を受けられることを願って、乾杯」

ジャスティンは無邪気な顔でそう言ったが、本当はからかっているのだとジェイソンは気づいた。

「もっと文学的な乾杯の言葉がいいな」

「たとえば？」

ジェイソンは少し考えたあと、日本文学の一節を引用した。「〝日々旅にして旅をすみかとす〟」

ジャスティンがまじまじと彼を見る。「誰の言葉？」

「松尾芭蕉。日本の詩人だ」

「あなた、詩なんか読むの？」

「ときどきね」

「男の人が詩を読むなんて初めて聞いたわ」

「不眠症だとよく本を読むようになるのさ」

ふたりは乾杯し、ワインに口をつけた。ウィラメット・ピノ・ノワールはスモーキーでベリーの香りがした。

「そういえばアレックスから聞いたんだが、ドリームレイク・ロードの先にある家はきみのものなんだってね」ジェイソンは言った。

この話題を待っていたというように、ジャスティンが愉快そうに目を輝かせる。「ええ、そうよ」

「どうしてあそこを所有することになったんだ?」

「あの家のことを知ったのは去年の夏なの。ゾーイのおばあさんが持っていたものなんだけど、もう長いあいだ誰も住んでいなかったから、ひどく傷んでいたわ」ジャスティンはワイングラスに視線を落とし、きらめく液体を揺らした。「ゾーイのおばあさんは認知症で、どんどん症状が悪化していたの。ゾーイはそんなおばあさんを引きとって、最後の数カ月を一緒に暮らしたがったのよ。だから、わたしがあの家を買いとり、改築して、家賃はいらないからと言って貸したの。そしたらゾーイにはいくらか現金ができるし、余計なお金を使わずに住むことができるから」

「親切なんだな」ジェイソンは言った。身元調査であがってきた情報によると、ジャスティンはあり余るほど現金を持っているわけではないはずだ。

「大したことじゃないわ」彼女がこたえた。「改築はアレックスが引き受けてくれたんだけど、彼ったらいろいろと便利なものを無償でつくってくれたのよ」ちらりと笑みを見せる。

「わたしのためというよりは、もちろんゾーイのためなんだけど」

「じゃあ、きみにとってはとくに思い入れのある家というわけではないんだな」

「そんなことはないわ。だって、あなたが買いたがっているんだもの」ジャスティンは静かにそう言い、ワインをひと口飲んだ。

ジェイソンは淡々とこたえた。「興味がないこともない」

ジャスティンが細い指でワイングラスの脚をなぞる。彼はその動きを目で追った。

「湖のそばにほんの一画だけ他人の所有地があるのがそんなに気に入らないの？」

「完璧主義なんだ」ジェイソンは言った。「いくらなら手放す？」

「売る気はないわ」

「五〇万ドルでどうだ」彼は価格を提示し、ジャスティンの驚きようを見て愉快になった。

「まさか、冗談でしょう？」だが、ジェイソンはまじめな顔をした。「ちょっと待ってよ。信じられない」

彼は眉をひそめた。「悪い金額じゃないと思うぞ」

「ばかげてるわ。なぜあの家にそんな大金を出そうとするの？」

「金ならあるからだ。どうしてそんなに怒るんだ？」

ジャスティンはこれ見よがしにため息をついた。「金にものを言わせて、家だけじゃなく、わたしのことまで買おうとしているように感じられるからよ」

ジェイソンはその言葉にかちんときて、つい皮肉を口にした。「人間にだって値段はつくと思うが？」

「もしそうだとしても、わたしは買収されない」

「金ならいくらでもある」

「わたしはそんなものでは動かされないの」ジャスティンが傷ついたような目をしているのを見て、ジェイソンは胸が痛んだ。「こんなこと、しないでちょうだい」

「こんなこととは？」

「お金持ちであることをひけらかして、わたしの歓心を買おうとするようなまねよ。いらいらさせられるし、お互いのためにならないわ」

ジェイソンはまじまじとジャスティンを見た。「すまなかった」

彼女が表情をゆるめた。「もういいわ」

メインディッシュが運ばれてきたので、会話が途切れた。ふたりとも、オヒョウをポテトクラストで包んでクリームソースをかけ、かりっと揚げたバジルの葉を添えた料理を頼んでいた。

新鮮でおいしい料理を食べながら、家族について話をした。すぐに、ふたりには共通点があることがわかった。どちらも家族がいないということだ。ジャスティンにときおり促されながら、ジェイソンは大学二年生のときに人生が崩壊したことを話した。

「ぼくはサッカー奨学生として南カリフォルニア大学に入ったんだが、すぐに大学じゃそこそこの選手にしかなれないと気づいたんだ」彼は言った。「トップクラスになるための勘のよさがなかったのさ」苦笑する。「それに、そのころはもうゲーム開発に夢中になっていた。サッカーの練習をしながらも、デジタルメディア研究室に入ることばかり考えていた」ワイングラスの脚をつまみ、当時のことを思いだしながらゆっくりとなぞった。「そこで、サッカー奨学生をやめたいと両親に言うために、クリスマスに実家へ帰った。そのころはもう二次元ゲームの開発をしていたから、学費を出せるあてはあったからね。ところが家に入り、母の姿を見たとたん、自分のことなどどうでもよくなった。ほんの二カ月ほどで、母は骸骨のようにやせていたんだ」

「どうして？」ジャスティンが静かに尋ねた。

「肝癌だったのさ。母はそのことをぼくに隠したまま、治療も拒否していた。恐ろしく進行の速い癌でね。それから一週間後に亡くなったよ」

母の死に直面し、もうすべてがどうでもよくなった。そこで大学をやめ、実家には戻らず、何か意味のあることを求めて新天地へ向かったのだ。

「お気の毒に」ジャスティンが言った。

ジェイソンは頭を振った。同情はされたくない。「もう昔の話さ」

ジャスティンがためらいがちに手をのばしてくる。ジェイソンは自然にてのひらを開いた。彼女の手は温かかった。

「お父様とは？」ジャスティンが尋ねた。「全然、会ってないの？」

ジェイソンはつないだ手をじっと見ながら、首を振った。「顔を合わせたら殺してしまいそうだ」

ジャスティンの手の動きがとまった。「いやなお父様だったの?」淡々とした口調できく。

ジェイソンはどう答えたものか迷った。父のような人間のことはいくら語っても語りつくせないが、短い言葉でも表現はできる。「暴力を振るう親だった」

配管工をしていた父は、言うことを聞かない息子をしつける道具には事欠かなかった。スパナ、鋼管、真鍮製の鎖など、なんでもござれだ。ジェイソンは何度も救急救命室の世話になり、そのたびに医師や看護師に、こんなにしょっちゅう打撲傷を負ったり骨折したりしているなんて、ぼくって本当にのろまだよな、と冗談を言ってきた。けがをした原因は、高校のアメリカンフットボールの練習だと言い訳した。ほら、激しいスポーツだから、と。

〝お父さんもやりすぎたと思っているのよ。もう二度とこんなことはしないと言っていたわ。だから病院ではにっこり笑って、事故だと答えてちょうだい〟

そう母に言われたとおり、ジェイソンはにっこり笑って嘘をついた。だが、どうせまた同じことが起きるとわかっていた。そして、父のようにならないためには、われを忘れないように、常に理性を保つしかないとも思っていた。

「母は死ぬ前に……」気がつくと、しゃべりだしていた。「過去のことは忘れて、父を許してやってほしいと言ったよ。だが、ぼくはまだそれができていない」

いまだにそんな気にはとてもなれなかった。父から受けた暴力は、墓石に刻まれた文字のように脳裏に刻みついている。覚えていたくないようなことさえも、決して忘れることができなかった。こういう話をいくらかでもしないと、他人から理解されないことはわかっている。にもかかわらず、これまで誰かに子供のころの話を打ち明けたことは一度もなかった。同情を買いたいとは思わないからだ。それに、そもそも理解されたいという欲求もない。

ジャスティンの指が心拍を探すように、手首の内側をなぞった。「わたしも同じよ。母とは絶縁状態なの。お互いを責めあっているわ。母がわたしに怒っている理由はいろいろあるんだけど……」力なく言葉を切った。「いちばんは、わたしが母と同じ人生を歩みたがらないことかしら」

「どういう意味だ？」

「つまり……」ジャスティンが肩をすくめ、顔をそむけた。そして、秘密を明かすとでもいうような表情で視線を戻す。「母はちょっと……変わった人なの」

「どんなふうに？」

「キリスト教じゃない宗教にすごく入れこんでるの」彼女の口から重いため息がもれた。「自然崇拝のものなんだけど」

「ウィッカ（魔術崇拝）？」

「それ以上かも」

ジェイソンは眉をひそめた。ジャスティンが手を引こうとしたが、それをそっと握りしめる。

「わたしは多神教徒として育てられたのよ。子供のころはずっと霊的なフェスティバルだとか、精霊の集会だとか、魔女の会合だとか、ドラムサークルだとか、そんなところにばかり連れていかれたわ。多神教徒のパレードにも二度ほど参加させられたことがある。外から見たらさぞや変な集まりだったでしょうね。なかにいてもそう思ったけれど」ジャスティンはほほえみ、軽い口調に聞こえるように努めていたが、きれいな額に浮きでた血管がその苦悩を物語っていた。「わたしはいつもほかの子たちとは違っていた。それがいやでしようがなかったわ」

ジェイソンはその額を撫でたかったが、なんとか思いとどまり、親指で彼女の手の甲をさすった。

「ハロウィンだって、みんなみたいに仮装したり、お菓子をもらいに歩いたりすることはなかった。いつも変な晩餐会に連れていかれたの。隣の席が空っぽだったりするのよ。そこはご先祖様の霊がおりてくるところだから」

ジェイソンは両眉をつりあげた。「本当におりてきたことはあるのか？」

「わからないわ。そんな気配がしたら怖くて逃げていたと思う」

「デザートを食べるまでは我慢するだろう」彼は言葉を切った。「話を聞いていて思ったんだが、その多神教というのは魔女と関係しているんじゃないか？」

ジャスティンは青ざめ、身をこわばらせた。

驚いたことに、ジェイソンはからかうように言った。「で、きみはいい魔女なのか？　それとも悪い魔女？」

ジャスティンはそれが『オズの魔法使い』からの引用だと気づき、ほほえもうとしたが、うまくいかなかった。「魔女だと言われるのもいやだわ」

余計なことをしゃべってしまったとジャスティンは悔やんだ。しかも、すべて事実だというのが厄介だ。どうしてジェイソンが相手だと、こんなことまで話してしまうのだろう？彼女は少し気分が悪くなり、手を引こうとした。だが、ジェイソンがそうさせなかった。

「ジャスティン、聞いてくれ。ぼくはこの一〇年間、ドラゴンやら人食い鬼やらが登場するファンタジーの世界をつくりつづけてきた。正気の人間にはできない仕事だ。この業界で働いている友人のなかには、会議に平気でとがった耳や、ホビットの足をつけてくるやつだっている。それに、ほら、ぼくは病的な仕事中毒で、不眠症で、魂もない。こういう人間だから、きみが暇なときにちょっと魔法を使うくらい、なんとも思わないよ」

その言葉を信じてもいいのだろうか、とジャスティンは不安になった。それでも手を引き抜こうという気持ちはなくなったし、気分が悪いのもおさまった。ふたりはしっかりと指を握りあっていた。絶対にこの手を放すまい、とジャスティンは思った。

それはジェイソンも同じだった。

10

食事は楽しく進んだ。ワインはまだグラス二杯目だったが、ジャスティンは自分がもっと酔っているような気がした。会話がはずみ、自然にいろいろな話題が出た。ふたりは音楽の好みが似ており、どちらもデス・キャブ・フォー・キューティーや、ザ・ブラック・キーズ、レニー・クラヴィッツが好きだった。ジェイソンは日本のアニメについて話をした。日本のアニメは芸術性が高く、スタイリッシュなデフォルメがされているという。ジャスティンは映画《ハウルの動く城》を見ると約束した。

世の中には、ハンサムな男性もセクシーな男性もたくさんいるが、ハンサムでしかもセクシーな男性となるとめったにいない。だが、ジェイソン・ブラックはその両方を兼ね備えている。これは、人生がいかに不公平かという証拠だ。彼は遺伝子をランダムに組みあわせた宝くじのあたりを勝ちとったわけだ。

〝今夜、彼と一夜をともにしたとしても、誰もわたしを非難したりはしないわよね。美しい顔、きれいな手……。わたしだって自分を責める気にはなれない〟

デザートはオレンジとジンジャーのソルベをふたりで分けあって食べた。少しすっぱくて、しゃりしゃりした食感がおいしい。冷たいソルベは熱い口のなかですぐにとけた。

〝キスをしたい〟ジャスティンは、ついジェイソンの口もとを見つめずにはいられなかった。気をまぎらわせようと、母親のことを聞かせてくれとせがんだ。ジェイソンはいやがることなく話してくれた。母親の名前はアマヤ。日本の文字では〝雨夜〟と書く。やさしくて落ち着いた女性だったらしい。掃除好きで、家のなかはいつも片づき、テーブルには毎日切り花が飾られていたそうだ。

〝彼と一緒にベッドに入り、その手の感触を全身で味わいたい。彼の息を肌に感じたい〟

「ご両親は恋愛結婚だったの？」ジャスティンは尋ねた。「つまり、少なくとも結婚したときは愛しあってらしたのかしら？」

ジェイソンが首を振った。「父は、日本人の血が半分入っている女性なら従順だろうと考えた。だから、母にとっては不幸な結婚だったんだ」

〝体のなかに彼の存在を感じたい。彼の顔に悦びの表情が浮かぶのを見たい。そして、やめないでと懇願したくなるほど、わたしを愛撫してほしい〟

「だったら、お母様はなぜ結婚されたの？」

「寂しくてたまらなかったときにプロポーズされたんだと思う。それで一緒になることにしたみたいだ」

「わたしだったら、それでも結婚はしないわ」

「母はハーフだったからね。結局はよそ者だし、親戚はみな日本にいるから、とてつもない孤独感にさいなまれていたのだろう」

「わたしだって孤独よ。夜にひとりぼっちでいると死にたくなるわ。こっちが必死になっているのが伝わるのか、以前ならこれくらいでは妥協したくないと思っていた男性からも相手にされなくなる。しようがないから、仕事に打ちこむか、雑誌の性格あてクイズでもして時間をつぶすの。そして、カップルがおそろいのシャツを着て、一緒にレジの列に並んでいるのを見ても、嫉妬しないように気をつけて――」

ジェイソンに両手で手を握りしめられ、ジャスティンは黙りこんだ。彼はじっとこちらを見ながら、てのひらをさすっている。その指の動きがてのひらに敏感に感じられた。

どうやら大きな声を出していたらしいとわかり、ジャスティンははっとした。この静かなレストランで、自分の孤独感を必死に訴えていたようだ。

〝聖霊よ、わたしを抹殺してちょうだい〟

恥ずかしくてしかたがなかった。名前を変えて、国外逃亡したいくらいだ。もうこの島にはいられない。

「いつもなら、最初のデートはもっとうまくやるのよ」ジャスティンは小声で言った。

「いいんだ」ジェイソンはやさしかった。「きみがどう感じても、どう言っても、何をしても、ちっともかまわないんだよ」

ジャスティンは彼の顔をまじまじと見つめた。そんなことを言ってくれるなんて、彼はどういう人なのだろう？　本気にしてもいいのだろうか？

いつの間にか会計がすんでいた。ジェイソンが立ちあがり、彼女の椅子を引いた。

ふたりはレストランを出た。空は灰色で、雲がかかっていた。あたりは霧に包まれ、潮の香りが漂っている。午後一〇時のフェリーが到着し、警笛が鳴った。

カラスの耳ざわりな鳴き声がジャスティンの神経を逆撫でする。レストランの屋根にとまっていたカラスが、黒い羽を広げて飛びたった。悪い兆候だ。

ジェイソンに肘をとられ、建物の陰へ連れていかれた。

そっと抱き寄せられ、ジャスティンは息をのんだ。周囲は暗く、ひんやりとした石のにおいがする。サンダルの薄い靴底の下に細かい砂利があるのがわかった。暗闇のせいで、一瞬、足もとがふらついた。そのときジェイソンの手がうなじに触れ、体がびくっとした。腰を引き寄せられ、たくましい胸に抱きしめられる。頰にウールのジャケットがあたり、石鹼のにおいと、清潔でくらくらするような香りがした。

ジェイソンが顔を傾け、唇を重ねてきた。ジャスティンはあえいだ。その荒い息づかいを味わうように、彼が唇をなぞる。ひんやりとした夜気とは対照的に熱くなった体をとろけさせるような、ゆっくりとしたやさしいキスだった。

ジェイソンは彼女の頰の横に垂れたひと筋の髪をそっと耳にかけ、花びらにでも触れるように、唇をそっと首筋にあてた。脈打つところを唇でなぞられ、ジャスティンは思わず背中をそらした。体の奥がうずいている。

膝に力が入らなくなり、立っていることができず、彼にもたれかかった。ジェイソンが彼女の腰に腕をまわして、その体を受けとめる。そしてまたキスをし、唇を開かせた。オレンジのように甘い舌が口のなかへ分け入ってくる。思わず声がもれそうになり、ジャスティンはそれをのみこんだ。

キスはしだいに深く、激しくなった。彼女は息をすることも考えることもできず、ただその甘い味わいに身を任せた。どれくらいのあいだ、そうしていたのだろう？　やがてジェイソンが名残惜しそうに唇を離し、最後にもう一度、ジャスティンの頬にそっとキスをした。

気温がさがり、夜の闇が垂れこめた。ジェイソンはジャケットを脱ぎ、それを彼女の肩にかけた。ジャスティンはシルクの裏地がついた袖に腕を通し、彼のぬくもりと香りに包まれた。ジェイソンが手をつないでくる。

ホテルへ戻るまでのあいだ、会話はほとんどなかった。この二時間ほど、たくさんのことを語りあい、個人的なことも大いに打ち明けあった。話さなければよかったことなど思いつかないくらいだ。孤独についてしゃべったのは行きすぎだったろうか？　いや、そんなことはない。今でも彼にならなんでも話せるような気がする。

ホテルの裏手へまわり、自宅へ続く石敷きの道にさしかかったとき、急に胃がねじれるような感覚に陥った。まるで乗っていた熱気球がまっ逆さまに落ちはじめたような気分だ。すべてが鋭く感じられる。

誰かにときめくというのはこういうことなのだろうか。衝撃的で、怖くて、でも気持ちが高ぶっている。だけど、ほかの人にはこれが普通の感情なのかもしれない。こんな気持ちによく耐えられるものだわ。

ジャスティンは玄関で立ちどまり、振り返った。緊張で体のなかがピンボールマシーンのように騒々しい音をたてている。

「明日の予定は？」彼女は尋ねた。

「ボートをチャーターしたので、早起きしてそれに乗る」

「どんなボートなの？」

「全長約七メートルの〈ベイライナー〉。ふたりばかり連れて、釣りと観光をするつもりだ」

「その大きさじゃ、釣りをするにはちょっと狭いんじゃない？」

「大丈夫さ」

「このあたりの海は浅瀬や暗礁があるわよ」

「海図なら読める」

「それはよかった」キスについて何か言うべきだろうか、とジャスティンは思った。ジェイソンはそのことに触れようとしない。ドアノブに手をかけ、ドアを開きかけたところで、また振り返った。「今夜はどうもありがとう。こんなに楽しい夜になるとは思わなかったわ。その……あまり期待していなかったから。ほら、あなたとわたしじゃ……」

「わかっている」ジェイソンがかすかにほほえんだ。「じゃあ、また明日」

つまり、これ以上はもう何もする気がないということだ、とジャスティンは察した。ほっとするかと思った。だが、またしても長い夜をひとりで過ごすのかと思うと気持ちが沈んだ。

「わたし、明日は一日、出かける予定なの。コールドロン島の灯台にふたりで暮らしている友人がいるから、会いに行こうと思って」

「水上タクシーを使うのかい？」

「ううん。カヤックを持っているから」

ジェイソンが顔を曇らせた。「ひとりで漕いでいくつもりか？」

「大した距離じゃないわ。せいぜい三キロくらいだもの。それに慣れているルートだし。一時間もあれば着くわ」

「発煙筒や笛は持っているのか？」

「ええ、あるわ。それに修理用の道具も」

「いや、やっぱりひとりは危ない。ぼくがボートで送ろう」

ジャスティンはけげんな顔をした。「帰りはどうするのよ」

「あとで迎えに行く。水上タクシーのほうがよければ、こっちで手配しておこう」

「ありがとう。でも、迎えを待つのも、迎えに来てくれた人を待たせるのもいやなの。本当に大丈夫だから。コールドロン島までカヤックを漕ぐのは好きだし、これまで何度も行き来したけれど、危ないことなんて一度もなかったわ」

「どこから出発するんだ？」

「ロシェハーバー」

「ウェットスーツを着るんだろうな？」

身の安全を心配してくれるのはうれしかったが、少しうとましくもあった。自分で決めたことをいちいち言い訳がましく説明するのには慣れていない。「こんな短い距離でウェットスーツなんか着ないわよ。この辺の人たちは気温に合わせてウェアを選ぶの。何か危険がありそうなときは別だけど」

「絶対に何も起こらないとは言いきれないだろう。それに、海が荒れていなくても、何かの拍子に転覆することだってある。ウェットスーツを着ろ」

ジャスティンは眉をひそめた。「また命令するつもり？」

ジェイソンはまだ何か言いたそうな顔をしていたが、黙ってポケットに手を突っこむと、そのまま背を向けて歩きだした。

おやすみも言わないで行ってしまうの？

「すぐにウォッカを持っていくから」ジャスティンは言った。

彼が足をとめる。「今夜はいらない」振り向きもせずにこたえた。

「大した手間じゃないわ。それに、明日の朝、プリシラからがみがみ言われるのはいやだから」

ジェイソンが振り返り、いらだたしそうに彼女を見た。「ぼくがいらないと言ったら、必要ないんだ」

「ドアの前に置いておくから、飲むか飲まないかは好きにしてちょうだい。とにかく持っていくわ」

ジェイソンが冷たい目でジャスティンをにらむ。「必要ないと言っているのに、どうしてそんなに意地を張る？　きみには余計な仕事のはずだ」

「あなたはわたしの負担を減らそうとしてウォッカをいらないと言っているわけじゃない」彼女は言い返した。「わたしが明日、ひとりでカヤックに乗るのが気に入らないだけよ」

ジェイソンはジャスティンを引っ張って家のなかに入った。彼女の肩からジャケットが滑り落ちる。そして次の瞬間、二の腕をつかまれ、爪先立ちになるほど引きあげられた。体をぴったりと押しあてられ、思わずびくっとする。

「今夜は何も持ってくるな。理由は、ぼくが自分を抑えきれなくなりそうだからだ。気づいていないようだから言っておくが……」ぐいと引き寄せられ、ジャスティンはどきっとした。「ぼくはきみを抱きたくてしかたがない。今夜はそのワンピース姿を見るたびに、それを脱いだところが頭に浮かび、きみのことを……」ジェイソンは不意に黙りこみ、自分を落ち着かせるように大きく息をした。「とにかく、今夜は来るんじゃない」ようやく言葉を続けた。「明日の朝、目が覚めたら、ぼくのベッドにいるはめになるぞ。わかったか？」

ジャスティンは思わずうなずいた。ワンピースの生地を通して、彼の体の反応がはっきりと伝わってくる。今はただ、こうして体を寄せていられることがうれしかった。ジェイソンの肌は夜の海のにおいと琥珀の香りがした。

やがて、じっとりと汗ばむような沈黙のあと、ジェイソンがまた動揺を押し殺すように大きく息をした。「今夜はもうおやすみ」ジャスティンにというよりは、自分に言い聞かせるような口調だった。

それでもジャスティンは彼にしがみつき、やっとの思いで言った。「お願い、泊まっていって」

「今夜はだめだ」

「どうして?」

「きみは、本当はまだ迷っているから」

「だったらその気にさせてよ」

ジェイソンが息をのみ、落ち着かない様子で彼女の背中を撫でた。「初めてのデートで関係を持ったことはあるのか?」

「ええ」ジャスティンはすぐさま答えた。

顎を持ちあげられ、目をのぞきこまれた。二、三秒、我慢したものの、彼女はすぐに赤面した。「嘘よ。でも、泊まっていってほしいのは本当なの」

ジェイソンはまだこちらを見ていた。室内灯に片側だけ照らされた顔に、安堵の色が浮かんでいる。「ぼくらはまだ出会ったばかりだ」彼が淡々と言った。「世の中には勢いでそうなっても、なんの後悔もしない人間もいる。だが、きみは違う。今夜がどれほどすばらしい一夜になろうが、明日になれば、やめておけばよかったと思うに決まっている」

「そんなことないわ」ジャスティンは抵抗した。

「いや、顔にそう書いてある。だから、ぼくらはもっとゆっくりいこう」彼女が反論しようとしたのを見て、ジェイソンはつけ加えた。「ぼくのためじゃない。きみのためなんだ」

ジャスティンは今宵を彼と一緒に過ごしたいと、狂おしいほど感じていた。こんなふうに男性に惹かれるのは生まれて初めての経験だ。「お願い」懇願するような口調になっていることに気づき、愕然とした。

ジェイソンがやさしい表情になった。彼女をそっと抱きしめ、薄いニット地の上から背中をなぞり、腰を抱いて顔を傾ける。ジャスティンは顔をあげ、無我夢中でキスにこたえた。ときおり、甘い声がもれた。ジェイソンがその声までも味わうかのように唇をむさぼる。その手が腹から胸へと這いのぼり、ふくらみを包みこむと、そっと先端に触れた。彼女は肌が汗ばみ、布地で隔てられているのがもどかしくなった。今はただこのワンピースを脱ぎたかった。

ジェイソンが腰のうしろへ手を滑りおろし、ワンピースの生地の上から下着に指をかけ、軽くそれを引っ張る。敏感になっているところが刺激され、ジャスティンは体を震わせた。

「わかったよ」彼がささやく。

「泊まってくれる?」ジャスティンは唇がぽってりとふくらんでいるように感じた。

ジェイソンは下着から手を離すと、ワンピースの裾をめくりあげ、下腹部をてのひらでなぞった。「いいや。だが、楽しませてやろう。今、ここでだ」下着のなかに手を入れる。「きみはただじっとして、どうしてほしいか言えばいい」

ジャスティンはその手首をつかんだ。「ちょっと待って。それってあなたは服を着たままで、わたしだけがいい思いをするってこと？」

「そうだ」

「冗談じゃないわ」彼女は眉をひそめ、うしろにさがった。「本当に偉そうで鼻持ちならない人ね。あなたはわたしとのセックスを断った。なぜなら、わたしが初心《うぶ》で――」

「経験が少ないだけだ」

「同じことよ」

「違う」

「とにかく、わたしが初心で……」ジャスティンは怒りをあらわにした。「自分の体のことも自分じゃ決められないと、あなたは思ったからよ」

「ゆっくり関係を進めたいというのは別に侮辱ではない」

「だったら何？」

「賞賛だ」

「そんなふうには感じられないわ」心のどこかで、もしかするとジェイソンは本当に紳士的にふるまおうとしているのかもしれないと感じたが、感情が高ぶり、それを認めることができなかった。ジャスティンは顔をしかめ、玄関のドアを開けた。「帰ってちょうだい。もう食事に誘っていただかなくて結構よ。二度目のチャンスはないわ」

　ジェイソンがほほえみ、腰をかがめて床からジャケットを拾った。立ち去る前に戸口で立ちどまる。

「そんなことを言うもんじゃない。二度目は思いのほかいいことがある場合もあるぞ」

翌朝、ジャスティンはよく眠れないまま、朝早くに目覚めた。しかたがないのでホテルへ行き、朝の支度を始める。宿泊客用のコーヒーメーカーをセットし、ダイニングテーブルに食器を並べ、ゾーイのためにオーブンを予熱した。

しばらくして、ゾーイが日光とデイジーのようなさわやかさを放ちながら出勤してきた。

「どうしたの?」ジャスティンの顔を見るなり尋ねる。

「別に」ジャスティンは不機嫌に答えた。キッチンでテーブルの椅子に腰をおろし、両手で包みこんだマグカップのコーヒーを一気に飲み干した。

ゾーイが別のカップにコーヒーを注ぎ、砂糖とミルクを入れてかきまぜ、それをジャスティンの前に置いた。「昨日のデート、うまくいかなかったの?」

「デートは楽しかったわよ。お料理もワインもすばらしかったし、会話もはずんだし、あんなにすてきな人はいないと思った。レストランを出るころには、手近な車のボンネットの上で彼と寝てもいいと思ったくらいよ」

「だったらどうして?」

「彼がそうしたくなかったの。〝まだ出会ったばかりだ〟とか〝きみのためだ〟というのが理由らしいわ。それってつまり、〝きみは一夜をともにするほどの相手ではない〟ってことじゃない。彼ったら、まるで蜂がうようよいる森から逃げだすみたいに、そそくさと帰っていったわ」

「それは大げさよ」ゾーイが笑いながら言った。「あなたのことを大切に思っているからこそ、先を急がなかったんじゃない?」

「男の人はそんなふうには考えないものよ。初めてのデートは相手がおいしそうに料理を食べるのを見ていられれば幸せだから、あとはどうぞひとりでお帰りください、なんてやつはいないわ」ジャスティンは頭を振った。「でも、これでよかったのかもしれない。彼はお金持ちすぎるし、仕切り屋だし、相手にするにはいろいろと難しい人だもの」

「何かわたしにできることはない?」ゾーイが心配そうに尋ねた。

「アネットとニタが仕事に来たら、あのふたりのことを任せてもいい? ちょっとローズマリーとセイジに会いに行きたいの」

「もちろんよ。あなた、あのふたりに会うといつも元気になるもの。どうぞ行ってらっしゃい」

　気温二四度、海水温一〇度にちょうど合うようなカヤックのウエアを選ぶのは難しい。水中でそれなりに体温を保てるものだと、漕いでいるときに暑くてかなわないし、身動きもしづらいからだ。だから、今日ぐらいの気温と海水温であれば、たいていの人はウェットスーツを着るのをやめ、運を天に任せる。ジャスティンはゴアテックスの半袖ドライトップとネオプレンの膝丈のパンツを選んだ。本当はTシャツだけのほうが漕ぐのには快適だが、転覆したときは水中での保温性に欠ける。

カヤックや水泳の経験が豊富な人でも、突然、冷たい水に投げだされるのは危険だ。自分もカヤック教室で二度ばかり体験したが、たとえ心の準備をしていても、水の冷たさにショックを受ける。そのせいであせって空気を求めてしまうのだが、水中でそんなことをすればもちろん大変なことになる。たとえ水面から顔を出しても、喉頭部が痙攣して呼吸ができず、死にいたる場合もある。

今日の空は曇り、風は心地よく、海には小さな三角波がたっていた。低気圧が近づいているのだろう。もしかするといくらか風が強まり、小雨が降るかもしれない。だが、それくらいの経験は何度もしている。だから、まったく心配はしていなかった。

「今日は早めに切りあげたほうがいいぞ」ジャスティンがロシエハーバーでカヤックの準備をしていると、ボートの上から初老の男性が声をかけてきた。男性は片手にコーヒー、もう一方の手にドーナツを持ち、甲板に立っていた。「雨が近づいている」

ジャスティンは携帯電話を見せ、それを防水ケースに入れた。「お天気のアプリを見たら、大丈夫そうだったわ」

「アプリね」初老の男性がこばかにするように言い、ドーナツをひと口かじった。「昨日の雲は鯖のうろこのようだった。今も、ほら、鷗が低く飛んでいるだろう？　えさとなる魚が海面にのぼってきているからだ。どれも嵐になる兆候だ。これが大自然のアプリというものさ。おれはもう五〇年も使っているし、このアプリが間違ったことは一度もない」

「魚は気象レーダーを見ているわけじゃないから」ジャスティンはにっこり笑った。「天気予報で充分よ」

初老の男性は、これだから最近の若い者はだめなんだというように頭を振った。「天気予報と死んだ魚の共通点がわかるか？　どっちもすぐに鮮度が落ちることだ」

ジャスティンはライフジャケットを身につけると、カヤックに乗り、一時間漕ぎつづけられるペースでパドルを動かしはじめた。風がひんやりとして心地よかった。今はただ、波にパドルの動きを合わせることだけに意識を集中した。

すぐに風が強くなり、まっすぐカヤックを進めることができなくなった。風の抵抗を避けるために身を低くせざるをえなかったが、その姿勢で漕ぎつづけるのはなかなか大変だ。追い風や追い波を受けてカヤックの向きが変わりそうになり、それを防ごうとがんばっていると、なかなか前進できない。

やがて突風が吹くようになり、針のような雨も降ってきた。後方からの風に背中を押され、前方からの波にカヤックを押し戻される。波は泡だつほどに高くなり、その力はますます強くなった。ジャスティンは顔をあげ、空が黒い雲に覆われているのを知って驚いた。

天候の変化が速すぎる。これはおかしい。

何かしら自然ではない力が働いているように感じ、恐怖に襲われた。

〝運命にはったりをかけてはだめだよ〟以前、ローズマリーにそう諭されたことがある。

カヤックを出してからもう一時間になる。そろそろコールドロン島に着いてもいいころだ。

現在地を確かめたところ、コールドロン島の高さ一五メートルほどある断崖までまだ一キロ半以上あるとわかり、愕然とした。海流に押し流され、いつものルートをはずれてしまっている。早く島にたどりつかないと、このままでは荒波にもみくちゃにされそうだ。

大波が何度もたたきつけ、カヤックの前方上部に張った紐の下に挟んでおいたスポーツドリンクや、発煙筒や笛などが流されてしまった。

必死に漕いでいるせいで呼吸が苦しかった。もしあいている手があったら、空に拳を突きあげたいところだ。ジャスティンは怒りに任せ、荒波にたち向かった。カヤックがジェットコースターのように波間を上下する。ふと、腕の筋力を温存したほうがいいと気づき、パドルを低く持ち、体幹筋を使って漕ぎはじめた。今はただ、生きのびることしか考えられなかった。

叩きつける雨、激しくうねる波、飛び散る水しぶき。四方八方から水に襲われていた。大きなうねりにカヤックが押しあげられ、波が側面に打ちつける。波が押し寄せるたび、ジャスティンはそちらへ体を傾け、パドルを駆使して白波のほうへ艇首を向けようとした。だが、ついに失敗した。

カヤックは転覆した。

11

一瞬で視界がまっ暗になり、凍りつくような冷たさに襲われた。体じゅうが痛い。ジャスティンはエスキモーロールと呼ばれる方法でカヤックごと起きあがろうとしたが、波が荒く、艇をもとに戻すことができなかった。海中で逆さまになったまま、体を艇に固定しているスプレースカートをはずす取っ手を探す。だが、水温の低さに影響を受けているのか、なかなか見つけることができない。彼女はパニックに陥りそうになった。

体をひねり、艇の横側からなんとかして一瞬だけ海面へ顔を出し、とりあえず空気を吸いこんだ。また逆さまに戻り、やっと取っ手を見つけ、必死に引っ張る。スプレースカートがはずれると、カヤックから抜けだし、海面から顔を出した。転覆したカヤックにつかまり、空気を求めてあえぐ。だが、すぐにまた大波に襲われた。

信じられないほど水が冷たかった。感覚が麻痺し、血圧が恐ろしいほどあがっている。パドルが専用の紐でカヤックとつながったまま、艇首の先のほうで浮いたり沈んだりしていた。ジャスティンはまだ息が苦しかったが、なんとかして艇首まで進み、カヤックにつかまったまま紐をつかんだ。紐を引っ張り、パドルをたぐり寄せる。パドルをつかむ手に力が入らなかった。

とにかく水からあがる必要があった。運動能力には自信があるほうだが、思うように体が動かなくなっている。一〇分もすれば血のめぐりが悪くなり、もっと状態は悪化するだろう。カヤックの下に手を入れ、艇の前方に張った紐に挟んであるパドルフロートを引っ張りだした。パドルフロートとはセルフレスキューのための装備で、パドルをさし、再乗艇するのに使う。そのパドルフロートにパドルをさそうとしたが、鍋つかみをはめているのかと思うほど、指が動かなかった。

そのとき、ひときわ高い波に襲われた。コンクリートの壁に衝突したような衝撃を受け、気絶しそうになる。あえぎながら周囲を見まわすと、パドルフロートが流されていた。パドルはまだ手に持っており、カヤックとつながっていた。

ライフジャケットの浮力をありがたく思いながら、パドルをつなぐ紐を伝ってカヤックのそばへ戻った。

パドルフロートが流されてしまったので、あとはカヤックを引っくり返してもとに戻し、艇尾から再乗艇するしかない。だが、艇に張った紐をつかもうとしたとき、もうその力も残っていないことに気づいた。

すべてがあっという間の出来事だった。体が冷えきり、筋肉が石のようにこわばっている。これからどうなるのかと思うと怖かった。だが、恐怖を感じるのはいいことだ。何も感じなくなり、もうどうでもいいと思うようになったら、あとは最悪の事態にいたるだけだ。

こんなときに役だちそうな魔術の呪文を思いだそうと努めた。だが、スープに入っているアルファベットの形をしたパスタのように、文字が頭のてっぺんに浮いていて、まとまった言葉にならなかった。

そのとき黄色いプラスティック製の艇体が頭にあたり、正気に戻った。

選択肢はひとつしかない。カヤックに乗り、生きのびる。このまま海中にとどまれば死ぬだけだ。

息を切らし、うめき声をもらしながら、カヤックを引っくり返し、艇尾へまわった。体が波にもまれ、上下左右に激しく揺れる。

いっときたりとも気を抜けなかった。どうすべきかはわかっている。カヤックの艇尾に体重をかけて押しさげ、水を蹴って艇体にのぼり、操縦席まで這っていく。

ふと、自分が本当にそうしているのか、それとも頭で考えているだけなのかわからなくなってきた。気がつくと、まだ海水につかっていた。艇首があがっているところを見ると、艇尾に体重をかけるところまではうまくいったのだろう。脚が動いているのかどうかは定かではなかった。艇体に乗れるほど水を強く蹴ることができるかどうかもわからない。だが、ここで失敗すれば、二度目はもう無理だろう。

しかし、次に気づいたときには艇尾をまたいで艇体に横たわっていた。精霊たちに心から感謝した。気力を振りしぼり、バランスをとりながら、操縦席のほうへ這っていく。

だがそのとき、自分の身長ほどもある大波が、まっすぐこちらへ向かってくるのが見えた。

また転覆するのだと思い、ふと、あきらめの気持ちが浮かんだ。もう終わりだ。目をつぶり、息をとめ、転覆するがままに身を任せる。カヤックが遠ざかり、身を切られるような冷たい海に引きこまれた。ライフジャケットの浮力のおかげで、泡だてたミルクのような海面に浮きあがる。

朦朧として目も耳もよく働かなかったものの、それでも空が落ちてきたかのような轟音が聞こえたのはわかった。びくっとして振り向くと、風上のほうから大きくて白いものが、波で上下しながらこちらへ向かってくるのが見えた。ぼんやりとした頭ではそれがなんだかわからなかったが、やがてボートだと気づいた。だが思考力が低下し、これで救助されるかもしれないということは理解できなかった。

怒鳴り声が聞こえた。何を言っているのかはわからなかったものの、声の主が早口で悪態をついているらしいということは察した。また波をかぶった。咳きこんで塩からい水を口から吐きだし、目にかかった髪を払おうとする。だが、手の感覚がまったくなかった。そのときまた怒鳴り声が聞こえ、目の前にオレンジ色の輪っかのようなものが落ちてきた。

もはや何も考えられず、ただぼんやりとそれを眺めることしかできなかった。全身ががくがく震えている。

怒った声で何かをしろと叫ばれたような気がしたが、何をしろと言われているのかはさっぱりわからなかった。しかし、頭では理解していなくても、体が反応した。オレンジ色の輪っかへと力なく手をのばす。だが、うまくつかめなかった。もう一度試すと、ようやく両腕で抱えこみ、胸もとに引き寄せることができた。すぐに冷たい海水のなかを引っ張られた。

何かが起きているらしいとはわかったが、すでに意識が薄れかけていた。頭の片隅ではちゃんと考えなくてはいけないと感じていたものの、もうどうでもいいと思った。まわりはすべて水だった。海水に足を引っ張られ、眠りに引きずりこまれそうになった。深海のように暗くて静かな眠りへ……。

不意に強い力で海から引っ張りあげられた。ボートの後部にあるクッションのきいたベンチシートに横たえられ、いくらか意識が戻った。震えが激しく、口をきくことも、ものを考えることもできない。ボートには男性がひとり乗っていた。顔には見覚えがあるが、名前は思いだせなかった。男性はウィンドブレーカーを脱ぎ、それを体にかけてくれた。そして空に稲妻が走るなか、操縦席のほうへ行った。

船は、船首部分にとりはずしのできるカバーがついたプレジャーボートだった。男性がギアを入れると、エンジンがうなった。波が高すぎて高速走行は不可能なため、男性は低速で舵をとった。

ジェイソンだ……。疲労困憊した頭に、男性の名前が浮かんだ。それとともに、かすかに胸がうずいた。なぜ、彼がここにいるのかはわからない。よく知りもしない女性のために、命の危険を顧みず、こんな嵐の海に出てくるなんて正気の沙汰ではない。

ジェイソンは側面から大波が来るたび九〇度に舵を切り、波に対して垂直に船を進めた。たくみに船体を波に乗せ、波からおりるときは船首が海に突っこまないよう速度を落としている。操縦に関しては、かなりの腕と経験があるようだ。ボートは上下しながらジグザグに進んだ。それでも船尾が波に流されそうになっている。これではいつ転覆してもおかしくはない。

ウィンドブレーカーにくるまって縮こまっていると、少しずつ血流が戻ってきた。だが、まだ全身が震え、歯がカチカチと鳴っている。体に力をこめると、一瞬、震えはとまるが、すぐにまたもとに戻った。編集の下手くそな映像のように、時間がぎくしゃくと進んでいく。手の感覚はまだ麻痺していたものの、鼓動は力強くなってきた。

ジャスティンはぎゅっと目をつぶり、船体が上下するたびに感じる苦痛や、船内に入りこんでくる水しぶきの冷たさに耐えた。ジェイソンのほうを見ていたわけではないが、彼が必死に船を安定させようとしているのが伝わってきた。

やがて、いくらか波がおさまり、エンジン音が小さくなった。重い頭をあげると、舳先《へさき》の向こうに見覚えのある断崖が見えた。コールドロン島だ。ジェイソンは何を思って、ここへ進路をとったのだろう？

ジェイソンは右舷側の防舷材《フェンダー》を船外に出し、ギアをニュートラルにして斜めの方向から桟橋に近づいた。最後はギアをバックに入れ、船尾をぴったりと桟橋に寄せた。

エンジンを切り、もやい綱をおろす。ジャスティンが起きあがろうとしているのを見ると、指を突きつけ、何か怒鳴った。嵐のせいで聞きとれなかったが、動くなと言われたのだろう。

彼女は断崖の上へ続く細い道を見あげ、絶望的な気分になった。元気なときでも、ここをのぼるのはきつい。ましてやこんな体調では絶対に無理だ。

ジェイソンはもやい綱を桟橋に結びつけると、ボートへ戻り、ジャスティンのほうへ近づいた。彼女は血の気のない手をさしだし、自分でも立ちあがる努力をしながら、引っ張りあげてもらった。桟橋におりたつやいなや、肩にかつがれた。体が折りたたみ椅子のようにぐったりと曲がる。ジェイソンは片腕でジャスティンの膝を押さえ、もう一方の腕を手すりに置いて、消防隊員のような格好で階段をのぼりはじめた。

ジャスティンは体の震えを抑えようとした。不用意に動けば、ジェイソンの負担になると思ったからだ。だが、彼は軽々とジャスティンをかついだまま、しっかりとした足どりで階段をのぼっていった。ときには一段飛ばしであがっている。断崖のてっぺんに着いたとき、ジェイソンの息は少し速かったが、決して苦しそうではなかった。まだあと二度くらいは続けて同じことができそうだ。

ジェイソンが灯台に併設された住居の玄関ドアを拳でたたいた。

すぐにドアが開き、ローズマリーとセイジが甲高い声で言った。

「まあ、ジャスティン！」

「いったいどうしたの？」

ジェイソンは質問することも答えることもなく、まっすぐリビングルームへ向かい、ジャスティンをソファにおろしもしないうちから、次々と命令をくだした。

「上掛けをくれ。風呂をわかすんだ。熱いのではなく、ぬるめがいい。それから紅茶をいれてくれ。砂糖と蜂蜜入りだ」

「いったい何があったんだい？」ローズマリーが尋ねた。足のせ台をソファのそばに置き、キルトの上掛けを持ってくる。

「カヤックが転覆したんです」ジェイソンはぶっきらぼうに答え、ジャスティンをソファに寝かせた。ジャスティンがはいているネオプレンのシューズを脱がせながら、荒々しく低い声で続ける。「五分でいいから時間を割いて、ラジオで天気予報や、小型船舶への注意情報を聞こうとは思わなかったのか？」

ジャスティンは、これまでそういう情報が役にたったことは一度もないと言い訳しようとした。だが、まだ歯の根が合わず、ちゃんとした言葉にならなかった。

「しゃべるんじゃない」ジェイソンが乱暴に言い、ソックスを脱がせた。

そもそも男性が好きではないローズマリーは、怒りに満ちた目で彼をじろりとにらんだ。

セイジがローズマリーの腕に手を置く。「お風呂をお願い。紅茶はわたしがいれるわ」

「今の口のきき方ったら――」

「彼も疲れているのよ」セイジがささやいた。「ほうっておきなさい」

そうじゃないの、とジャスティンは言いたかった。彼は激怒していて、アドレナリンが出まくっているの。そんな彼と今はふたりきりになりたくない。

ローズマリーとセイジが部屋を出ていくと、ジェイソンはネオプレンの膝丈のパンツを脱がせにかかった。意外にも、これがなかなかうまくいかなかった。ナイロンの裏地が脚に張りついている。彼はいらだった声をもらしながら、膝丈のパンツを脱がせた。その拍子に生地が破れた。ジャスティンは拳を握りしめ、体の震えに耐えていた。このままだと肉が骨からはがれてしまいそうだ。

ジェイソンは、膝丈のパンツの下にはいていた下ばきも脱がせようとした。すべてを脱がせるつもりだと気がつき、ジャスティンは抵抗した。

「静かにしろ」ジェイソンが不機嫌そうに彼女の手を払いのける。「自分じゃ脱げないんだから、しかたがないだろう」

半袖のドライトップと、その下に着ていたTシャツも脱がされ、床に湿ったウェアの山ができた。ブラジャーとショーツはあっさり脱げた。ジャスティンは震えが激しく、腕で自分の体を隠すこともできなかった。涙があふれそうになり、目をしばたたく。これではまるで、漁網にかかって死にかけている魚みたいだ。

ジェイソンはソファの脇に立ち、自分の濡れたTシャツの裾をつかむと、しなやかな身のこなしでするりと脱いだ。ジャスティンは驚いて目を見開いた。彼の上半身は筋肉質でたくましかった。蜂蜜色の肌はなめらかだ。

ジェイソンは靴を脱ぎ捨て、彼女の隣に横たわると、冷えきった体を抱き寄せ、ふたり一緒に上掛けでくるんだ。

「体を温めるにはこれがいちばんだ」つっけんどんな口調で言う。

ジャスティンは彼の胸に顔を押しあてたまま、うなずくことでわかっていると伝えた。

ジェイソンが背中を丸め、さらにしっかりと彼女を抱きしめる。彼の体は熱いほどだった。自分の体が冷たいせいでそう感じるのかもしれないと、ジャスティンは思った。もっとぬくもりがほしくなる。不意に骨がきしむほどの震えに襲われ、自分からさらに身を寄せた。

「ちゃんと温めてやるから、体の力を抜け」ジェイソンは疲労のせいか、まだ呼吸がいくらか速かった。それに合わせて首筋に息がかかる。体に脚をまわされ、動かないように押さえつけられた。


このぬくもりがないと生きのびることはできない、とジャスティンは思った。彼の体温が、冷えきった体の奥にまでしみてくる。こうしているとふたりの息がひとつに重なり、筋肉の動きや、喉もとが上下するのまで感じられた。いつかこの状況を思いだして恥ずかしく感じるときが来るのかもしれないが、今は体が凍え、そんなことを気にする余裕もない。


それから二度ばかり、また震えに襲われた。そのあいだじゅう、ジェイソンはジャスティンをしっかり抱きしめ、耳もとで何か言葉をささやいていた。やがて少しずつ感覚が戻りはじめ、肌がちくちくしてきた。手が痛くなり、指が痙攣したように動く。ジェイソンは黙って彼女の手をとり、それを自分の脇腹にあてた。

「ごめんなさい」ジャスティンはかすれた声で言った。さぞや冷たいに違いない。

「かまわないから、楽にしていろ」無愛想な口調だった。

「怒っているのね」

ジェイソンは否定しようともしなかった。「カヤックが波間で上下しているのを見つけたとき……」言葉を切り、小さく息を吸いこむ。「たとえきみを捜しだせたとしても、状況は最悪かもしれないと思った」口調が険しくなった。「ぼくが来るのがあと数分でも遅れていたら、どうなっていたかわかっているのか？　そういうのを軽率で、無謀で、ばかげた行為というんだ」

「そんなことないわ」ジャスティンは言い返した。「港を出たときは、天気はそんなに悪くなかったし……」思わず咳きこみ、言葉が途切れた。海水にやられたのか、喉が痛い。

「頑固なやつだ」ジェイソンもあとに引かなかった。

あなたに言われたくないわとジャスティンは思ったが、口には出さなかった。息をするたびに嗚咽がもれる。

そのとき、やさしく頭を撫でられた。髪はまだ濡れているし、きっとひどくもつれてもいるのだろう。

「泣くな」ジェイソンの口調が和らいだ。「もう何も言わないから。今日はひどい一日だったな。だが、もう大丈夫だ。きみは助かった」

こんな泣き方をしてはみっともないと思い、ジャスティンは必死に涙をこらえ、彼を押しやろうとした。

「いいからじっとしていろ。ぼくはいやなやつかもしれないが、きみを温めることはできる。今は体温をあげるのが先決だ」ジェイソンは体を起こしてソファに座ると、彼女を膝にのせ、上掛けを巻き直した。「正直、ぞっとしたよ」低い声で言う。「船に引きあげたとき、きみは意識が薄らいでいたし、顔には血の気がなかった」上掛けの端でジャスティンの涙に濡れた頬をふいた。「いつもこんなことばかりしているなら、これからぼくがうるさく口を出すぞ。とてもじゃないが、ほうってはおけない」子供をなだめるように、ジャスティンの体を軽く揺らしながらささやく。「きみの身の安全が心配だ」

嗚咽がおさまり、すすり泣きに変わった。ジャスティンは包みこむように抱かれたまま、彼の力強い鼓動を聞いていた。大人になってから、これほど誰かに身を任せきったのは初めてだ。不思議と、それがいやだとは感じられなかった。やさしく揺すられていると、気持ちがおさまってきた。このまま眠ってしまいたいのに、ジェイソンがずっと話しかけてくる。脚がつっていないか？　今日は何曜日だ？　救助されてからのことはどれくらい覚えている？

「疲れたの」彼の胸に頭をもたせかけたままジャスティンは言った。「話す元気もないわ」

「そうだろう。だが、まだ眠っちゃだめだ」ジェイソンが耳たぶに軽くキスをした。「子供のころ、いちばん好きだったおもちゃはなんだ？」

そのときまた軽くジャスティンの体が震えた。だが、もうこれでおさまりそうだと思った。ジェイソンの手が背中を撫でる。

「ぬいぐるみよ」

「どんな？」

「小さいワンちゃん。白地に黒のぶちがあるやつ」

「ダルメシアンか？」

ジャスティンはうなずいた。「その子を本物の犬にしたいと思って、何度もおまじないをしたわ」

「名前は？」

「なかった」彼女はかさついた唇をなめた。「どうせ、ずっと持っていられるわけじゃないのはわかっていたから。どのおもちゃもそう。次の土地へ移り住むたびに置いていくしかなかった。だから、愛着がわかないように名前はつけなかったの」ジェイソンに上体を起こされた。「ねえ、もう少しこのまま――」

「きみの友人が紅茶を持ってきてくれた。顔をあげるんだ。いらないというのはなしだぞ。ちゃんと飲ませるからな」

カップを口もとまで運ばれ、ジャスティンはしぶしぶ唇を開き、少しだけ飲んでみた。温かくて、とても甘く、蜂蜜が喉にやさしかった。紅茶が喉を流れて胃に落ちるのがわかり、体の芯が温まった。

「ほら、もっとだ」ジェイソンに促され、ジャスティンはおとなしく両手でカップを持った。

紅茶を飲んでいると、どんどん体が温まり、驚くほど体温が上昇した。頭から爪先まで、全身が日焼けをしたかのように熱い。上掛けにくるまれているのが苦しくなり、端をめくろうとした。

「だめだ」ジェイソンにとめられた。

「でも、暑いの」

「きみは温度の感じ方がおかしくなっている。まだ体はそんなに温かくないぞ。上掛けはそのままにしておいて、もっと紅茶を飲め」

「いつまでこうしていればいいの？」

「汗をかくまでだ」

「もうかいているわ」ジェイソンと肌が触れあっているところが湿っている。

ジェイソンがジャスティンの太ももに触れ、腰に手を置いた。「それはぼくの汗だ。きみの肌は乾ききっているぞ」

ジャスティンが反論しかけると、彼は促すように唇にカップを押しつけた。

ジェイソンはジャスティンを座り直させたあと、そばにいるセイジとローズマリーに顔を向けた。ふたりはこの状況をどう考えているのだろう、とジャスティンは思った。

セイジはアン女王様式の椅子に、蜂鳥のようにちょこんと座っていた。小柄で、ピンク色の頬をしており、白い髪が綿菓子のようにふわふわしている。スカイブルーの目はうっとりとジェイソンを見つめていた。

だが、ローズマリーのほうはまったく違った。セイジとおそろいの椅子に腰かけ、非難がましい目をジェイソンに向けている。セイジが愛らしいタイプなのとは対照的に、ローズマリーは気品のある美人だった。背が高く、やせており、ここ数年はとくに気が強くなっている。

ジェイソンはふたりの質問に答えながら、状況を説明した。その日の朝、チャーター会社の船長とともにボートに乗ったときは、空はすでに曇っていたものの、海はまだ穏やかだった。二時間ほどしてマリーナへ戻ったのだが、しばらくすると海が荒れはじめ、気象注意報が出た。マリーナを出ようとしたときプリシラから電話があり、ゾーイがジャスティンのことを心配していると連絡を受けた。

ジャスティンは熱射病になりそうなほど体が熱く、三人の会話を半分ほどしか聞いていなかった。上掛けにくるまれ、ジェイソンに抱きしめられているせいで、オーブンのなかにいるような気分だ。紅茶を飲み終わると、彼がそのカップを受けとり、身をかがめてコーヒーテーブルの上に置いた。ジェイソンの体に圧迫され、息がつまる。凍えそうな寒さから解放されると、今度は彼にぴったりくっついていることに動揺を覚えはじめた。ふたりを隔てているのは、ジェイソンがはいている薄いボードショーツだけだ。彼のたくましさが気にならないはずはない。

生まれたままの姿で、普通の状況ならありえないほどジェイソンと体を密着させ、一緒に上掛けにくるまれている。そう思うと落ち着かなくなり、体がこわばった。彼の膝の感触が太ももに伝わり、つい身じろぎしてしまう。腰は身動きできないほどしっかりとジェイソンに支えられていた。

「こっちにはゾーイから電話があったんだよ。嵐になりそうだけどって」ローズマリーが言った。「ジャスティンはまだ来ていないと言うと、とても心配していた」

ジェイソンは説明を続けた。プリシラからの連絡を受け、すぐにボートに乗りこみ、ジャスティンを捜しに出た。距離的には近いはずだが、大しけのせいで、まっすぐボートを進めることさえ難しかった。そしてやっとの思いでジャスティンを見つけ、救助したのだと。

「なんとお礼を申しあげていいかわからないわ」セイジが心から感謝の念をこめて言った。「わたしたちにとってジャスティンは姪っ子のようなものなの。この子に何かあったらと思うと……」

「ぼくも気持ちは同じですよ」

その言葉を聞き、ジャスティンは驚いて顔をあげた。

ジェイソンはかすかにほほえみ、ジャスティンの汗ばんだ頬に指で触れた。「もうだいぶ体が温まってきたようだ」ローズマリーのほうを向く。「バスルームはどこですか？　彼女を運びます」

「自分で歩けるわ」ジャスティンは言った。

ジェイソンが首を振り、彼女の顔から髪をかきあげる。「できるだけ自分で動くのは避けたほうがいい。低体温症に陥ったあとだ。中心体温が低下しつづけるアフタードロップ現象が起きるかもしれない」

「わたしなら本当に大丈夫だから」ジャスティンは抵抗した。だが、ジェイソンはそれを無視し、彼女を軽々と抱きあげた。

「今晩はお泊まりになるんでしょう？」セイジが尋ねた。「天気予報だと、この嵐は明日の朝までおさまらないそうよ」

「ご迷惑をおかけしてすみません」

「あら、ちっとも迷惑じゃないわ。コンロではスープを煮ているし、オーブンでは〝ダークマザー〟パンを焼いているところだから」

「〝ダークマザー〟？」ジェイソンが尋ねた。

「女神ヘカテのことよ。ほら、もうすぐ秋分でしょう。わたしたちは〝メイボン〟と呼んでいるんだけど。〝メイボン〟はわたしたちにとって特別なお祝いの日だから――」

「セイジ」ジャスティンは会話をさえぎった。「そんな話、彼は聞きたくないわよ」

「いや、興味がありますよ」ジェイソンがセイジに言った。「ぜひ、またあとで聞かせてください」

セイジがにっこり笑った。「ええ。祭壇もお見せするわね。今年はとてもいいものができあがったのよ」楽しそうにそう言うと、キッチンへ行った。

ジェイソンはローズマリーに案内され、主寝室のバスルームへ向かった。外では嵐が吹き荒れていた。格子状に桟《さん》が入った窓に雨が打ちつけ、ビー玉がばらばらと床に落ちるような音をたてている。これまで数えきれないほどの暴風雨に耐えてきた灯台は、今日もただじっと我慢しているように見えた。

「電話をかけたいんですが」ジェイソンがローズマリーに言った。

「ホテルにはもう連絡して、あなたがジャスティンと一緒にここにいることは伝えておいたよ。携帯電話は電波が届かないと思うから、うちの電話を使っておくれ」

「ありがとうございます」ジェイソンはジャスティンを抱いたまま、バスルームに入った。彼女を床に立たせ、バスタオルを体に巻きつけ、トイレのふたをあげる。「極度の寒さにさらされると、腎臓が過剰に反応する」淡々と言った。

ジャスティンはむっとした。たしかにそのとおりだ。だが、そう思うなら、さっさと出ていってほしい。「ひとりにしてちょうだい」

腹だたしいことに、ジェイソンは首を振った。「何かあるといけないから、誰かがついているべきだ」

「わたしが一緒にいるよ」ローズマリーが戸口から言った。

「たとえ一分たりとも、彼女をひとりにしないでください」

「もちろんだよ」ローズマリーが眉をひそめた。「塔にある寝室に、もうひとつバスルームがあるから、よかったら使っておくれ」

「ありがとう」ジェイソンが言った。「でも、その前に桟橋へ戻り、ボートにカバーをかけ、たまった水を抜いてきます。少し時間がかかるかもしれません」

「だめよ」ジャスティンは心配になった。この嵐のなか、彼をひとりで外へ行かせたくない。わたしを救助したり、さらにはわたしをかついで断崖の階段をのぼったりしたのだから、彼だって疲れているはずだ。「先に少し休んだほうがいいわ」

「平気だ」ジェイソンはドアのそばで立ちどまり、彼女のほうは見ずにつけ加えた。「風呂につかったら、すぐベッドに入れ」

「またそうやって命令するのね」ジャスティンはそう言ったものの、非難するというよりは、からかうような口調になった。

ジェイソンはまだ横を向いたままだったが、その口もとに笑みが浮かんだのが見えた。

「慣れろ。ぼくはきみの命を助けたんだ。だから命令する権利がある」

そう言うと、彼はバスルームを出ていった。ローズマリーが唖然とした顔で、そのうしろ姿を眺めていた。


ジャスティンは足もとに気をつけながら、そろそろと温かい湯につかった。とても気持ちがよかった。ローズマリーがハーブの入ったにおい袋を湯に入れる。

「筋肉痛にきくから。さっきセイジがいれた紅茶にも薬草が入っていたんだよ。これですぐに元気になるからね」

「何か入っているんだろうとは思っていたわ」ジャスティンは言った。「飲んだらすぐに体がぽかぽかしてきたもの」

ローズマリーが少し皮肉のまじった口調で言った。「そりゃあ、彼にくっついていたおかげも大きいだろうけどね」

「ちょっと、何を言いだすの！」ジャスティンは動揺した。

「もうどれくらいつきあっているんだい？」

「つきあってなんかいないわ」ジャスティンは湯に視線を落とした。脚がかすかに震えているせいで、水面が小さく波だっている。「一度、一緒に食事に行っただけよ」

「前の人とはどうなったの？　ほら……名前はなんだっけ？」

「ドゥエイン」

「彼のことは気に入ってたよ」

「わたしもよ。でも、わたしのせいで終わっちゃったの。つまらないことでけんかしたのよ。もう、理由も思いだせないくらい。それで、わたしが激怒したら……」ジャスティンは言葉を切り、湯のなかで手を動かしてみた。湯の表面が波だつ。「彼のバイクのヘッドライトが破裂したの。とっさにごまかしたけれど、本当はわたしのせいだって彼にはわかったみたい。今では、どこかでばったりわたしに会うと、胸の前で十字を切って逃げていくわ」

ローズマリーは厳しい顔をした。「どうして話してくれなかったんだい？」

「別に隠すつもりはなかったのよ」ローズマリーがここまで反応するとは思っていなかったので、ジャスティンは落ち着かなくなった。「わたしが男の人と何かあるたびに、あなたたちをわずらわせることもないかと思って。それに——」

「別れたことを言ってるんじゃなくて」ローズマリーがさえぎった。「ヘッドライトのほうだよ」

「だって……それは、ほら、そんなにびっくりするほどのことじゃないし……。あなたやセイジや、魔女団《カヴン》のほかの人たちがやっているのを見たことがあるもの」

「それは長年、修行を積んで、できるようになるんだよ。初心者にはまず無理だね」ローズマリーの表情を見て、ジャスティンは言わなければよかったと後悔した。「それに危険な力でもある。とくにあなたは基礎も学んでないし、集中力も身につけていないんだから。怒りに任せてそんなことをしてはだめなんだよ」

「これからは気をつけるわ」ジャスティンは言った。「でも、割ろうと思って割ったわけじゃないの」

ローズマリーは洗面台の端に置いてあったタオルを手にとり、意味もなく折りたたみ直した。「ほかにもそういうのが起きたことはあったのかい？」

「ううん」ジャスティンは即答した。

ローズマリーが両眉をつりあげる。

「実はあるの」ジャスティンは努めて軽い口調で続けた。「一度、電気のブレーカーを落としちゃった」

「なんだって？」

「床ワックスの缶が足に落ちたの」ジャスティンは言い訳した。「すごく痛くて、けんけんしながら悪態をついていたら、電灯が消えたのよ。しかたがないから地下室までブレーカーをあげに行ったわ」

「それは本当にあなたが原因だったのかい？　たまたま偶然じゃなくて？」

ジャスティンは首を振った。「体のなかを妙なエネルギーが走るのを感じたもの」

「脱分極が起きたんだね」ローズマリーはせっかくたたんだタオルを振り、また折りたたみはじめた。「細胞には生物電気というものがある。ただ、体の外に電気を放出できるような人間はほとんどいない。動物なら電気ウナギとかがそうだけどね」

「魔女はみんな、それができるの？」

「いいや。生来の魔女だけだし、そのなかでもほんのひと握りだけだよ」

ジャスティンは指先をひらひらさせ、冗談めかして言った。「で、わたしはどれくらいの電気を放出できると思う？」

「除細動器くらいだろうね」ローズマリーが険しい表情で答える。

ジャスティンは目をしばたたき、手をおろした。

「こうなったからには、力の使い方をちゃんと教わるしかないよ。ヴァイオレットかエボニーがいいと思う。じゃないと自分もほかの人も危険にさらすことになるからね」

ジャスティンはうめいた。カヴンの世話になれば、より強く入会を求められることになるだろう。「自分でなんとかするわ。もう二度とこんなことは起きないようにするから」

「意志を強く持てば大丈夫だと思ってるのかい？」

「ええ」

ローズマリーがいかめしい顔をした。「それは無理だね。今のあなたは、六歳児が車の運転をしているようなものだ。またあとで、セイジと一緒にこの話をしよう。セイジならあなたを説得してくれるだろうからね」

ジャスティンは天をあおぎ、湯に浮かぶにおい袋を爪先で蹴った。首にかけた鎖をぼんやりと指でもてあそび、その先にある銅製の鍵を手にとると、それで唇をとんとんとつつく。バスルームの窓に突風がたたきつけた。外は風の音がすさまじい。海はさぞかし荒れているのだろう。

はっと息をのむ声が聞こえ、ジャスティンはローズマリーのほうを向いた。

ローズマリーは窓の外を見たあと、ジャスティンが手にしている鍵に目をやり、また窓のほうへ視線を戻した。「ジャスティン、禁忌《ゲッシュ》を解いたのかい？」目がうつろだ。「そうだね？精霊たちが騒いでる」

「ええと……」ジャスティンは返事をしかけたが、ローズマリーの表情を見て言葉を失った。ローズマリーがこんな表情をしたのは初めてだ。

そこには恐怖の色が浮かんでいた。

「ああ、ジャスティン」ローズマリーがようやく声を発した。「どうしてそんなことをしたんだい？」

ジャスティンは質問には答えず、自分にかけられたゲッシュについて知っていることを教えてくれと迫った。だが、ローズマリーは絶対に話そうとしなかった。「その件はまたあとにしよう。とにかく少し休まなくちゃ」

セイジもまじえて話しあうつもりだろう、とジャスティンは思った。セイジがいれば、けんかにならずにすむ。

ローズマリーはジャスティンがバスタブから出るのに手を貸し、白いフランネルのナイトシャツをさしだした。「わたしたちのベッドでお昼寝をなさい。夜は塔の部屋を使えばいいから」反応をうかがうように言葉を切る。「彼はどうするだろうね。あなたのところへ行くか、それともソファで寝るか」

「ソファだと思うわ」

ジャスティンは四柱式の柔らかいベッドに座り、ほっとしてため息をついた。ローズマリーがジャスティンの背中のうしろに枕をいくつか入れ、上掛けをかける。シルクやベルベットやブロケードなど、さまざまな生地を使ったキルトで、裏地にはシュガーサックが使われていた。

嵐はますますひどくなり、空は濡れた新聞紙のような色をしている。稲妻が走り、ジャスティンはびくっとした。ふと、ジェイソンのことを思った。早く帰ってくればいいのに。家のなかにいれば安全なのだから。

ローズマリーが、洗ったばかりのジャスティンの髪をといてくれる。

そういえば昔もよくこうしてもらった、とジャスティンは思った。子供のころは、この灯台に滞在するのが大好きだった。母との生活はせわしなかったが、ここでの暮らしは落ち着いていた。よくセイジにピアノで古い歌を弾いてもらったり、ローズマリーに灯台のてっぺんへ連れていってもらい、レンズの掃除を手伝ったりしたものだ。ふたりが無条件に愛情を注いでくれたおかげで、まっとうに育ったようなものだった。

ジャスティンは思わずローズマリーのほうへ体を寄せた。

ローズマリーがやさしくジャスティンの頰をさする。

セイジが《ペニーズ・フロム・ヘブン》を口ずさみながら寝室に入ってきた。そして、薄紙に包まれた服を大事そうにベッドの上に置いた。

「それは何だい？」ローズマリーがまた髪をときながら尋ねた。

「ミスター・ブラックに服をお貸ししようと思って、杉の収納箱のなかから出してきたの。昔、ニールが着ていたものよ。これなら彼にぴったりだわ」

家のなかに男性がいることをセイジが楽しんでいるとわかり、ジャスティンは思わず苦笑しそうになった。

「おやおや」ローズマリーがあきれた。「よくもまあ、そんな古いものを出してきたね」

「あら、ちっとも傷んじゃいないわよ」セイジは穏やかにこたえ、薄紙を開いた。「最近はまた、こういうヴィンテージものがはやりなんだから」シンプルな襟のついたクリーム色のリネンのシャツを見せる。「ほら、すてきでしょう？　それと……」薄茶色でチェック柄の、カジュアルな細身のズボンが出てきた。

「彼の足首までも届かないよ」ローズマリーが言い捨てた。「ニールの身長なんて、あなたと大して変わらなかったんだから」

セイジはズボンをベッドの上に広げ、思案するように眺めた。「もちろん、なんとかするつもりよ」もごもご何かつぶやき、ぽっちゃりした手をひらひらさせる。「ジャスティン、彼の身長は？」

「一八〇センチくらい」

セイジがズボンの片裾を何度か引っ張った。そのたびに生地がのび、裾が二〇センチばかり長くなる。彼女はこういう魔術をやすやすとやってのけるのだ。「彼って、すてきな人よね」誰に言うともなくつぶやいた。「いろいろと恵まれているし……」

「それは関係ないわ」ジャスティンは反論した。

「あら、お金のことを言っているんじゃないのよ。見た目とか、知性とか、そういうこと。ただ……」セイジはもう一方の裾をのばし、できあがったものをジャスティンに見せた。「どう？　これで喜んでもらえるかしら」

「よっぽど彼のことが気に入ってるのね」

ローズマリーが鼻を鳴らした。「そうじゃないよ。セイジは遠まわしに、あなたと彼がもう深い関係なのかどうか探ろうとしているんだ」

「何もないわ」ジャスティンは思わず笑った。「これからも、そんなことになるつもりはないし」

「彼とはかかわらないほうがいいと思うわ」セイジが言った。

「そうだね」ローズマリーも同意した。

セイジがローズマリーに笑顔を向ける。「じゃあ、あなたも気づいていたのね」今度はシヤツの袖をのばしはじめた。

「もちろんだよ」ローズマリーはジャスティンの髪をとき終え、ゴムで束ねた。

ジャスティンはわけがわからず、ふたりの顔を交互に見た。「なんの話？　気づくって、何によ？」

セイジが落ち着いた声で答えた。「ミスター・ブラックには魂がないの」

12

「どういう意味？」ジャスティンは目を見開いた。「二日ほど前にジェイソンも言ってたわ。自分には魂がないって」

「あら、ご当人も知ってるの？」セイジはズボンを丁寧に折りたたんだ。「それは興味深いわね。普通、本人にはなんの自覚もないものなんだけど」意味ありげにローズマリーと目を合わせる。

「ちゃんと教えてよ」ジャスティンはじれたように言った。「彼は社会病質者《ソシオパス》か何かだってこと？」

「そうじゃないわ」セイジがくすくす笑い、キルトの上からジャスティンの膝を撫でる。「魂がなくても、とてもいい人だっているわよ。魂がないというのは、別に非難されるようなことじゃないの。自分ではどうしようもないことだし……。ただ、それが事実だというだけ」

「どうして彼には魂がないとわかったの？」

「生まれながらの魔女にはわかるのよ。初めて彼に会ったとき、何か感じなかった？」

ジャスティンはしばらく考え、ゆっくりと答えた。「そういえば……一瞬、この人には気をつけなきゃと思ったわ。どうしてかはわからないけれど」

「それよ。これからも初対面の人に対して、たまにそう感じることがあるわ。でも、口に出して言っちゃだめよ。本人はわかっていないし、知りたくもないことだから」

ジャスティンはなぜだかいらだちを覚えた。「何を言ってるのかさっぱりわからない」

「つまり……」ローズマリーが口を挟んだ。「魂がなくても、感情や思考や記憶はあるってことだよ。その人が、ひとりの人間であることに変わりはない。ただ……来世へ行けないんだよ。肉体が滅びたら、あとには何も残らないからね」

「天国にも地獄にも行けないってこと？」ジャスティンは尋ねた。「ヴァルハラ（北欧伝説で英雄の魂が行くところ）にも、サマーランド（ウィッカにとっての来世）にも、黄泉《よみ》の国へも？　死んだら、それで終わりなの？」

「そういうことね」

「ずっと思ってたんだけど、魂のない人たちって、本当は心のどこかでそれに気づいているんじゃないかしら」セイジが言った。「いつまでも若々しいし、精力的に生きるもの。まるで現世でしか生きられないことを知っているみたいに」

「そういえば、あなたは蝋燭の詩が好きだったわね、セイジ」

「エドナ・ミレイよ。〝わたしの蝋燭は両端から燃える。朝までもたないだろう。でも、ああ敵よ、ああ友よ。その光は美しい！〟」

「これが魂のない人の心情なんだよ」ローズマリーがジャスティンに言った。「究極の無が待っているからこそ、その前にあらゆることを経験しておきたいという衝動に駆られ、貪欲に生きる。だけど、どれほど成功しても、物足りなさを感じるし、それがなぜだかはわからない」

「魂がなくなる理由はなんなの？」ジャスティンはかすれた声で尋ねた。

「理由なんかないよ。生まれつき持っていないというだけ。目の色や、足の大きさと同じで、持って生まれた特徴だね」

「じゃあ、そういう人たちはどうしたらいいの？　どうやったら魂を持てるようになるわけ？」

「どうやっても無理なんだよ」ローズマリーが答えた。「少なくともわたしは、そういう例を聞いたことがない」

「ただね、当人がそれを自覚しているとなると、話がちょっとややこしくなるのよ」セイジが言った。「生き物には生存本能があるわ。ましてやミスター・ブラックのような人だったらなおさらのこと、なんとしても永遠の命がほしいと思うんじゃない？」

ええ、彼なら手段を選ばないでしょうね。

ジャスティンは胸の前で、ナイトシャツのなかに隠れている銅製の鍵を握りしめた。

ローズマリーがかわいそうにという顔でそれを見た。「わかってきたみたいだね。ジェイソン・ブラックとかかわるのは、悪魔とダンスを踊るようなものなんだよ」

「魂のないジェイソンでも、誰かを愛することはできるの？」

「もちろんよ」セイジが答えた。「心はあるもの。ただ時間がないだけ」

ジェイソンはボートの始末を終え、断崖の長い階段をのろのろとのぼった。石段は古く、ずいぶん傷んでいた。ほとんどにひびが入り、なかには斜めになっているものもある。長いあいだ踏まれてきたせいでまんなかがすり減り、ハンモックのような形になっていた。おまけに雨のせいで足もとが滑り、方向の定まらない強風が吹いているため、油断するとすぐに転びそうになる。よくジャスティンをかついで、落下することなく、ここをのぼれたものだ。あのときはアドレナリンが出ていて、そんなことは考えもしなかった。

ジャスティンが死を覚悟したような血の気の失せた顔で、海中でもがいていた姿は、一生、忘れられないだろう。あのときは彼女を助けるためなら、躊躇することなく、なんでもした。それで助かるなら、自分の命と引き換えにしてもいいし、自分の血液を、直接、彼女の血管に送りこんでもかまわないと思った。こんな自己犠牲をいとわない気持ちになったのは、人生で初めての経験だ。

奇妙なことに理性は働かなかったし、働かせなければいけないとも思わなかった。ジャスティンに対する感情は自分でどうにかできるものではない。呼吸や、睡眠や、食事と同じだ。まだ出会って間がないのはわかっているが、そんなことは関係ないと思えるほど、この気持ちは確かなものだと思えた。

これまで交際した女性とは、都合が悪くなったり、新鮮みを感じられなくなったりすると、すぐに関係を終わらせてきた。そういう身勝手な別れ方をするたびに、恋愛とはその程度のものだと確信を深めた。

なんと愚かだったのだろう。

今ならわかる。本物の恋愛に終わりはない。惹かれる気持ちをとめることはできないのだ。そういう相手とめぐりあってしまったら、もうのめりこむしかない。中途半端なことをすれば後悔するだけだ。

断崖の頂上に近づいたところで、改めて灯台と、それに併設する住居を眺めた。一九世紀から二〇世紀に変わろうかというころの建物で、屋根はこけらぶき、壁は石づくりだ。家をぐるりととり囲むようにポーチがあり、木の柱で支えられている。急勾配の切妻屋根を見おろすように、灯台の八角形の塔がのびていた。

ジェイソンは玄関にある霧笛の前を通りすぎ、玄関ドアを肩で押して家のなかに入り、雨の降りつけるドアを閉めた。ウインドブレーカーを脱いでフックにかけ、濡れた靴を脱ぐ。Tシャツは冷たく、ボードショーツは肌に張りついていた。家のなかにはパンの焼けるにおいが漂っていて、ジェイソンは思わず唾を飲んだ。ひどく腹が減っていた。

「ミスター・ブラック、おかえりなさい」セイジが白いタオルを山ほど抱え、カールした銀色の髪を揺らしながら、足早に近寄ってきた。「ほら、タオルをどうぞ」明るく言う。

「ありがとう。どうかジェイソンと呼んでください」ジェイソンはタオルで髪と首筋をごしごしとこすった。「ジャスティンの様子はどうですか？」

「ぐっすり寝ているわ。ローズマリーがついているの」

「ちょっと様子を見てきます」ジェイソンは、心臓を鉄の輪で締めつけられるような痛みを覚えた。ジャスティンのことが心配でしかたがない。これもまた人生で初めての感情だ。

「彼女は健康な若い娘よ」セイジがやさしく言った。「少し休めばすぐに元気になるわ」そして、何かついていてもいうように彼の顔をまじまじと見た。「偉いわね、こんなふうに人助けができるなんて。あなたのような立場にいる人にとっては難しいことでしょうに」

ジェイソンは戸惑った。あなたのような立場にいる人？　どういう意味だ？

「お部屋にご案内するわ。熱いシャワーを浴びて、乾いた服に着替えてちょうだい」

彼は眉をひそめた。「残念ながら何も持ってきていないので――」

「大丈夫よ。亡くなった夫の服を出しておいたの。あなたが使ってくれたら、きっと喜ぶわ」

「それはちょっと……」死んだ人間が着ていた古いものを身につけることに抵抗を覚え、断ろうとしたとき、〝亡くなった夫〟という言葉が引っかかった。「結婚してらしたのですか？」

「ええ。夫は灯台守だったの。彼が他界したあと、わたしが仕事を引き継いだのよ。さあ、お客様の部屋にご案内するわ。ついでに、家のなかも見ていってちょうだい」

「もう灯台は機能していないんですよね」

「七〇年代初頭に閉鎖されたわ。そのとき沿岸警備隊から、ここをただ同然で譲り受けたのよ。この建物を維持管理するという条件で、個人の歴史的建造物を保存する基金から年金をもらってるわ。あとで灯台のてっぺんも見に行ってちょうだい。フランス製のクリスタルガラスを使ったフレネルレンズがまだ残っているの。アールデコの彫像みたいで、とても美しいわよ」

部屋はそれぞれ、壁がコマドリの卵のようなブルーや、海のようなグリーンに塗装され、座り心地のよさそうな椅子と、つやのある木製の家具が置かれていた。リビングルームの隣には広々としたキッチンがあり、その隣になんにでも使えそうな小さめの部屋があった。

「うちじゃ家事室と呼んでいるの。いろんな作業をするのに使うんだけど、今日みたいにお客様がいらっしゃる日は拡張板でテーブルを広げ、ダイニングルームにするのよ」

ジェイソンは部屋の片隅へ行った。そこにはつくりつけの棚に、年代物の銅製の潜水用ヘルメットが飾られていた。顔のところにはガラス窓がついている。

「ジュール・ヴェルヌの小説に出てきそうな代物ですね。いつの時代のものですか？」

「一九一八年ごろの製造だと聞いてるわ」セイジが驚いたように笑った。「夫も同じことを言ってたの。ジュール・ヴェルヌの小説に出てくるみたいだって。何か読んだことはおありになる？」

「ほとんど読みましたよ」ジェイソンはほほえんだ。「彼の小説のなかには、今では現実となった発明品がたくさん出てきます。潜水艦とか、テレビ会議とか、宇宙船とか。彼は天才だったのか、それとも予知能力があったのか……」

セイジはその表現が気に入ったような顔をした。「きっと、どっちも少しずつよ」

ジェイソンは塔のなかにある客間へ案内された。まるでおとぎ話に出てきそうな部屋だった。八角形の部屋に出窓がついており、ほとんどすべての壁の前に布張りをした長椅子が置かれている。ほかには部屋のまんなかに大きな鉄製のベッドと、そのそばに小さな木製のテーブルがあるだけだ。シンプルなボタンダウンのシャツとズボンが、ベッドに広げられていた。

「あなたの足の大きさに合う靴下がないの」セイジが申し訳なさそうに言った。「靴が乾くまで、裸足で歩いてくださる？」

「日本にいる祖母の家ではずっと裸足でした」ジェイソンは言った。

「日本人の血が流れているの？　ああ、だから少し東洋系の顔をしてらっしゃるのね。黒い瞳がとてもすてきよ」

ジェイソンは静かに笑った。「おだてるのがお上手ですね」

「この年齢になると、いくら男の人をほめても困ったことにはならないから」

「いいえ。あなたならいくらでも男をその気にさせられそうですよ」

セイジがくすくす笑った。「あら、おだて上手なのはどっち？」古風なシャワーのついたバスルームを見せる。「洗面用具やなんかはシンクの下に入っているわ。午後はまだ長いから、どうぞお昼寝でもしてちょうだい」

「ありがとうございます。でも昼寝をする習慣はないんです」

「とりあえず少し横になってみれば？　今日はすばらしい働きをしたんだもの。疲れたでしょう」

「大したことじゃありません」賞賛されるのは落ち着かなかった。「すべきことをしたまでです」

セイジがほほえんだ。「それができるのがすばらしいのよ」

13

ジェイソンが一階へおりていったのは三時間後だった。あれからシャワーを浴び、ひげをそり、セイジに言われたようにベッドに横になってみた。普段は昼寝などまずできないのだが、今日はどういうわけか、ものの二、三分で眠りに落ちた。きっと塔のなかの部屋にいるせいだろう。外界から隔離された高い場所にあり、海に囲まれ、嵐に閉じこめられていたため、何時間も瞑想したあとのようにリラックスできたに違いない。

セイジが用意してくれた服は柔らかくて着心地がよかった。かびくささはまったくないし、色落ちもしていない。そのうえ、杉のいい香りがした。ロンドンや香港でつくったオーダーメイドのシャツを何枚も持っているが、これほどぴったり合うものはない。とても偶然だとは思えなかった。

これまでのところ、思っていた以上に、魔女たちと一緒に過ごす時間を楽しんでいる。リビングルームには誰もいなかった。食欲をそそるにおいが家じゅうに漂っている。キッチンから話し声と物音が聞こえた。家事室をのぞくと、テーブルには白いテーブルクロスがかけられ、スプーンやフォークとともにグラスが並べられていた。

ジャスティンがこちらに背を向け、蝋燭に火をつけようとしていた。薄いブルーのセーターに、長いフレアスカートをはいている。髪をおろし、素足でいる姿がセクシーだ。見られていることには気づかないまま、カチカチとライターを鳴らしたが、いっこうに火はつかなかった。セーターの襟もとが何度も肩からずり落ち、そのたびに引っ張りあげている。彼女はライターをテーブルに置き、それぞれの蝋燭の前で指を鳴らした。すると、次々と蝋燭に火がともった。

これもまた魔法だ。ジェイソンは声にこそ出さなかったものの、ジャスティンが指先ひとつで火をつけたことに驚愕した。なんてことだ……。ほかには何ができるんだ？　彼はポケットに両手を突っこみ、戸口にもたれかかった。

床がきしみ、ジャスティンがはっとして振り返った。「あの、これは……」テーブルのほうへ手をさまよわせる。「蝋燭の手品なの」

ジェイソンは笑いそうになった。「具合はどうだい？」

「元気よ」声が上ずっている。ジャスティンは探るような目で彼を見た。「あなたは？」

「腹ぺこだ」

ジャスティンはあわててキッチンを指さし、危うく蝋燭を倒しそうになった。「もうすぐ用意ができるわ。その服、似合ってるわよ」またセーターの襟もとを引っ張りあげる。

「実際のところ、体調はどうなんだ？」

「あなたに温めてもらったから、ずいぶんよくなったわ」ジャスティンが頬を染めた。「ありがとう」

「どういたしまして」ジェイソンは手をのばし、彼女のウェーブしたつやのある髪を指ですいた。そしてセーターの襟ぐりをそっと引きおろし、なめらかな肩をてのひらで撫でる。すると、ジャスティンの息が乱れた。ふと、ベッドにいる悩ましい姿が目に浮かんだ。ああ、彼女を抱きたい……。自分を抑えられなくなりそうになり、ジェイソンは無理やり手を離した。黙ってキッチンへ行くジャスティンを目で追ったあと、玄関へ行き、外に出た。

吹きつける冷たい風のなかに立ち、アラスカの氷河や、冠雪した山など、心が落ち着きそうな景色を思い浮かべてみる。それから外国の債務危機、ピラニア、ウンパルンパ（映画《チャーリーとチョコレート工場》に登場する小人のキャラクター）のことを考えた。それでもだめだとなると、今度は一〇〇〇から逆に素数をあげていった。六一三まで来たところでようやく落ち着き、家事室に戻った。

ジャスティンがテーブルに野菜スープの入った皿を並べていた。ちらりとこちらを見て、頬を赤らめる。

「何か手伝おうか」

ローズマリーがパンの入ったバスケットを持って家事室に入ってきた。「大丈夫だよ。座っておくれ」

ジェイソンはローズマリーとセイジのために椅子を引き、自分も席についた。

ローズマリーが食前の祈りを捧げはじめた。われらの食べ物を育む大地に感謝し、その食べ物に滋養を施す太陽に感謝し、みずみずしさを与える雨に感謝し……。

「ジェイソン」祈りが終わると、セイジが尋ねた。「外国にいらっしゃる親戚のことを話してくださらない？　なんだか興味があるの。おじい様もおばあ様も日本人なの？」

「いいえ、祖父はアメリカの軍人でした。ベトナム戦争のとき、沖縄の那覇空港にあった補給基地にいたんです。そのときに知りあった女性と、相手の家族の反対を押しきって結婚しました。でも、すぐに戦死してしまったのです。そのとき祖母のおなかにいたのが、ぼくの母というわけです」

ジャスティンはパンの入ったバスケットをジェイソンにまわした。「だったら、お母様はどうしてアメリカへいらしたの？」

「一〇代のころ、サクラメントにいた親戚のところへ遊びに来て、そのままアメリカで暮らすようになったんだ」

「なぜ日本に帰らなかったの？」

「誰にも干渉されない生活をしてみたかったんじゃないのかな。沖縄の家は大家族だったからね。祖父母だけじゃなく、おじ、おば、いとこまで、みんなひとつ屋根の下で暮らしていたんだ」

「それはすごいね」ローズマリーが驚いた。「どれだけ広いおうちなんだい？」

「三〇〇平方メートルほどですよ。ただ、日本の家屋は広く使えるんです。家具は少ないし、余計なものはなくてすっきりしていますからね。家のなかは、紙を貼った引き戸で部屋を細かく仕切ることができます。だから夜になると、その引き戸を閉め、布団を敷いて寝るんですよ」

「プライバシーがなさそうね」ジャスティンが言った。

「プライバシーに壁やドアは必要ないんだよ。問題は物理的なことじゃない。ひとつの部屋にふたりの人間がいても、いっさい沈黙を破ることなく、それぞれが読書をしたり、仕事をしたりすることはできる。精神的に壁をつくる能力が大切なんだ。それがあれば、誰にもプライバシーを侵されることはない」

「あなた、そういうの得意でしょう?」ジャスティンが尋ねた。

その挑発的な口調をおもしろく感じ、ジェイソンはじっと彼女の目を見た。「きみもそうじゃないのか?」

ジャスティンのほうが先に視線をはずした。

ジェイソンはセイジに声をかけ、初めてコールドロン島へ来たころはどんな暮らしをしていたのかと尋ねた。セイジは、島の学校で教師をしていたころの話をした。灯台からそれほど遠くないクリスタルコーヴというところに学校があり、教室はひとつしかなく、生徒は五、六人だった。今では住民も引退した人たちと短期滞在者だけになってしまったため、学校は閉鎖されている。

「でも、学校の建物は今でもときどき使うわ」セイジが言った。「まだまだきれいだから」

「そこで何をするんですか?」ジェイソンは尋ねた。ジャスティンがやめておけというように、爪先で足首をつついてくる。

「会合だよ」ローズマリーがぶっきらぼうに答えた。「食事はお口に合うかい？」

「とてもおいしいです」ジェイソンは言った。トマトにケール、じゃがいも、そしてハーブの入った野菜スープは栄養満点だ。〝ダークマザー〟パンには手製のアップルバターと、地元の牛乳でつくられたホワイトチーズが添えられていた。

デザートには、卵を使わず糖蜜とドライフルーツで甘みをつけたパン粉のケーキが出た。セイジによれば、これは卵やミルクが手に入りにくかった世界大恐慌時代のレシピらしい。ローズマリーとセイジは、まるで長年連れ添った夫婦のように昔を懐かしんだ。ジャスティンの子供のころの話も出た。あるとき、ジャスティンは自分の誕生日にサプライズ・パーティを開くとかたく心に決意し、こと細かな計画をたて、ふたりにそれを実行するよう頼んだらしい。もちろんふたりは希望にこたえ、ジャスティンのアンサプライズ・パーティを開いたということだった。

また、冬に訪ねてきたときは、多神教信仰の伝統的なクリスマスをいやがり、クリスマスツリーがほしいと駄々をこねたという。

「わたしたちの伝統では、クリスマスツリーではなく、藁でつくった山羊の人形を庭に置くんだよ。ユール・ゴートと呼ばれているんだけどね」ローズマリーが説明した。「ジャスティンはこうきいてきたんだよ。もしユール・ゴートがなかったら何を飾るのって。わたしは、さあねと答えた。ところが、翌朝、窓から外を見たら……」セイジがくすくす笑い、ジャスティンは両手で顔を覆った。「ユール・ゴートが燃えて灰になっていたんだよ。まだ煙が出ていたっけ。もちろん、ジャスティンは自分のしわざじゃないと言った。でも、そのすぐあとに、目をきらきらさせて〝ユール・ゴートがなくなったからクリスマスツリーを飾ろう！〟と言ったんだよ」

「きみが燃やしたのかい？」ジェイソンは愉快になり、ジャスティンに尋ねた。

ジャスティンが恥ずかしそうに答える。「あれは儀式だったの。ユール・ゴートを神様に捧げたのよ」

「それからは、毎年クリスマスツリーを飾るようになったわ」セイジが言った。「ジャスティンが来られないときでもね」

ジャスティンはセイジの肩に手を置いた。「季節の行事があるときは、できるだけ来ているでしょう？　ここしばらくは逃したことがないんじゃない？」

セイジはほほえんだ。「そうね」

ディナーのあと、四人はリビングルームへ行き、暖炉のそばでエルダーベリーのワインを楽しみながらくつろいだ。そのうちにセイジとローズマリーがピアノの椅子に並んで座り、ジャズのスタンダードナンバー《スターダスト》を、アルペジオやグリッサンドを駆使しながら演奏した。

ジャスティンはソファの端に座っていた。花柄のフレアスカートのなかで両膝を立て、そこに腕をまわしている。ジェイソンが隣に座ると、彼女はほほえんだ。

「ふたりともあなたのことが気に入ったのよ」小さな声で言う。

「なんでそう思う?」

「《スターダスト》はお得意の曲なの。好きな相手にしか弾かないわ」

「あのふたりは……パートナーなのかい?」ジェイソンは遠まわしに尋ねた。

「そうよ。普段はそんな話はしないけれどね。セイジが一度だけ言ったことがあるわ。人間はいくつになっても、自分でも驚くようなことができるものよって」

ジェイソンはジャスティンの横顔を眺めた。曲が《枯葉》に変わり、哀愁に満ちたメロディーが部屋を満たした。これは歌詞などいらない曲だ。旋律のそこかしこに孤独感がこめられている。彼女のきめの細かい肌や、考えごとをしているようにすぼめられた唇の上で火影が躍った。目の表情に陰りがある。疲れているのだろう。夢を見ながらぐっすりと眠るジャスティンの体を、この腕に抱いていたいと彼は思った。

稲妻が走り、耳をつんざくような雷鳴がとどろいた。ジャスティンがびくりとする。「この嵐、永遠に続くような気がするわ」

「明日には帰れるくらいにはなるわよ」セイジがピアノを弾きながら言った。「もちろん、身を守るための魔術はちゃんとかけなきゃいけないけれど」

ジャスティンが表情をこわばらせ、ちらりとジェイソンを見る。

「何から身を守るんだ?」彼はふたりに聞こえないよう小声で尋ねた。「嵐か?」

「そんなようなものよ」ジャスティンは落ち着かなげに、スカートの生地を引っ張ったりのばしたりしている。

ジェイソンはその手を握りしめた。「何かぼくにできることはないのか？」

ジャスティンは一瞬、ほほえんだ。「命を助けてくれたじゃない」

セイジが曲を弾き終えると、ローズマリーが椅子に座ったまま、ジェイソンのほうに体を向けた。「これからわたしたちはちょっと大事な話があるんだよ」

自分には関係のないことだとわかっていながらも、彼はひと言口を挟まずにはいられなかった。「明日の朝にしてはどうですか？」今日の出来事でジャスティンはまだ疲れている。自制心が働くような状態ではないだろう。話しあいだか議論だかをしても、お互い不愉快になるだけだ。

ジャスティンが顔をしかめ、彼から手を引き抜いた。「大事な話なの。このままじゃ眠れないわ。そもそも、この話をするために来たんだもの」申し訳なさそうに口もとをゆがめる。「ごめんなさい、しばらく客間でくつろいでいてくれる？」

「わかった」ジェイソンは立ちあがり、暖炉の上にあるつくりつけの本棚のところへ行った。「本を借りますよ。ちょうど読書をしたいと思っていたところだったんです」適当に二冊ほど引き抜く。「とくにこれなんか……」本の背表紙にちらりと目をやった。「『太平洋岸北西部のマッシュルーム』と『船舶用プロペラと推進力の歴史』か。なんておもしろそうなんだ」

「きっと気に入るわ」ジャスティンが言った。

ジェイソンは皮肉っぽい目でちらりと彼女を見た。「おっと、結末をばらすのはなしだぞ」

ジェイソンは塔の寝室へ行く前に、汚れた皿をキッチンへ運ぶと言って聞かなかった。彼のような立場にいる男性が家事を手伝おうとすることに、ジャスティンは驚きもしたし、うれしくもあった。ローズマリーが、なんやかんや言いながらもジェイソンを気に入っているのがおかしかった。

「男は全部嫌いってわけじゃないんだよ」ローズマリーが言い訳をした。「だいたいの男は気に入らないというだけでね」

それを聞き、皿の汚れを軽く洗い流していたジャスティンとセイジが声をあげて笑った。ローズマリーがつんと澄ましたまま調理台をふく。「あら、わたしだってジェイソンがいい男だってのは認めるよ。上品だし、知性がある。彼がサッカー選手だったなんて信じられないね」

ジャスティンはからかうように言った。「彼のせいで、男の人に対するあなたの偏見が崩れちゃうんじゃないかと心配だわ」

「あら、偏見なんか持ってないよ。一般化しているだけで」

「それはどこが違うの？」ジャスティンはにやにやした。「ぜひともご教授いただきたいものだわ」

「こういうことよ」セイジが言った。「〝男の人というのはみんなサッカーとビールが好きで、無神経な野蛮人〟というのは偏見で、〝男の人というのはたいていサッカーとビールが好きで、無神経な野蛮人〟というのは一般化よ」

ジャスティンは眉をひそめた。「どっちも、あまり男の人をほめているようには聞こえないわ」

「男なんてほめるに値しないからね」ローズマリーが言う。

セイジがジャスティンにささやいた。「今のは偏見よ」

三人は和気藹々《わきあいあい》としゃべりながら、皿の汚れを軽く落とし、食洗機に入れた。ジャスティンは次に、シンクにある深鍋を洗いはじめた。泡のたった湯に手を突っこみ、鍋の内側をこすりながら、どうやって話を切りだそうかと考える。それを察したかのように、セイジが口を開いた。

「ジャスティン、ローズマリーから聞いたわ。あなた、本当に禁忌《ゲッシュ》を解いたの？　わたしはそんなこと無理だと言ったの。だってゲッシュなんてひとりで解けるものじゃないし……」

ジャスティンは鍋をこする手をとめずに言った。「わたしにゲッシュがかけられていたことは認めるのね」

緊張に満ちた沈黙が流れる。

ここにいたってもまだふたりが口をつぐもうとしていることが、ジャスティンには信じられなかった。ゲッシュのせいで自分がどれほどつらい思いをしてきたか、このふたりはよく知っているはずなのに。それに、ゾーイを除けば、ローズマリーとセイジはいちばん信頼している人たちだ。そのふたりにずっと隠しごとをされていたのかと思うと、母に裏切られたのと同じくらい傷ついた。

「ああ、認めるよ」ローズマリーが静かに言った。「リビングルームへ行って、ゆっくり話そうか」

「まだお鍋を洗い終わっていないわ」ジャスティンはさらに力をこめ、たわしでごしごしと鍋をこすった。何かすることがほしかった。ただじっと座っていたら爆発してしまいそうだ。

「じゃあ、ここで」ふたりは小さなアイランド型テーブルのそばにある木製の椅子に腰をおろした。

「どうやってゲッシュのことを知ったの？　そして、何をしたの？」セイジが尋ねた。

「その前に、どうしてそんなことをしたのか理由を話したいわ。もう知っているとは思うけれど」

「愛がほしかったから」誰かが静かに答えた。それがローズマリーなのか、セイジなのか、ジャスティンにはわからなかった。

「せめて恋をしてみたかった」ジャスティンは落ち着いて話そうと努めたが、今にもどうかなってしまいそうだった。「これまで、このキッチンで、いったいどれくらい愚痴ったかしら。自分に問題があるんだと思いこんで泣いたこともある。一度、尋ねたわよね。もしかして何かの魔術が関係してるんじゃないかって。そしたらローズマリーもセイジも、そんなことはないと言った。きっといつか、いい人にめぐりあえるから、気長に待ちなさいって。でも、それは嘘だったのね。ふたりとも知っていたのよ。わたしに、そんな日は絶対に来ないって。わたしはずっとひとりぼっちだって。だったら、どうして教えてくれなかったのよ」「ひとりだからって寂しいとは限らないよ」ローズマリーが言った。「ふたりだからって寂しくないとも限らないし」

ジャスティンはかっとし、深鍋を調理台にたたきつけるように置いた。「そんなフォーチュンクッキーに入っているような言葉はいらないわ。本当のことを教えてよ」

セイジがやさしく言った。「その前に、どうやってゲッシュのことを知ったのか話してちょうだい」

ジャスティンは顔をそむけたまま、濡れた手をシンクに置いて体を支えた。「奥義書《グリモワール》よ。一三ページを開いたの」

息をのむ声が聞こえ、ジャスティンは肩をこわばらせた。

「怖いもの知らずだね」ローズマリーが言った。

「ああ、ジャスティン」セイジが絶句した。「それはしちゃだめだと言われていたでしょうに」

「いろいろなことを言われていたけれど、残念ながらゲッシュのことは聞いていなかったもの。だから『トリオデキャッド』で確かめたの」ジャスティンは挑むようにふたりのほうを振り返った。「『トリオデキャッド』はわたしのグリモワールよ。どう使おうがわたしの勝手でしょう」

ローズマリーが責めるというよりは驚いたという顔をした。「そんなことをしたら魔女団《カヴン》に影響を及ぼすことになるのはわかっていただろうに」

「わたしはカヴンには入っていない。だから誰にも迷惑はかけないわ。『トリオデキャッド』の一三ページを開いたら、ゲッシュを解く魔術が出てきた。だから、そのとおりにしたまでよ」ジャスティンはふたりを見据えた。「さあ、今度はわたしの質問に答えてちょうだい。誰がわたしにゲッシュの魔術をかけたの？　母はそれを知ってるの？　どうして誰もそのことをわたしに教えてくれなかったの？　こんなことをされるほど誰かから憎まれる覚えはないわ」

「憎しみからじゃなくて……」セイジが言葉を選びながら言った。「愛情からしたことなのよ」

「いったい誰が？」

「あなたのお母さん」ローズマリーが静かに言った。「マリゴールドがあなたを守ろうとしたんだよ」

ジャスティンは愕然とし、体が凍りついた。「守るって……いったい何から？」ようやくそう言ったものの、喉から声を絞りだすのさえつらかった。

「あなたのお父さんが亡くなったとき、マリゴールドはとても苦しんだの」セイジが言った。

「長いあいだ、人が変わったようだった」

「あのころは正気じゃなかったよ」ローズマリーが言った。「ほかのことは何も考えられないみたいだったね。やっと悲しみからたち直ったあとも、もう昔のマリゴールドではなくなっていた。まだ赤ん坊だったあなたを連れてわたしたちのところへ来て、たったひとりの娘に同じ苦しみを味わわせたくないと言ったよ。あなたをこんな喪失感から守るためにゲッシュをかけたいとね」

「わたしを喪失感から守るため……」ジャスティンはうつろな声で言った。「失うものなどないようにしたというわけ？」本能的に自分の体を抱きしめた。そうしないと、ばらばらになりそうだったからだ。濡れた画用紙の上に絵の具を垂らすと色がにじむように、感情がぼやけていった。

「……反対したのよ」セイジの声が耳に入った。「でも、なんといってもマリゴールドはあなたの母親だもの。母親には子供のことを決める権利があるわ」

「そんなことはない」怒りがこみあげた。「たとえ母親だろうが、勝手に決めてはいけないこともあるわ」ふたりも実はそう思っているのだと表情からわかり、さらに怒りが増した。

「どうしてとめてくれなかったの？」

「わたしたちも力を貸したんだよ」ローズマリーが言った。「カヴンの全員が手伝った。ゲッシュはひとりでかけられるような魔術じゃないからね」

ジャスティンは息をするのも苦しくなった。「手伝った、ですって？」

「マリゴールドはカヴンの一員だよ。だから、わたしたちには彼女の力になる義務がある。結局のところ、これはカヴン全員で決めたことだったんだよ」

「本人の気持ちは無視して？」

わたしはみんなに裏切られていたのだ……。

宇宙のすべてが嘘に染まっているような気がした。自分が何か荒々しいものに変わり、誰かを、そして自分を傷つけようとしているのがわかった。

「あなたを守るためだったんだよ」耳の奥で血管がどくどくと脈打ち、ローズマリーの声がくぐもって聞こえた。

「あの人はそんなことは思っていない」ジャスティンは大声をあげた。「ただ自分がつくった牢屋にわたしを閉じこめておきたかっただけ。結婚できないようにすれば、自分と同じ道を選ぶと思ったのよ。わたしをカヴンに入れ、いつでも監視し、自分が決めたとおりの人生を歩ませたかった。あの人がほしいのは自分のコピーよ。娘なんかどうでもいいんだわ」

「それは違う。愛情からしたことよ」セイジが言った。「マリゴールドは今でもあなたを愛しているわ」

どれほどつらい思いをしてきたかよく知っているはずのセイジが、まだそれは愛情からだと言ったことに、ジャスティンはかっとした。「どうしてそんなことがわかるのよ！　あの人がそう言ったから？　冗談じゃないわ。愛情と支配欲は別物よ！」

「ジャスティン、お願いだから理解して――」

「ちゃんと理解しているわ」激怒のあまり体が震え、パニックを起こしそうになった。「何もわかってないのはセイジのほうよ。世の中の母親というのは、みんな子供のことをいちばんに考えていると思いたいんでしょう？　でも、そうじゃない母親もいるの」

「あなたを傷つける気はなかったはず――」

「自分のやりたいようにしただけよ」

「たしかに完璧な母親とは言いがたいかもしれないけれど、でも――」

「どんな母親かなら、わたしのほうがずっとよく知っているわ。あの人に育てられたんだから。普通、母親というのは安定した家庭をつくって、子供に教育を受けさせようとするものよ。でも、あの人は違う。ひとところに落ち着くなんてことはせず、安っぽいスーツケースみたいにわたしのことを引きずりまわした。興味があるのは自分が楽しいことだけ。でも、子育てはあまり楽しくなかったみたいね。だから、わたしはしょっちゅうほうっておかれた。あの人にとって娘はお荷物にすぎなかったのよ」

それは本当のことだ。だが、セイジとローズマリーにとっては直面したくない事実だったらしい。そんなことを認めてしまえば、マリゴールドやジャスティンとの関係が変わってくるし、ゲッシュの魔術に手を貸したことを後悔するかもしれない。それに、カヴンの知恵が本当に賢いのかどうかに悩むはめになる。こういうとき、ふたりがどう対処しようとするか、ジャスティンには想像がついた。わたしのことを跳ねっ返りで気難しい娘だと思うに違いない。わたしに問題があることにするほうが、本当はかわいそうな犠牲者だったかもしれないと考えるより、はるかに楽なのだろう。

「あなたが怒る気持ちはわかるわ」セイジが言った。「こういう現実を受け入れるには時間がかかるものよ。でも、今はその時間がないの。早く何か手を打たないといけない。あなたが運命を変えたことで――」

「変えたわけじゃないわ」ジャスティンは言い返した。「もとに戻しただけよ」細胞という細胞にエネルギーがたまっていくのが感じられた。

ローズマリーが疲れた表情を浮かべ、諭すように言った。「運命をまったくもとの状態に戻すことなんてできないんだよ。あなたがこれまでにしてきたことのすべてが運命を形づくっているんだから。何かをすれば、必ずその影響が出る。ゲッシュを解くというのは、精霊の世界と、わたしたちの世界のバランスを崩すことなんだよ。だから、もうすでにさまざまな問題が起きてしまっている」

一生の呪いをかける手助けをした相手から説教などされたくないと、ジャスティンは猛反発した。「だったら、そもそもゲッシュなんてかけなければよかったじゃない！」

不意にエネルギーが噴出し、天井の電球を直撃した。三つの電球が破裂し、ガラスがきらきら光りながら砕け散る。

「ジャスティン！」ローズマリーが厳しい声でとめようとした。「落ち着きなさい！」

シンクの脇に置いたフォークやスプーンがかたかたと鳴り、宙を切った。ジャスティンの口のなかに、灰をつめこまれたような味が広がる。怒りが刃となり、心を切り裂いた。

セイジがまっ青な顔で、おろおろと声をかけた。「わたしたちはただ、あなたの力になりたいだけで――」

「あなたたちの力なんて借りたくない！」調理台にあった果物ナイフやフォークが飛び、磁気を帯びて冷蔵庫に張りついた。ジャスティンは激高し、自分を制御できなくなっていた。これが現実なのかどうかさえわからなくなっている。ふと、自分の名前を呼ぶ声が聞こえた。怒ったようなローズマリーの声と、懇願するようなセイジの声……。

混乱のなか、ジェイソンがキッチンに入ってきたのがわかった。ローズマリーが鋭く言った。「来てはだめ。けがをするかもしれない。ジャスティンは今、普通の状態ではないの」と。ジャスティンは激した感情の奥底でローズマリーの言うとおりかもしれないと感じ、思わずぞっとした。

ジェイソンはローズマリーがとめるのも聞かず、大股でジャスティンに近づき、体を引き寄せた。両手で彼女の顔を挟みこみ、自分のほうを向かせる。「こっちを見ろ」緊迫した低い声だ。「きみは今のままでいいんだよ。前にぼくが言ったことを覚えているか？　きみはどう感じても、どう言っても、何をしても、ちっともかまわない。ぼくの顔を見ろ」

ジャスティンは泣きじゃくりながら、まだ焦点の合わない目をジェイソンへ向けた。黒い瞳がじっとこちらを見ていた。きみのことならなんでもわかっている、というような表情を浮かべている。彼は力強い、落ち着いた目で、ジャスティンをこちらの世界へ引き戻そうとしていた。

ジャスティンはまたジェイソンに助けられた。今度は激情という嵐から。

「けがは？」ジェイソンが彼女の髪をうしろに撫でつけた。「ガラスの破片を踏んだりしていないか？」

「大丈夫……だと思う」ジャスティンは答えた。猛り狂ったエネルギーが静まるのがわかった。だが、まだ怒りはおさまらなかった。ローズマリーとセイジのほうは見ずに言う。「トゥルース・オア・デアをしたとき、あなた、きいたわよね」涙が流れ、体は震えているというのに、ヒステリックな笑い声がもれた。「つきあっていた相手とどうして別れたのかって。これが答えよ。彼はわたしのことが怖くなったの。あなたもわたしのことなんか避けたほうが――」

「しゃべらなくていい」ジェイソンはそう言うと、ジャスティンの額にキスをし、涙で頬に張りついている髪をうしろに払った。ペーパータオルに手をのばし、一枚引きちぎると、それで彼女の涙をふき、鼻に押しあてる。ジャスティンはおとなしくはなをかんだ。

ジャスティンが少し落ち着いたのを見て、セイジがため息をついた。「あとはわたしたちで引き受けるわ」散らかった室内を見まわす。「ジェイソン、ありがとう。ジャスティンにはまだ話すことがあるから――」

「いいえ」ジェイソンは冷蔵庫にくっついている果物ナイフやフォークをじっと見た。「彼女はぼくがあずかります」

ジャスティンは体をこわばらせ、ジェイソンの目を見た。この人はドゥエインみたいに逃げていかないの？

ジェイソンがしっかりと彼女の肩を抱いた。「ガラスを踏まないように気をつけろ。低体温症の対処方法は心得ているが、縫合をしろと言われたら困る」

「この娘《こ》にこれほどの力があるなんて……」ローズマリーが誰にともなく言った。「ひとりでこれだけのことができる人間は初めて見たよ。だけど、制御する力がない」

ジャスティンは疲労が激しく、返事をする気にもなれなかった。またこみあげそうになる涙をこらえようとして唇が震えた。

「今夜はもう終わりにしましょう」ジェイソンが努めて明るく言い、ジャスティンをキッチンから連れだそうとした。

「あなたたちふたりに話しておかなくてはいけないことがあるんだよ」ローズマリーが言った。

「それはまた明日」ジェイソンがこたえる。

「それでは遅いかもしれない。これは――」

「ローズマリー」ジェイソンの口調が厳しくなった。「こんなことを申しあげてはなんですが……頼むから今夜はもう黙っていてください」

ローズマリーは口を開きかけたものの、そのまま黙りこみ、悲しそうな目でセイジを見た。

「わかったよ」

14

少しずつ目が覚めてきた。雨の音だ……。体じゅうが痛い……。清潔なコットンのシーツが柔らかくて、いい香りがする……。薄目を開けると、さえない灰色の朝の光が見えた。ジャスティンはぎゅっと目をつぶった。塔にある寝室は空気が冷えていた。だが、体のうしろ側は、背中も、腰も、脚も、太陽に照らされているように温かかった。ジェイソンがいるからだ。彼は服を着たまま、シーツと上掛けの上に横たわり、別のキルトを上掛けに使っている。ジャスティンはナイトシャツを着て、シーツと毛布にくるまっていた。

ゆうべのことが思いだされた。まったく、よくしゃべったものだ。息も継がず、一気に話した。しゃっくりをしながらだから、さぞかしわかりにくかっただろう。ジェイソンはやさしく抱きしめたまま、ずっと話を聞いてくれた。あんな話を誰かにしたのは初めてだ。信じてもらえたかどうかはわからないが、いちばん慰めを必要としているときにやさしくしてくれたのは間違いない。

実の母親から禁忌《ゲッシュ》をかけられていたという事実が、まだ信じられなかった。ただ娘の人生を支配したかっただけなのに、それを愛情からだと言われても納得できない。そこには矛盾があるし、筋が通らないと思う。

「そのとおりだ」ジェイソンが言った。「そんなのは言い訳にすぎない」

あまりに自信に満ちた返事だったため、ジャスティンは思わず信じそうになった。「本当にそう思う？」彼の肩に頭をもたせかけ、力なく尋ねた。「ローズマリーとセイジは、わたしのためにしたことだと信じているわ。ということは、わたしが間違っているのかしら？それともわたしは怒ってもいいの？」

ジェイソンは彼女の長い髪をひとつにまとめるように何度も撫でた。「おまえのためだと言うのは、相手に危害を加えようとするときの決まり文句さ」

「何か経験がありそうな言い方ね」

「父からさんざん暴力を振るわれたんだ」ジェイソンが言った。「だけど本当に悩んだのは、殴られることそのものじゃない。父は、おまえを愛しているからしつけのためにしているんだと言った。なぜ愛されていると救急救命室へ行かなくちゃいけなくなるのか、それがどうしてもわからなかったよ」

ジャスティンは彼の肩に腕をまわし、髪を撫でた。

ジェイソンはしばらく黙りこんでから口を開いた。「人は誰かを傷つけるとき、自分に都合のいい理由をつける。愛しているからだと言うことさえある。言葉ならなんだって言えるが、行動は正直だ」

たとえつらい内容だとしても、なるほどと思える返事を聞くことができ、ジャスティンはほっとした。

「きみは間違っちゃいない」彼が言った。「だから怒ってもいいんだ。でも、それは明日にしろ。今日はもう寝たほうがいい」

ジャスティンは昨夜の会話を思いだしながら、じっと横になっていた。塔の外ではまだ風が吹き荒れている。目覚めたときに誰かが同じベッドにいるのは久しぶりだ。シーツや上掛けにさえぎられていても、ジェイソンのぬくもりが伝わってくる。あまりの心地よさに、彼女は身をすり寄せた。

ジェイソンがもぞもぞと動いた。呼吸はゆっくりで規則正しい。彼の手が胸の脇へ来た。くすぐったさとうれしさで背中がぞくぞくする。

体の関係がない男性と同じベッドで寝たのは初めてだ。ゆうべはあんなにとり乱していたのだから、そこにつけこむこともできただろうに、ジェイソンはずっと紳士的だった。いったい彼はどういうときに、その鉄の自制心を崩すのだろう。ジェイソンのほうへすり寄ったとき、彼の手が胸の下側に触れた。思わず下腹部がうずく。

ジェイソンが体をのばし、腕をだらりとジャスティンの体にまわした。首筋に息がかかる。彼は目覚めているのだろうか？　何か声をかけてみるべき？　ジェイソンの手が胸のふくらみを包みこんだ。やっぱり起きている。ゆっくりとナイトシャツのボタンをはずされ、ジャスティンは胸が躍った。

ジェイソンの手が白いフランネルのナイトシャツのなかに滑りこんだ。ゆうべ、激高しているジャスティンをつかんだときの力強さとは対照的に、とてもやさしい手つきだ。彼女の鼓動が速くなり、心音が大きくなった。ジェイソンが重みを味わうように胸のふくらみを包みこみ、親指でその先端を刺激する。そのとたん、先端がかたくなり、とろけるような感覚に見舞われた。

「ジェイソン……」

ジャスティンの唇に人さし指が押しあてられた。

ジェイソンは首筋にキスをし、異国の珍しい料理を味わうとでもいうように、舌先をそっと肌にあてた。そしてジャスティンがくるまっている上掛けの下のほうに手を滑りこませ、ナイトシャツの裾を腰までたくしあげた。脚が冷気にさらされ、鳥肌がたつ。温かい手が下腹部を撫で、指先がへそのまわりをなぞった。

ジャスティンは思わずその手首をつかんだ。

「じっとしてろ」ジェイソンが彼女の髪に顔をうずめて言う。

「彫像みたいに横たわっているなんて無理よ」

「日本語ではマグロという」ジェイソンが耳もとでささやき、耳たぶを唇でなぞった。

「なんですって？」ジャスティンには彼が何を言っているのかさっぱりわからなかった。

「ベッドでじっと横たわっている女性をそう呼ぶのさ」ジェイソンの声は低く、かすれていた。彼の手がまた円を描くように下腹部を撫でる。首筋に押しあてられた唇が笑っているのがわかった。「ちなみにマグロとはツナのことだ」

「女性はツナだっていうの？」ジャスティンはむっとして寝返りを打とうとした。

ジェイソンがそれを阻止し、楽しそうに言った。「日本語でいうマグロは、寿司ネタになるほどの高級魚をさすんだよ。とてもうまい」

「日本人は……女性がベッドでじっとしているのが好きなの？」

ジェイソンが上掛けをめくり、隣にもぐりこんできた。「それが女らしいと考えられているのさ」衣服を通しても筋肉のたくましさがわかるほど、ぴったりと体を押しつける。「セックスには攻めるほうと受けるほうがいるものだ」腰に下腹部の高まりを感じ、ジャスティンは気持ちが高ぶった。彼の膝が太もものあいだに分け入ってくる。

「いつも男性が攻めるほうだというわけ？」ジャスティンはなんとか声を出した。

「もちろん」ジェイソンが彼女の首筋に鼻先を押しつけ、片手を髪にさし入れる。

「それって男女差別だわ」髪をつかまれ、ジャスティンは思わず息をのんだ。「何をするつもり？」

「質問はなしだ」彼女の耳たぶに熱い息がかかる。「ぼくがいいと言うまでしゃべってはいけないし、動いてもいけない」ジェイソンはさらに唇を近づけてきた。「いい子にしてるんだ」

こんな言われ方をしたのは初めてだ。まさかこのような扱いを受けるとは思ってもみなかった。だが、髪はしっかりとつかまれているし、太ももは膝で開かれている。息が浅くなり、まるで薬でものんだかのように力が入らない。今はただなすすべもなく、彼と熱いひとときを過ごしたいという欲求に身を任せるしかなかった。

ジェイソンの手が髪から離れたかと思うと、彼女の太ももを大きく開かせ、その柔らかい合わせ目にそっと触れた。甘い刺激が走り、ジャスティンは吐息をもらした。彼の指が湿ったところを探る。

太ももの筋肉が意思とは関係なく、リズミカルに縮んだりゆるんだりする。ジェイソンの手が離れると、じれったさに声がもれた。

ジャスティンはもどかしくなり、体をひねってうしろを向いた。

「お願い……」

ジェイソンがしゃべるなというように、指を彼女の唇にあてた。

「あおむけになるんだ」彼が静かに命じる。

ジャスティンは黙ってしたがった。ジェイソンがナイトシャツを肩から引きずりおろし、胸のふくらみをあらわにする。そして彼女の太もものあいだに入り、胸の頂を口に含むと、舌先で軽くもてあそんだ。無精ひげが肌を刺激する。ジャスティンはこみあげる声を抑えようと、歯を噛みしめた。

「脚を開くんだ」ジェイソンが胸に唇をあてたまま言った。

ジャスティンは太ももを左右に広げた。すっかりうるおっているのがわかる。

「もっとだ」

恥ずかしさで顔をまっ赤にしながら、言われたとおりにした。こんなに体がうずくのは生まれて初めての経験だ。敏感なところに親指が触れ、蝶のような軽やかさでくすぐる。もっと強い刺激がほしくて、ジャスティンは腰をあげた。

ジェイソンが手を引く。

ジャスティンは泣きそうな声で彼の名前を呼び、腰をおろして、拳を握りしめた。ジェイソンはじっとしていた。いい子にするまで何もしないというように。ジャスティンの荒い息づかいだけが静かな部屋に響く。懇願の言葉が唇をさまよった。お願い、何かして……。なんでもいいから……。永遠とも思える時間が流れたあと、ジェイソンがまた手をのばし、感じやすくなっているところに触れた。シルクのように悦びが折り重なり、快感が増していく。

二本の指がゆっくりと奥に分け入り、内側から体を押し開いた。やがて三本目が侵入してきた。きついと感じたためジャスティンは抵抗しようとしたが、ジェイソンは自分が与えるものはすべて受けとれとでもいうように指を前後に動かしつづける。そして頭をさげると、今度は舌で愛撫しはじめた。彼女はわれを忘れ、すすり泣くような声をもらした。気絶しそうなほどの衝撃が体の内側からこみあげ、これまで経験したこともないような灼熱の絶頂感へと押しあげられる。

狂おしい快感が全身を包みこみ、体のなかを突き抜けた。やがて、ゆっくりと波が引いていった。小刻みに痙攣する芯をなだめるように、ジェイソンはまだ舌をあてていた。体のなかに入った指の力は抜けている。ジャスティンは甘いため息をもらした。体は満足しきっていた。

だが、まだ終わりではなかった。ジェイソンがふたたび舌を動かしはじめた。身をよじるジャスティンを押さえ、辛抱強く、執拗に攻めたてる。信じられないことに、また体の奥から熱いものがこみあげてきた。

「だめ」ジャスティンはうめいた。もう耐えられそうにない。

だが、ジェイソンはやめなかった。そして容赦なく彼女を二度目のクライマックスへといざなった。すべてが終わったとき、ジャスティンはぐったりとし、意識が朦朧としていた。

ジェイソンは彼女の太ももの内側にキスをすると、ベッドから起きあがり、バスルームへ行った。

ジャスティンはシャワーの音に気づいて体を起こし、まばたきをして目をこすった。

「どうしたの？　だって、あなたはまだ……」

だが、水の流れる音が邪魔をし、ジェイソンには聞こえていないようだった。

彼女はふらふらと立ちあがり、バスルームへ行くと、シャワー室のドアを開けた。霧状の冷たい水が顔にあたり、思わず身をすくめる。ジェイソンはこちらに背を向け、冷水のシャワーを胸にかけて、満たされない体を冷やしていた。きれいな体だった。水に濡れた肌は蜂蜜色をしており、肩や背中は筋肉が盛りあがっている。

「何をしてるの？」ジャスティンは困惑した。「お願いだから、早くベッドへ戻ってきて」

ジェイソンが肩越しに振り返った。「今日は避妊具がない」

ジャスティンは縮こまってシャワーのなかに腕をのばし、水の温度をあげた。温度がちょうどいい具合になると、一緒にシャワーの下に入った。彼の背中に抱きつき、なめらかな肌に頬をつける。「大丈夫よ。ピルをのんでいるもの」

ジェイソンがものすごく申し訳なさそうな口調で言った。「必ず使うことに決めているんだ」

「わかったわ」ジャスティンは彼の背中にぴったりとくっつき、湯が体を流れる感覚を楽しんだ。こうしていると、ふたりの体がひとつにとけあったような気がする。彼女はジェイソンの胸に腕をまわし、がっしりとした骨格を指先で感じた。彼の呼吸が乱れる。

ジャスティンはさらに下へと手を滑らせていき、まだかたく高ぶっているものをそっと包みこんだ。ジェイソンが身をこわばらせたのがわかる。彼女はその熱いものをやさしく愛撫した。

ジェイソンは二度ばかり荒い息を吐いたあと、くるりと振り向き、ジャスティンをしっかりと抱きしめた。そして湯を浴びながら、彼女に下腹部を押しあてると、濡れた髪に顔をうずめ、うめき声をもらした。

流れつづけるシャワーの下でジェイソンは果て、ふたりは心地よい疲れを覚えながら、しっかりと抱きあった。

それからどれくらい経ったのだろう。そろそろ離れたほうがいいだろうか、とジャスティンは思った。だが、ジェイソンはいつまでもそうしていた。彼女もどうやって離れていいものかわからなかった。ふたりの体はひとつになり、心音でさえどちらのものか判別がつかなくなっていたのだから。

　ありがたいことに、朝食はそれぞれが好きにとって食べられるよう調理台に用意されていたため、みんな一緒に長々とテーブルにつく必要はなかった。メニューはいちじくのマフィンと、薄く切ったフルーツ、そして島の酪農場でつくられたプレーンヨーグルトだ。ジャスティンは意地を張って黙りこんでいようかとも思ったが、気がつくとおしゃべりに加わっていた。みんな、内心の緊張を押し隠しているのがわかる。

　たしかにローズマリーとセイジには裏切られたが、だからといって、ふたりがこれまでいろいろとしてくれたことに変わりはない。もう一度信頼できるかどうかはわからないものの、ふたりの愛情まで否定するのは酷だ。たとえその表現のしかたが間違っていたとしてもだ。

　それに、まだ今朝の余韻に浸っていたため、機嫌を悪くしているほうが難しかった。さっきから何度もちらちらとジェイソンを見ている。セイジが洗濯してくれたTシャツとボードショーツを着たジェイソンは、とてもセクシーだった。彼がこちらを見てほほえむたびに、頭がくらくらする。これが恋愛というものなのだと全身の感覚が訴えていた。これまでの人生に欠けていたのは、こういう気持ちなのだ。それならば、もっと思いきり味わいたい。

　ただ、ひとつだけ心に引っかかっていることがあった。それは、ふたりがこれからどうなるのかということだ。それについてはあまり考えたくなかった。答えはわかっているからだ。ジェ自分たちふたりに……幸せな将来はない。今はただ、たまたま人生が交差しただけだ。ジェイソンの忙しい生活には魅力を感じないし、だからといって彼が島でのんびりと生活しているところなど想像もできない。

つまり、問題はふたりの関係が続くかどうかではない。〝幸せに暮らしましたとさ〟という終わりはないからだ。だからこそ、せめて今の幸せなひとときをできるだけ長続きさせたかった。だが、どうしてかはわからないが、理性では決して一緒にはなれないとわかっていても、感情的にはなぜかジェイソンとつながっていると感じていた。魂を分かちあった運命の相手ではないかという気さえする。

でも、それはおかしい。彼には魂がないのだから。

「高波はおさまったみたいですね」朝食のあと、ジェイソンが言った。「まだいくらか波は高いが、〈ベイライナー〉のボートなら大丈夫そうだ。ジャスティン、どうする？　もう少しあとにするほうがよければ、それでもぼくはかまわないぞ」

「ううん、もう帰らなくちゃ」ジャスティンはそう答えたものの、またボートに乗り、まだ荒れている海へ出るのかと思ったら気分が悪くなった。

ジェイソンはしばらく彼女の顔を見つめた。「安心しろ」やさしい声だった。「ぼくがきみを危険な目にあわせると思うか？」

心を読まれていたことにジャスティンは驚き、目を丸くして首を振った。

「ジャスティン」セイジが静かに言った。「帰る前に渡しておきたいものがあるの」

ジャスティンはセイジについていき、一緒にソファに腰をおろした。ローズマリーが戸口からそれを見ていた。ジェイソンは窓のそばに立ち、軽く腕を組んでいる。

「今朝、日の出とともにクリスタルコーヴへ行って、あなたを守る魔術をかけてきたの」セイジが言った。「永遠にきくものではないし、どれほど効果があるかもわからないけれど、少なくとも害にはならないわ。その魔術を強めるために、これを身につけていてちょうだい」そして、半透明のピンク色の玉を連ねたブレスレットを手渡した。

「紅水晶ね」ジャスティンはブレスレットを腕にはめ、光にかざした。きれいな色だ。

「バランスを保つ力がある石だよ」ローズマリーが戸口から言った。「精霊たちをなだめ、負のエネルギーからあなたを守ってくれる。できるだけいつも腕にはめてるといいよ」

「ありがとう」ジャスティンは複雑な思いを抱えながら、礼を言った。そもそもゲッシュなどかけなければ、身を守るための魔術も紅水晶も必要なかったのにと、ひと言指摘したくてしかたがない。

「ジェイソンのためにもなるわ」セイジがジェイソンのほうに顎をしゃくった。「彼にも魔術の力が及ぶようにしておいたから」

「どういうこと？」ジャスティンは警戒した。「わたしがゲッシュを解いたこととジェイソンはなんの関係もないわ」

「もうひとつ、あなたに話しておかなくてはいけないことがあるの」セイジが言った。「これまでは必要なかったから黙っていたんだけど。ゲッシュが解かれたことによって、別の危険が出てきたのよ」

「別にこの身が危なかろうがどうでもいいわ。だから話さないで」

「危険にさらされているのはあなただけじゃない」ローズマリーが言った。「彼もなんだよ」

ジャスティンは思わずジェイソンのほうを見た。彼は無表情だった。ジャスティンはセイジ――とローズマリーの顔を見た。

「わたしから話すよ」ローズマリーが言った。「ジャスティン、あなたも知っているように、宇宙はバランスを要求する。つまり、生来の魔女は特殊な力を使うことができる代わりに、その代償も支払わなくてはいけない」

「わたしはそんな力などほしくなかった」ジャスティンは言い返した。「できるものなら返上したいくらいよ」

「それはできない。その力はあなたの一部だからね。あなたも生まれながらにしての魔女だから、支払わなくてはいけない代償があるんだよ」

「どんな？」

「魔女が本気で愛した男性は死ぬ運命にある。昔から〝魔女の破滅〟と呼ばれている定めなんだよ」

「そんな……」

「魔女に生まれるというのは、いわば天職だと思うの」セイジが言った。「世の中のためにつくすという意味では修道女と同じじね。〝魔女の破滅〟がいつ、どのようにして始まったのかは知らないけれど、きっと魔女が夫や家族のことで心が惑わされないようにするためじゃないかと、ずっと思ってきたわ」

ジャスティンは昨日からショックな話ばかり聞かされつづけ、もう理解の許容量を超えていた。両膝を胸に引き寄せ、頭をのせて目を閉じる。「愛する人が死ぬほうが、ずっと心が惑わされるでしょうに」弱々しい声で言った。

「マリゴールドはあなたにそんな思いをさせたくなかったの」セイジが言った。「わたしも同じ気持ちだったから、ゲッシュをかける手伝いをしたのよ。間違ったことだったかもしれない。でもあのときは、あなたから重い運命をとり払ってあげれば、愛する人を失うつらさを味わわずにすむと思ったのよ」

黙って話を聞いていたジェイソンが、皮肉っぽい笑みを浮かべた。「どうせ人間はいつか死にます。早いか遅いかだけですよ」

「あなたの場合は早いだろうね」ローズマリーがこたえた。「しばらくは大丈夫かもしれない。だけど、それがいつまで続くかは誰にもわからない。そして、ある日、不幸が始まる。病気になるか、はたまた交通事故にでもあうか……。そのときは生きのびたとしても、またすぐに何かが起こり、いずれは死ぬことになるんだよ」

「それはわたしが彼を愛した場合でしょう？」ジャスティンはジェイソンのほうは見ずに、急いで言った。「わたしは彼を愛していない。これからも愛することはないわ」言葉を切った。「何か逃げ道はないの？　こうしたらその運命を逃れられるだとか、こういう魔術や儀式を行ったら大丈夫だとか――」

「残念ながら、そんなものはひとつもないわ」

「もしぼくが信じなかったらどうなるんですか?」ジェイソンが尋ねた。

「わたしの夫も同じことを言ったわ」セイジが寂しそうに答えた。「ジャスティンのお父さんもそうだった。でも、それは関係ないのよ」

ジャスティンは背筋が凍りついた。そして、おそるおそる自分の心のなかを探ってみた。まだ大丈夫だ。ジェイソンを愛してはいない。超自然界の掟によって相手を死なせてしまうくらいなら、一生、誰も愛するわけにはいかない。

考えこんでいたため、ジェイソンが近づいてきたことに気づかず、肩に温かい手を置かれてはっとした。

「ジャスティン」

「やめて」ジャスティンは身をこわばらせ、肩を揺すって、その手を振り払った。

「どうした?」

わたしにさわらないで。あなたを愛させないで。

「このことについては、もうこれ以上話したくないわ」ジャスティンは彼の視線を避け、淡々と答えた。「もう帰りたい。そして島に戻ったら、あなたには近づかないようにするわ」

15

サンフアン島のロシェハーバーへ戻る途中、海はまだ少し荒れていたものの、雲の切れ目からはまっ青な空が見えた。ジェイソンは岩礁や小島をよけながら、慎重にボートを操縦した。岩礁や小島では鷗やウミスズメが休息し、枯れ木の上では鷲が鋭い目で海を見まわしている。港が視界に入ったころ、冬に備えてカリフォルニアへ向かう白鳥の群れがVの字に列を組み、ボートの前を横切った。

ジェイソンはちらりとジャスティンを見た。景色など目に入っていないらしい。かたい表情で、腕にはめた紅水晶のブレスレットをいじっている。灯台を出てからというもの、ずっと態度がよそよそしい。まるで会話をするだけでもジェイソンに危険が及ぶと思っているようだ。

マリーナの桟橋にボートをつけると、赤いシャツを着たスタッフがふたり寄ってきて、もやい綱を受けとり、ボートのメンテナンスを引き受けてくれた。ジェイソンはジャスティンの手をとってボートからおろし、一緒に桟橋を歩いた。肩に腕をまわすと、彼女が体をこわばらせた。

「カヤックのことは残念だったな。だが、そのうちに、どこかで浮かんでいるのが見つかるかもしれない」

「たぶん、今ごろは海の底よ」ジャスティンは短くため息をつき、明るくふるまった。「でも、わたしも一緒に沈んだわけじゃないからよしとしなきゃ。あなたのおかげよ」

「金できみの歓心を買うつもりはないが、よかったら新しいのをひとつプレゼントしようか？」

ジャスティンが首を振り、弱々しい笑みを浮かべた。「ありがとう。でも、いいわ」

「さてと、これからどうする？」ジェイソンは尋ねた。

彼女が悲しげに言った。「ホテルに帰って、あなたもわたしも仕事に戻るだけ」

ジャスティンがふと足をとめ、手すりにもたれかかった。ジェイソンも足をとめ、彼女を挟むように、その両脇の手すりをつかんだ。体は触れていないが、ジャスティンがどう感じているのかは想像がついた。

ジェイソンは、困った表情を浮かべている黒っぽい目をのぞきこんだ。「こんな中途半端なまま、きみとの関係を終わらせたくない」

ジャスティンはその意味を察したようだ。「忘れてちょうだい」

「今朝は、きみもそのつもりだったはずだ」

「あのときはどうかしていたの」彼女が赤面した。「でも、今は冷静よ」

「ぼくに情が移るのを恐れているんだろう？」ジェイソンは皮肉っぽい口調になるのを隠し

もせずに言った。「そのせいでぼくに危険が及ぶのを避けようとしているんだ」

「違う……いえ、そのとおりよ。でも普通に考えたら、どっちみち、わたしとあなたじゃうまくいくわけがない。そもそも、あなたはわたしなんか選ばないでしょう？」

「選んだじゃないか」

ジャスティンが腕のなかから逃げようとする。だが、ジェイソンはそうさせなかった。

「リスクが大きすぎるの」彼女が顔をそむけた。「魂のない人間が死んだら、どうなるか知ってる？　もうそれでおしまいなのよ。あとには何も残らない。あなたには今の人生しか時間が残されていないの」

「それをどう使おうが、ぼくの自由だ」

「でも、それであなたの身に万が一のことがあったら、一生後悔するのはこのわたしよ」ジャスティンは涙をこらえようとして顔をゆがめた。「そんなの……」声をつまらせる。「耐えられない」

「ジャスティン」ジェイソンは彼女を引き寄せ、身をよじったところを、そのまま背中から抱きしめた。そして顔を傾け、耳もとでささやく。「リスクなら喜んで引き受けよう。こんな気持ちになったのは生まれて初めてなんだ。これほど誰かに夢中になったことはない。きみの肌に触れただけで幸せになれるし、きみのにおいほどすばらしい香水はないと思う。たとえきみが何もしていなくても、見ていて飽きることはない。きみのすべてを知っているわけではないけれど、それでもぼくにはきみという人がわかるし、それで充分だと感じられる」さらにしっかりと抱きしめた。「この一〇年間というもの、誰とつきあっても運命の相手だと感じることはなかった。だからこそ、やっと出会えたとわかるんだ」耳たぶのうしろにキスをする。「ぼくらは一緒にいるべきだ。きみだってそう感じているだろう？」

ジャスティンが首を振る。ジェイソンは耳もとに唇を押しあてたままほほえんだ。

「認めさせてみせるよ」彼は言った。「今夜」

「だめよ」

ジェイソンは彼女を自分のほうに振り向かせた。「だったら、何か魔術を使え」低い声で言う。「ふたりの身を守る方法を考えるんだ」

ジャスティンが唇を噛み、また首を振った。「いろいろ考えたわよ。でも、長寿の魔術しか思いつかなかった。だけどそれは使えないの」

「どうして？」

「生死にかかわる魔術は禁止されているわ。経験豊富な魔女でも危険を伴うから。それに、たとえうまくいったとしても、ひどい結果にしかならない。長生きすることはいいことだと思われがちだけど、奥義書《グリモワール》を見ると、長寿の魔術は呪いの項目に分類されているの。不自然に長生きするのは残酷なものよ。愛する人が死んでいくのを見なくてはいけないし、体と心はどんどん衰えるし、どんなに孤独で寂しくても生きつづけるしかないんだもの。最後にはその苦しみを終わらせたくて、死を願うようになるわ」

「それでもやってみてくれと言ったら？　きみと一緒にいられるのなら、それだけの価値はある」

ジャスティンが首を振った。「あなたをそんな目にあわせるわけにはいかない。それに、たとえわたしがその気になって、ちゃんと正確に魔術をかけることができたとしても、わたしとあなたじゃ幸せにはなれないの。あなたの人生にわたしの居場所はない。だから、きっとわたしはあなたの生き方を嫌うようになる。だからといって、あなたがのんびりした島で暮らすために、これまで築きあげてきたものを捨てるとは思えない。そんなことをしたら、結局は不幸になって、わたしを責めるようになるわ」ジェイソンのほうを向き、両手で顔を覆う。「いいことなんか何もないのよ」声がくぐもっていた。「だからわたしたちは離れていたほうがいい。それが運命なの」

ジェイソンはジャスティンを抱きしめた。まるで避けられない不幸に身をゆだねることにしたとでもいうように。

通りかかる人には目もくれず、長いあいだじっとそうしていたが、やがてきっぱりと言った。「運命というのは、こちらが何もしないときに人間を翻弄するものなんだよ。ぼくはきみがほしい。だから運命なんかにそれを邪魔させるものか」

ジェイソンがホテルに戻ると、会社の仲間たちが迎えてくれた。開発部門の責任者であるギル・サマーズ、弁護士のラース・アレント、会計と買収を行う部門の責任者であるマイク・ティアニー、そしてサンフランシスコにある〈イナリ〉の建物を設計したトッド・ウィンズロウだ。

「まさか、きみが携帯の電波が届かないところで生きられるとは思わなかったよ」ギルがからかうように言った。

「なかなかのんびりできたぞ」ジェイソンは言い返した。「携帯やパソコンなんかなくても平気さ」

マイクが疑わしそうな顔をした。「いつだったか言ってなかったか？ どうせ天国も地獄も退屈な田舎町みたいなもんだろうけど、インターネットが使えないほうが地獄だって」

「ぼくが思うに……」トッドが意味ありげににやりと笑った。「ワイヤレスじゃなくてもいいのさ。黒っぽい髪をした、脚が長いサーバーとつながっていればな」

ジェイソンはいい加減にしろというようにじろりとトッドをにらんだ。トッドはそれでもまだにやにやしていたが、さすがにそれ以上は何も言わなかった。たとえ親しい友人でも越えてはいけない一線があることはわかっているようだ。

だがこういうとき、プリシラはずけずけとものを言う。彼女が秘書になったのは一年前だ。三人にまで絞られた候補者のなかから、ジェイソンがみずから面接を行って採用を決めた。プリシラのように経歴が変わっていて、田舎訛りのアクセントで話す実習生が候補に残るのは異例のことだ。ただし、当時からすでに知性と能力はずば抜けていた。

プリシラを選んだ決定的な理由は、面接の終わりのほうで彼女が口にした言葉だった。最後に何か言いたいことはあるかと尋ねると、プリシラはこう答えた。〝先ほどから思っていたのですが、あなたには魂がないのですね〟ジェイソンが眉をひそめると、さらにつけ加えた。〝そのことでお力になれるかもしれません〟

ジェイソンに魂がないことをプリシラが知っているはずはなかった。彼は説明を求めたが、ただそう感じただけだとしか答えなかった。そこで、手もとに置けばもっと情報を得られるかと思い、プリシラを雇ったのだ。のちに彼女は、自分が魔女として生まれたことを打ち明けた。

〝魔女の血筋を引くファイヴアッシュ一族の末裔なんです〟プリシラはそう説明した。〝でも、うちの家族はその力を使うことはありませんでした。ただ、祖母がよく話していたんです。一九五二年に空から月を引きずりおろしたって。月は地平線にあたって跳ね返り、また空に戻っていったそうです。始まりから終わりまで一〇分ほどしかかからなかったとか。祖母がその話をするたびに、母は気象局の測風気球よと言ってました。でもわたしには、祖母の話が本当のことだとわかったんです〟

プリシラの母親は、ファイヴアッシュ家が魔女の一族だということを娘には隠しておきたかったらしい。信仰心の厚い地元の人々から白い目で見られるのを恐れたからだ。そこでプリシラは、ひそかに修行を続けてきた祖母と大おばから、こっそりと魔術を教わった。

ジェイソンの秘書として仕事をするようになったのち、プリシラは古代から伝わる魔術のグリモワールについて調査をした。彼の問題を解決できそうなのは、『トリオデキャッド』と呼ばれる伝説のグリモワールだった。その所有者をたどると、ある魔女一族の最年少者であるジャスティン・ホフマンという女性にたどりついた。現在も彼女が『トリオデキャッド』持っている可能性が高いと考えられた。そして偶然のなせるわざか、はたまた運命が導いたのか、たまたまジェイソンが土地を購入しようと考えていた島に、そのジャスティン・ホフマンなる女性が住んでいることがわかったのだ。

プリシラがそこまで調べてくれたことにジェイソンは感謝し、やがて友情を覚えるようになった。

ジェイソンは人生の先輩として、プリシラに控えめにふるまうことの大切さを教えた。蠅を殺すのに大きなハンマーを振りまわす必要はない、と。やがて彼女は、これまではなりふりかまわずがむしゃらに突っ走ってきたが、もうそのやり方を変えてもいいのだということを学んだ。

「ジャスティンの具合はどうなんですか?」プリシラがそう尋ね、テーブルについてノートパソコンを開いた。

ジェイソンはベッドに腰をおろした。「もう大丈夫だ」

「彼女には――」

ジェイソンは手でプリシラの言葉をさえぎった。「仕事を先に片づけよう」

彼女は片耳に髪をかけ、パソコンを操作してファイルを開いた。「指示をいただきたいのは二、三件だけです。来年の夏、ダラスで開催される〈クエイクコン〉で基調演説をしてほしいとの依頼が来ていますが?」

「断ってくれ」ジェイソンは即答した。

「一時間のパネルトークには参加されますか？」

ジェイソンは首を振った。「来週、〈カルコン〉に出席する。その手のイベントは一年に一回顔を出せば充分だ」実はそれ以外にも、癌に関する慈善事業の資金集めのため、個人的にパーティを開くことを約束していたが、そちらは内輪の集まりなので問題なかった。

そのあと、〈イナリ〉のゲームソフト《天駆ける反逆者》のエラーの解決策などについて話しあった。

プリシラがノートパソコンを閉じ、問いかけるような視線を彼に向けた。「ジャスティンと何があったんです？」

ジェイソンはどう話したものか迷った。事実を連ねただけでは、いったい何が起こり、それがどう進行しているのかを正確に伝えることはできない。だが、自分の感情や考えを言葉にするのは難しかった。

「禁忌《ゲッシュ》について何か知っているか？」

プリシラが首を振った。

ジェイソンの説明をプリシラは黙って聞いていた。おそらく、いつか使えそうな情報を頭のなかで整理しているのだろう。ジャスティンとは違い、プリシラは魔術を使うことになんら葛藤を覚えていない。それどころか、できるだけ学びたいとさえ思っている。魔術の危うさなど恐れてはいないのだ。少なくとも、今のところは。

だが、いつかそういう日が来るだろう。

「かわいそうに」プリシラは心から同情しているように見えた。「母親から呪いをかけられるなんて、どんな気持ちでしょうね」

「ショックを受けていた」ジェイソンは言った。「ローズマリーとセイジがかかわっていたとわかったのでなおさらだ。あのふたりはジャスティンにとって家族みたいなものだからな。ずいぶん落ちこんでいたよ」

「そんなときにあなたがそばにいてくれて、彼女はさぞかし心強かったでしょうね」その口調には、かすかにとげがあった。

「友人として力になっただけだ」ジェイソンはそっけなくこたえた。

「友人はグリモワールを盗もうなんてしませんよ」

「盗むつもりはない。こっちがほしい情報さえ手に入れば、ちゃんと返すさ」

「貸してくれと彼女に頼んだらどうです？」

「断られるに決まってる」

「どうして？　彼女もあなたのことを友人だと思っているなら……」

「複雑な事情があるんだ」

プリシラはまばたきもせずにジェイソンをじっと見つめた。「おふたりが留守のあいだにグリモワールを見つけました」ようやく、そう言った。「彼女の自宅のベッドの下にあります。鍵がかかっていますけれど」

「鍵のありかならわかってる。ジャスティンが鎖につけて、首にかけてるんだ」

「たとえその鍵を手に入れたところで、グリモワールを開くのは無理です。鍵なんかよりずっと強い力で守られていますからね」

ジェイソンはそんなことはないというように軽く首を振った。

彼が理解していないのを見てとり、プリシラは説明した。「グリモワールは魔術によって所有者と深く結びついているんです。無理に奪いとろうとしてもできません。強力な磁石のようなものですよ」

「どうしたらいいんだ？」

「わたしに言えるのは、彼女があなたを信頼し、好意を持つよう仕向けるということくらいでしょうか」プリシラが眉をひそめた。「お約束してくださったこと……覚えてらっしゃいますよね？　グリモワールを返さなかったら、彼女は傷つきますよ」

「そんなことはしないと言っただろう？　ジャスティンを傷つけたくはないし、敵にまわすのもいやだ。どちらかというと、その反対を願っている」

プリシラがかすかに驚きの表情を浮かべた。「まさか、この件が終わったあとも友人でいるおつもりじゃないでしょうね？」

「きみには関係のないことだ」

プリシラがジェイソンの顔をまじまじと見つめた。「申しあげたはずですよ。魔女と深い関係になるのはご法度です。もし彼女があなたを愛したりしたら、万事休すなんですから。わたしたち魔女はどんなに性格がよくても、男の人を殺してしまう存在に変わりありません。

これればかりは自分じゃどうしようもないんです。うちの家族も、父を含めて男性はみな早死にしました。こんな運命にかかわってはいけません。勝てっこないのですから」

「さっき、ジャスティンがぼくに好意を持つよう仕向けろと言ったばかりじゃないか」

「好意ならいいのですが、愛情はだめです。目的を達したら、できるだけ早くジャスティンのもとを離れ、決して振り返らないことですね」


「本当にもう大丈夫なの？」ゾーイがパントリーに食材を片づけながら尋ねた。

「平気よ。なんともないわ」ジャスティンはコーヒーメーカーを掃除していた。「残念なのはカヤックをなくしたことだけよ。でも、それだって新しいのを買えばすむことだし。ただ、プライドはちょっと傷ついたかも。海で遭難するなんてばかみたいだもの」

「ジェイソンの姿が見えたときにはほっとしたでしょう？」

「ほっとしたなんてもんじゃないわ」ジャスティンはそう答え、あのときは危うく死ぬところだったと話しても、もうゾーイを心配させることはないだろうと考えた。

自分がいなくてもホテルの業務に支障はなかったとわかり、安心した。客室と共有スペースの掃除はアネットとニタがしっかりとやってくれたし、キッチンのことはゾーイに任せておけば問題なかった。実際、苦情は一件もない。嵐のあいだ、宿泊客たちは読書室の暖炉の前で、ゾーイが用意したお菓子を食べながらのんびり過ごしたらしい。

コールドロン島での出来事をすべては話していないと、ゾーイは感づいている様子だった。

灯台で何があったのか、一部省略して話をすると、ゾーイが疑わしそうに尋ねた。「ジェイソンとは何もなかったの?」

一瞬、そのときのことが脳裏によみがえった。たくましい胸に抱かれ……太陽の光のように熱く輝く肌に触れたときのことが。思わず顔が熱くなった。

「そりゃあ、わたしだってちょっとはときめいたわよ」せいいっぱい、さりげなく答えた。

「ジェイソンのほうはどうなの?」コーヒーメーカーをふくために、ゾーイがペーパータオルをジャスティンに手渡した。「あなたのことを気にしているふうだった?」

「それはどうでもいいわ」

「どうしてよ」

「わたしとは価値観がまったく違うもの。浮き世離れしている人なのよ。社用機なんか使ってるし、家だって三つもあるのに、そのどれにも住んでいないし……。そんな人とうまくやれるわけがないわ」

ゾーイは愛情のこもった目でジャスティンを見つめた。「彼は親切にしてくれた? あなたを笑わせてくれた? 一緒におしゃべりしていて楽しかった?」ジャスティンが三つの質問すべてにうなずくと、さらに続けて言った。「本当に大事なのは、そういうことかもしれないわよ」

「そんな単純な話じゃないわ」

「ううん、単純なことよ。それを複雑だって言うのは、何もしないであきらめるときの言い訳にすぎないわ」ゾーイはジャスティンに手を貸し、重いコーヒーメーカーを一緒にもとの場所に戻した。「今週末、女の子たちで遊ぼうって言ってるの。映画を見る元気はある？」

「ええ、行くわ。でも、ひとつお願いがあるの。ジェイソンのことは何もきくなって、みんなに言っておいてくれる？」

「それは無理ね」ゾーイが答えた。「PR用の文言を考えておいたほうがいいわ。少しは何か教えてあげないと、しつこくきかれるだけよ」

「PRって、広報活動《パブリック・リレーションズ》？　それとも意味のない戯言《ポイントレス・ランブリング》？」

「どきどきするようなきわどい話《プロボカティブリー・リスケー》よ」ゾーイが目をきらきらさせて答えた。

ジャスティンは笑いながら、背の高い戸棚の扉を開けた。「あなたがハーブをすりつぶすときに使っている、あの小さな大理石のすり鉢とすりこぎはどこ？」

「ちょっと待って」ゾーイは上のほうの扉を開けて白いすり鉢とすりこぎを出し、ジャスティンに手渡した。「何か手伝いましょうか？」

「いいえ、大丈夫よ。オートミールと蜂蜜で顔のパックをつくろうと思ってるだけだから」

「レモン汁を少し入れるといいわよ」ゾーイは果物が入っているかごに手をのばした。「肌の色が明るくなるわ」熟したレモンをひとつ手にとり、ジャスティンに渡す。「さっきの話だけど……。心の扉はいつでも開いておいたほうがいいわよ。恋愛って、いつどこで芽吹くかわからないものだから」

ジャスティンは暗い目でゾーイを見た。「雑草だってそうなのよ」

ゾーイは笑った。「はいはい。じゃあ、わたしはもう帰るわね」

ゾーイを見送ったあと、ジャスティンは自宅へ行き、ベッドの下からグリモワールをとりだすと、それを持ってキッチンに戻った。薬剤、強壮剤、チキン剤などのページをめくり、目的のものを見つけた。百年の恋も冷める破局の秘薬だ。これをのませれば、ジェイソンはわたしへの興味を失う。

ただ、正直に話せば絶対にいやがるだろうから、どうにかして本人にわからないようにのませる方法を考えなくてはいけない。罪悪感を覚えるけれど、ほかに選択肢はない。結局のところ、こうすることがジェイソンのためだ。彼の命を助けることになるのだから。

ジャスティンはハーブガーデンへ行き、天草の根、ミント、シラントロ、マジョラムをつんだ。香りのよい薬草を持ってキッチンへ戻り、ドアに鍵をかける。秘薬は正確に調合しなくてはいけないから、邪魔が入っては困る。

彼女はすり鉢とすりこぎで薬草をすりつぶし、つんとした香りのする緑色のかたまりをすくって銅製の小鍋に入れ、水を加えた。それをコンロの火にかけると、パントリーへ行き、棚のいちばん上の段から段ボール箱をおろす。そこにはガラスの小瓶や天然樹脂など、秘薬をつくるための基本的な材料が入っていた。彼女はミラルの木のやにと、竜血樹のやにの小さなかたまりを砕き、小鍋のなかに加えた。

秘薬がぐつぐつと煮える脇で、ホワイトセージを紐で束ねたものに火をつけ、大きく揺らした。負の力を浄化する儀式だ。薬草を充分に煮出したあと、裏ごしをし、汁を小さなボウルに入れる。そして出したものをすべて片づけ、仕上げをしようとテーブルへ戻った。グリモワールを見ると、〝処女の涙〟を入れろと書かれていた。

「冗談でしょう?」『トリオデキャッド』に向かって、皮肉をこめて言った。「処女か……。わたしじゃだめよね」だが、さめざめと泣いている処女を今すぐ調達することはできないのだから、こうなったら自分の涙を使うしかない。

でも、どうやって泣こう?

ジャスティンはパントリーへ行き、かごに入っている玉ねぎを見つけた。「これならいけるかも」まな板に丸々とした玉ねぎを置き、半分に切ると、せいいっぱい目を開けたまま、おずおずと顔を近づけた。すぐに目が痛くなり、涙が出る。「もう、やだ」手探りでガラスの小瓶を見つけ、なんとか二滴ばかりの涙を採取した。紙ナプキンで目をふいたあと、小瓶をテーブルへ持っていき、スポイトを使って涙を煮出し汁に入れる。

あとは呪文を唱えさえすれば、破局の秘薬のできあがりだ。

ところが『トリオデキャッド』に手をのばすと、ページがぱらぱらとめくれ、表紙がばたんと閉じた。

「やめてよ」ジャスティンは『トリオデキャッド』に怒った。「今はあなたと遊んでいる場合じゃないの。呪文を見せて」無理やりグリモワールを開き、呪文が載っているページを見つける。そしてまだ閉じようとしている『トリオデキャッド』を両肘で押さえ、早口で呪文を唱えた。

処女の涙が飲まれるとき
情熱は阻まれる
秘薬よ、彼《か》の人の心を冷えさせ
愛を破局へ導きたまえ

ひとつ深呼吸をしたあと、『トリオデキャッド』を閉じ、スポイトを片づけた。「これで終わり」ジャスティンは声に出して言った。「これを一滴飲めば、ジェイソンはたちまち全速力で逃げていくわ」

午後九時ぴったりに、ジャスティンはジェイソンの部屋のドアをノックした。銀のトレイを持つ手に力が入り、ウォッカが入ったグラスのなかで氷がかたかたと鳴った。

ドアが開いた。

ジェイソンに見つめられ、ジャスティンはくじけそうになった。せつなさやいとおしさが回転木馬のように心のなかでまわっている。

ジェイソンは彼女を部屋に招き入れ、トレイを受けとり、テーブルに置いた。それからジャスティンを抱きしめた。

わたしは彼を愛してなんかいない。ジャスティンはそう自分に言い聞かせた。潮の香りがする腕のなかで、その心地よさに舞いあがってはいるけれど……息がつまり、涙が出そうになってはいるけれど……。

「あさってには帰るのよね」声が震えた。

「だから？」

「わたしたちの関係も終わるわ」

「そんなことはない」ジェイソンが言った。「まだ始まったばかりだ」

「わたしなんかよりあなたにふさわしい女性はたくさんいる。わたしじゃ、あなたと人生をともにできないわ」

ジェイソンが顔を傾け、ジャスティンの首筋にキスをした。両手を腰に滑りおろし、そっと耳もとでささやく。「いや、ぼくらはぴったり合う。試してみようか？」

まったく、こんなときにまでそんなことを言うなんて、なんて人だろう。ジャスティンは顔が紅潮した。このまま抱かれてしまいたくて、脚から力が抜けそうになる。ふと、ジェイソンと体を重ねているところを想像した。

「ウォッカを持ってきたの」ジャスティンは彼の腕から離れ、神経の高ぶりを抑えようと髪を手ですき、Tシャツの裾を引っ張った。「一杯どう？　気分が落ち着くわよ」

「五杯飲んだところで落ち着きやしないさ」背後でジェイソンが言った。

ジャスティンは自分を抱きしめるように腕を組み、窓辺に寄った。ひんやりした夜の闇に包まれ、まっ暗な自宅が見えた。玄関ドアの脇にある小さな照明が、中世の聖人画に描かれた金色の後光のような光を放っている。

「ドリームレイクの家を売ってもいいと言ったらどうする？」ジャスティンはジェイソンに背を向けたまま尋ねた。「もちろん正当な価格でよ。そしたら建設現場を見に来たとき、そこに泊まれるわ。もう二度とここには来なくてすむ」

「ぼくを買収して遠ざけるつもりか？」

背後で氷の鳴る音が聞こえ、首筋がぴくっとした。ジェイソンがウォッカのグラスを手にとったようだ。

「買収じゃなくて、先々、悩まなくてもすむようにしておこうと思っただけ」

「悩みをなくすことはできない」彼が言った。「たとえ、きみがぼくのことをあきらめきれたとしても、もっと言うなら、たとえぼくを説得できたとしてもだ。それでもまた悩みは生じる。それが人生というものさ。問題が次から次へと出てくるのは、どうすることもできない。ぼくらにできるのは、ほしいと思ったら手をのばしてつかみとり、あとは絶対に放さないことだ」

「無理よ」声に怒りがまじった。「だって、あなたの命を救いたいんだもの」

沈黙が流れた。テーブルにグラスが置かれる音がした。「ぼくを救おうとするな。ただ愛してくれればいい」

「それができたらいいわよ」怒りで声が高くなる。「そんな簡単なことはないわ」顔はそむけたままだった。「ゲッシュなんて解かなければよかった。あのふたりの言うとおりよ。こんなことになるくらいなら、何も知らないほうがずっと楽だった。あなただってそうよ」

「それは違う。きみは……」

言葉が途切れた。長くて苦しげな息づかいが聞こえる。

ジャスティンははっとして振り返った。ジェイソンは両腕をテーブルについて、体を支えていた。そばには空のグラスがある。ポロシャツの上からでも、背中に力が入り、筋肉がこわばっているのがわかった。

「ジャスティン」声がかすれている。

秘薬をのんだんだわ。これはききはじめているということ？ それとも、わたしが調合を間違えたの？ ジェイソンの呼吸がおかしい。どうしよう。苦しんでいるわ。

「どうしたの？」ジャスティンは用心しながら彼に近づいた。

「ウォッカに何を入れた？」どういうわけか声は穏やかだった。

「あの……ハーブのエキスをちょこっと。強壮剤みたいなものよ。具合が悪いの？」

ジェイソンは何度も大きく呼吸をした。力みすぎて肌が赤くなっている。「ステロイドを打たれた競走馬の気分だ」

ジャスティンは驚いて首を振った。そんなふうになるはずはない。何かがおかしいわ。

ジェイソンが熱を帯びた目で彼女を見た。「いったい何をしたんだ？」

16

「座ったほうがいいわ」ジャスティンは心配して言った。「今お水を持ってくるから……」そう言いかけ、びっくりして言葉を失った。ちらりと体を見ただけで、ジェイソンが明らかに興奮しているのがわかったからだ。それも、激しく。驚いて、もう一杯のウォッカをほんの少しだけなめてみた。

一瞬で頭から爪先までかっと熱くなり、息がとまりそうになった。全身の血管が燃えたようになり、下腹部がどくんどくんとうずく。頭にかすみがかかり、まともにものを考えることができない。ウォッカを少しなめただけでこうなったのだ。

ジェイソンは一杯を飲みきっている。

「こんなはずじゃなかったのに……」ジャスティンはあせった。「何がいけなかったの?」

ジェイソンはトレイに入っている氷をつかみ、自分の首筋に押しあてた。火にかけた鍋にでも入れたように氷はすぐにとけ、水となって首筋を垂れてポロシャツにしみこんだ。彼は歯をくいしばり、苦しそうに息をしていた。体が震えている。

「ごめんなさい」ジャスティンは自分が情けなくなった。ジェイソンのほうに手をのばしたが、恐ろしい形相でにらまれ、あわてて引っこめた。「こんなつもりじゃなかったの。やめておけばよかった……。どうしてほしい？　もっと氷を持ってきましょうか？　それとも冷たいシャワーでも浴びる？」

ジェイソンは聞こえていないようだった。氷水で手を冷やし、顔や顎をこすっている。高い頬骨のあたりが紅潮し、黒くて長いまつげが水に濡れた。ポロシャツを脱いで丸め、汗のにじむ首筋や背中をふく。ジャスティンはただ見ていることしかできなかった。

「ごめんなさい」もう一度謝った。「わたしがいつもばかなことばかりしているから……」

ジェイソンの背中に手を置くと、筋肉がびくんと動いた。まるで軽く触れられるだけでも拷問のようだとでもいうように。ジャスティンはあまりに申し訳なくて、その熱い肌に頬を押しつけた。

ジェイソンは自制心を保つためか、不自然なほどゆっくりと振り返り、ジャスティンをそっと抱き寄せた。獲物に飛びかからんばかりの豹のような緊張が伝わってくる。

「書かれているとおりに調合したのよ」ジャスティンは何をどう言えばいいのかわからなかった。「ちゃんときくはずだったのに」

ジェイソンが彼女の首筋に荒々しく鼻を押しつける。「奇異反応だろう」

「抗鬱剤をのんだのに自殺願望がわくというやつ？」ジーンズのボタンがはずされ、ジャスティンはハッとした。「鎮痛剤をのんだのに、かえって頭痛が増すというのも聞いたことがあるわ」ジェイソンの手が腰から下着のなかに入ってくる。

「きみがほしい」ジェイソンが首筋に唇を押しあてたまま言った。「きみも同じ気持ちだといいのだが……」

「同じだけれど、でも――」

「だめだと言われたら、力ずくで押し倒してしまいそうだ」

ジャスティンは目を丸くした。ジェイソンが下腹部を押しつけ、もどかしそうに彼女を求めてくる。そして、苦しそうな息の合間にこう言った。「ああ、きみの体じゅうにキスをしたい……。きみにもっと懇願させたい……。きみの体が壊れてしまうほど激しくいかせたい……。こんな怪しげな精力剤を飲ませなくても、ぼくはずっとそう思っていたんだ」

「精力剤じゃない」ジャスティンは言った。「その反対よ。わたしに対して興味をなくす秘薬なの」

ジェイソンは首筋をむさぼるように吸った。「これが興味をなくしているように見えるか？」ジーンズを引きおろし、彼女の腰をつかんで引き寄せる。

かたく屹立《きつりつ》したものに熱い思いを感じ、ジャスティンは目を閉じ、顎をあげた。「いいえ」弱々しい声しか出なかった。「解毒剤をつくってくるわ」

「解毒するなら別の方法がいい」ジェイソンは彼女のTシャツを頭から脱がせ、背中に手をのばしてブラジャーのホックをはずした。ジャスティンは床に滑り落ちたジーンズから不器用に足を抜き、下着も脱いだ。ジェイソンはジャスティンが逃げだすのではないかと思っているかのように、じっと彼女を見つめたまま、自分もジーンズを脱いだ。言葉を交わすこともなく、明かりを消し、窓を閉め、脱いだ服を椅子にのせる。ベッドまでたどりつく時間がもどかしいほどだった。

ジェイソンはジャスティンを抱きしめ、ときにはやさしく、ときには激しく唇を奪った。胸や下腹部がやけどしそうなほど熱くなっている。ジャスティンは唇を引き離し、空気を求めてあえいだ。室内はサウナのように暑く、肺が焼けそうだった。ジェイソンはテーブルへ行き、砕いた氷をつかみとると、それを彼女の胸に押しあてた。ジャスティンはぶるっと震え、体が冷えたことにほっとして息をついた。冷たい水が体を流れ落ち、鳥肌がたつ。ジェイソンがかたくなった胸の先端を口に含んだ。それからまたテーブルに手をのばし、氷をつかみとると、それを自分の胸に広げ、いくつかを口に含んだ。

ジェイソンが足もとにひざまずいた。ジャスティンはめまいを覚えながらうつむいた。彼の冷たい手が太ももにあたり、さらに上へとのぼってくる。ひだが開かれたかと思うと、冷たい舌が熱い場所をとらえ、円を描くように動いた。彼女は息をするたびに泣きそうな声をもらした。片手を口にあてて、声がもれないように押さえ、ジェイソンの舌に腰の動きを合わせる。

ジェイソンは敏感な場所を執拗に舌で攻めたあと、かすれた声をもらして立ちあがった。ジャスティンをベッドへ連れていこうとしたが、脚がもつれて動けないのを見てとると、やすやすと両腕に抱え、ベッドの上におろした。

ジャスティンはあられもなく脚を広げ、両腕を頭の上に投げだした。絶頂に達する寸前まで押しあげられているせいで、顔は熱いし、頭は朦朧としている。思わず腕をのばしてジェイソンの顔を引き寄せた。唇が重なり、彼の舌が奥深くに入ってくる。その感触にうっとりし、甘い吐息をもらした。ジェイソンが彼女の太ももを開かせ、深々と腰を沈めた。ジャスティンは両膝をたて、筋肉質のたくましい重みを全身で受けとめた。

ジェイソンの肌は汗に濡れて金色に輝いていた。目を閉じ、眉根を寄せている表情が苦しそうだ。彼は激しくリズミカルに体を動かし、決して力をゆるめようとはしなかった。ジャスティンもみずから腰を浮かし、それにこたえた。不意に、体の奥がきつく締まった。ふたりはうめき声をもらし、めくるめく衝撃に体を震わせ、全身を貫く快感に身を任せた。ジェイソンが最後にもう一度、わが身を深く突きたてる。ジャスティンは体のなかに熱いものが放出されるのを感じた。

ジェイソンはしばらくじっとしていたが、やがて彼女を抱えたままあおむけになった。呼吸はいくらか遅くなり、胸が上下するのもゆっくりになったが、ふたりはまだつながったままでいた。

いずれ後悔することになるかもしれないが、ジャスティンは今はただこの幸せに身を任せていたかった。ようやく体を離したジェイソンの下腹部を見て驚いた。

「まあ、あなたまだ……」

「そうなんだ」彼が淡々と言った。「きみもとんだ媚薬をつくったものだな」

「ごめんなさい。本当にそんなつもりはなかったの」ジェイソンが返事をしないのを見て、ジャスティンはおそるおそるつけ加えた。「怒ってる？」

「ああ。だが、エンドルフィンが出すぎて幸せな気分に溺れているから、怒りつづけるのが難しい」

ジャスティンは弱々しくほほえみ、彼にもたれかかった。

ジェイソンが手の甲で胸のふくらみをなぞる。「今日もピルをのんだのか？」

ジャスティンはうなずいた。「ごめんなさい。必ず避妊具を使うと言っていたのに、それもわたしのせいで――」

「もう謝らなくていい」ジェイソンが彼女の胸の先端を指のあいだに挟み、軽く引っ張った。ことが終わったあとも、こんなに長く抱きしめてくれたのは彼が初めてだ、とジャスティンは思った。相手がジェイソンじゃなければ、そうしてほしいとも思わなかっただろう。またしても悦びを求める気持ちがわき起こり、快感が広がった。

「あなたを愛さなければいいことだもの」気がつくと、そう言っていた。

「でも、きみはぼくを愛するようになる」

その言葉を聞き、ジャスティンは現実に引き戻された。肘をついて体を起こし、眉をひそめる。「そんなことはないわ。ベッドをともにしたのは、あなたが救急救命室に運ばれた患者みたいに苦しんでいたからよ」

「その原因をつくったのはきみだ」ジェイソンが指摘した。

「そうよ。だからこそ、なんとかしたかったの。お願いだから、これでふたりは愛しあっているとか、今日のことには意味があるはずだなんて思わないでね」

「じゃあ、どうしてほしいんだ？」ジェイソンがいささか不満げに言う。

ジャスティンは少し考えた。「あなたの欠点を教えてちょうだい。この人は好きになれないとわたしに思わせてほしいの」

ジェイソンはけげんな顔をしたあと、彼女の手を引いてベッドからおりた。

ふたりはバスルームへ行った。

「悪い癖とかないの？」ジャスティンは尋ねた。「濡れたタオルをベッドに置きっぱなしにするとか、切った爪を平気で床に落とすとか」

「どっちもしない」ジェイソンはシャワーの下に入り、彼女を手招きした。

「何かあるでしょう？」ジャスティンは湯の心地よさに身を震わせた。「あなただって完璧なわけはないんだから、ひとつやふたつ、悪い癖があるはずよ」

ジェイソンが石鹸をとり、手で泡だてた。「病気になると、頭がおかしくなったブルテリアみたいになる」石鹸の泡がついた手で、彼女の体を洗いはじめる。「みんなで映画を見ているとき、まだ途中だろうがおかまいなしに、話の矛盾点を指摘する」ジャスティンが笑みを浮かべたのを見て、軽くキスをした。「議論をしているとき、自分が正しいことを証明する情報をインターネットで調べだし、すでにその話は終わっていても、無理やり会話を引き戻す」ひと息置いた。「冷蔵庫のなかに空っぽの容器を平気で置きっぱなしにする。ミックスナッツがあると、アーモンドとカシューナッツを食べてしまい、ほかのやつがピーナッツにしかありつけなくても気にしない。眠れない夜には、他人がつくったウィキペディアの内容を勝手に書き直す」けらけら笑うジャスティンの唇を奪い、その笑い声ですらおいしいというように熱いキスをした。「きみはどうなんだ？」

ジャスティンは彼の背中にまわり、その筋肉を観賞しながら、石鹸で洗いはじめた。「モップや掃除機をかけるとき、口笛を吹く癖があるの。だいたいはテレビ・コマーシャルで使われているザ・ブラック・キーズの曲なんだけど。あるとき、延々とそれを口笛で吹きつづけていたら、ゾーイがゴムベラを手にしたまま様子を見に来たわ」ジェイソンが軽く笑った。「暇になると、いりもしないものをインターネットの通販で買っちゃう。でもゲームをしていてもすぐに飽きる。どんなゲームだろうが、佳境に入ったときだろうが、すっぱりやめて二度と手を出さない」

「どうしたらそんなことができるんだ？」ジェイソンは本気で不思議がっている様子だ。

「単に集中力が続かないだけよ。それから、求められもしないのに、あれやこれやとアドバイスするのが好き」ジャスティンは彼の下腹部に手をのばし、そこも石鹸で洗った。「最近わかった欠点は、何も知らないホテルの宿泊客に媚薬を盛る癖があることかしら」

ジェイソンの息が荒くなった。「いつもそんなことをしているのか？」

「まだあなたがひとり目よ」

「これで最後にしてほしいものだな」

ジャスティンはかたくなったものを握りしめた。「どういうふうにしてほしい？」濡れた背中に向かってささやく。「こんな感じ？ それとも……こうするほうがいい？」「それは……」ジェイソンが苦しそうに大きく息を吸いこむ。「ああ……それがいい」首を垂れ、壁に手をついた。胸が大きく上下している。

ジャスティンは彼の背中にぴったりとくっつき、高ぶっているものを愛撫した。そのあいだもシャワーの湯は流れつづけ、バスルームのなかが湯気でいっぱいになった。ジェイソンはときおり悪態をついたり、愛情に満ちた言葉を口にしたりしている。ジャスティンは彼の反応に胸をときめかせながら、手の動きを速めた。やがてジェイソンはこらえきれないというように声をもらし、背中の筋肉をぴくぴくと震わせ、絶頂に達した。

シャワーをとめ、ふわふわの白いタオルで互いの体をふく。

「今度はきみの番だ」

ジャスティンは首を振った。「わたしはもう充分よ」

ジェイソンは彼女の首に手をのばし、耳もとへ唇を寄せた。「またほしくなるさ」そう言うと、ベッドへ連れていき、上掛けをめくってシーツの上に寝かせた。

そしてジャスティンの上に覆いかぶさると、指先をゆっくりと全身に這わせた。彼女は身をよじり、もっととせがんだ。だが、ジェイソンの動きは夏の黄昏のようにのんびりしている。ジャスティンはおとなしくするまでおあずけをくらわされ、そのせいで、彼に触れられるたびに肌が熱くなった。

ジェイソンはすでに彼女の体を知りつくしていた。それを楽しむように太ももの合わせ目に唇を這わせ、敏感になっている場所を舌と口でくすぐる。ジャスティンはこらえきれなくなり、せつない声をもらし、腰を浮かせた。だが、ジェイソンは両手をつかんで彼女の体を押さえこみ、じらすように愛撫を続ける。彼女は体じゅうが熱くなり、めくるめく快感に身をよじった。脚を広げ、爪先を丸め、まさにクライマックスに達しようというそのとき、彼の唇が離れた。

ジェイソンは体を起こすと、ジャスティンを押さえこみ、ゆっくりと奥深くまで腰を沈めた。彼女の両手を頭の上へあげさせ、黒い目でじっと顔を見つめたまま、愛のリズムを刻む。ジャスティンは体をよじり、言葉にならない言葉をもらした。お願い……早く……。ジェイソンが静かに笑う声が聞こえる。彼女は耐えがたいほどゆっくり絶頂へと押しあげられ、体を痙攣させた。

その夜中、ジャスティンは愛撫で目が覚めた。甘くせつない声をあげながらジェイソンを体のなかへ受け入れ、頭をのけぞらせる。至福のさざ波が大波となり、繰り返し襲ってきた。長くて熱い夜だった。クライマックスがこれほど激しく、さまざまな悦びをもたらしてくれることをジャスティンは初めて知った。体を重ねる合間に、うとうとしながらいろいろな話をした。会話もまたキスのように甘美だった。

「禅寺ってどんなところなの？」ジャスティンはささやいた。まったく想像もつかないだけに興味があった。「居心地はよかった？」

ジェイソンが彼女の背中を撫でる。「いいや。でも、そこにとどまるしかなかった」

「どうして？」

「あのころはすべてがどうでもよく感じられ、ただ生きているだけだった。それがつらかったのさ。禅は行為のひとつひとつに価値があると教える。食器を洗うようなことでさえ意味があると説くんだ。それを意識することによって、人生が無為に過ぎていくのを防ごうとするわけだ」

ジャスティンは彼の肩に頭をのせ、胸の上に手を置いた。「たくさん瞑想した？」

「毎晩だ。禅寺の一日は朝四時の起床から始まる。説教を聞き、朝食をとり、そのあと庭の草むしりや、薪割りなどの作業をこなす。寺でいちばん上位の僧は老師と呼ばれているんだが、午後は修行僧のひとりひとりがその老師と話をする時間が持たれる。座禅を組んで瞑想するのは夕食のあとだ。修行僧はそれぞれが老師から問いを与えられている。修行僧は座禅のあいだ、心を落ち着け、その問いを理解しようと考えるのさ。なかには答えを見つけるのに何年もかかる修行僧もいる」

ジェイソンが彼女の首にかけられた鎖のネックレスを指でなぞった。「ある夜、座禅中に幻覚を見たんだ。ぼくは寺のなかにいるんだけど、そこにぼくとそっくりな影が立っていた。そのとき、気づいたんだ。ぼくは寺そのもので、その影は本来は魂があるべき空間なんだとね」

ジャスティンは同情を覚え、背筋が寒くなった。「ロウシという人にそれを話したの？」

ジェイソンがうなずいた。「魂がないのは別に恐れるべきことではないと老師は言った。

その事実を受け入れるようにと諭されたよ。仏教の教えでは、空《くう》は大切な概念なんだ。人間は空の状態でなければ、何かを悟ることはできないと考えられている」皮肉な口調でつけ加える。「だが、ぼくは不肖の弟子だった」

「わたしなら、さしずめ落ちこぼれってとこね。なんでもはっきりと答えが出ないといらいらするもの」ジャスティンは顔をあげ、彼を見た。「魂がないという事実を受け入れられなかったのね？」

「きみならどうだ？」ジェイソンが問い返す。

ジャスティンは少しためらい、首を振った。そんなことを受け入れられるわけがない。きっと彼のように、自分も魂のないうつろさを埋めようとするだろう。

当然のことながら、翌朝はベッドから出るのがつらかった。

ジャスティンはいつもの習慣で朝早くに目が覚め、ジェイソンが眠っているあいだにこっそり服を身につけ、部屋を出た。体じゅうに痛みがあり、疲労で歩くのもひと苦労だった。それに、不安で押しつぶされそうにもなっていた。よろよろと自宅へ戻り、熱いシャワーを浴びた。

鏡を見ると、目が充血し、くまができていた。無精ひげでこすられたせいで、首筋が赤くなっている。彼女はうめき声をもらしながら髪をポニーテールに結い、顔にクリームを塗った。

それから頭痛薬をコーヒーでのみくだし、セイジに電話をかけた。電話をするには早い時間だが、セイジはいつも早起きだ。

「もしもし」セイジはいつものように明るい声で電話に出た。「あら、ジャスティン。元気？」

「うん。あなたは？」

「もちろん元気よ。昨日はローズマリーと一緒にエルダーベリーをつんだの。今度こっちへ来たら、エルダーベリーのシロップをかけたパンケーキを食べさせてあげるわ」

「おいしそう」ジャスティンは疲れを払おうと額をさすった。「こんな朝早くにごめんなさい」

「ちっともかまわないわ」

「ちょっと教えてほしいことがあって……。昨日、ある秘薬をつくったんだけど、ちっともきかなかったの。それがどうしてだか知りたいのよ」

「詳しく話してちょうだい」

セイジは秘薬を調合するのを得意としていた。以前はさまざまな薬について教えていたこともある。どういう材料なら代用品を使うことができるかだとか、どんなものを加えれば秘薬の力が増すかということをよく知っていた。

「破局の秘薬よ」ジャスティンは言った。「ジェイソンに飲ませようと思って……」

「いい考えね」

「わたしもそう思ったんだけど、それがきかなかったの」

「確かなの？　あの秘薬はききはじめるまでに少し時間がかかるわよ」

「本当にだめだったの」ジャスティンは激しかった一夜を思いだし、身じろぎした。

「材料の質が悪かったということはない？　ちゃんとお浄《きよ》めはした？」

「ええ」ジャスティンは秘薬を調合した手順と、それに使った材料を詳しく話した。「ウォッカに入れて飲ませたのがよくなかったのかしら。アルコールにまぜると、ききめがおかしくなるものなの？」

「いいえ」セイジが考えこむように答えた。「それで効果がなくなるってことはないはずなんだけど」

「もしかすると、わたしが処女じゃないから？」

沈黙が流れた。

「〝処女の涙〟を入れろとあったの。で、まったくの生娘というわけではないけれど、まあ、いいかと……」

「もしかして、あなたが泣いて、その涙そのものを入れたの？」

「ええと……そういうこと。秘薬っていろいろと変なものを入れたりするから、涙もありかと思って……」

セイジの口調がきつくなった。「〝処女の涙〟というのは植物の名前よ」

「なんですって？」

「シラタマソウともいうわ。わたしがあげた薬草の本に書いてあるわよ。ちゃんと読むと約束したわよね？」

「ぱらぱらと見ただけ」ジャスティンは正直に答えた。「だって、植物の本なんて読んでいると眠くなっちゃうんだもの」

「たとえ初歩的なものでも、魔術を使うときはちゃんと勉強しなきゃだめよ。ぱらぱらとだなんてとんでもない。まさか、反対のききめが出たわけじゃないでしょうね？」

　ジャスティンは遠まわしにものを言うのにも疲れてきた。「発情している猫みたいだったわ」

「まあ」動揺しているような声だ。「もう一度、破局の秘薬をつくるつもり？」

「ううん。どうせ彼は、明日の朝にはここを発つもの」

「それですめばいいんだけど」

「禁忌《ゲッシュ》なんか解かなきゃよかった。まさかパンドラの箱を開けることになるとは思わなかったのよ」

「あなたが悪いわけじゃないわ。あなたの人生を勝手に変えてしまったのは、本当に申し訳なかったと思っているの。あれは間違いだった。よかれと思ってしたことではあるけれど、やっちゃいけなかったのよ」セイジがすまなさそうに言った。「〈クリスタルコーヴ魔女団《カヴン》〉は優秀だと思うけれど、魔術の倫理に関しては学び直す必要があるかもね」

「人を傷つける魔術じゃなければ使ってもいいと、いつも言ってたじゃない？　だから呪文の最後は〝決して害を及ぼすなかれ〟となっているものが多いんでしょう?」

「そうよ。でも、本当に相手を傷つけないかどうかは結局のところわからないわ。なんらかの反動が出るかもしれないもの。だからこそ、マリゴールドからあなたにゲッシュをかけたいと頼まれたとき、わたしたちは迷ったのよ。でも、あなたにつらい思いをさせたくないと言われ、説得されてしまったの」

「母は正しかったというわけね」ジャスティンは悲しげに言った。

セイジがゆっくりとため息をつく。「でもね、昨日、夫が亡くなったときのことを考えていたの。今でも涙が出そうになるときもあるけれど、その悲しみを通してしか受けとれない贈り物もあるのよ」

「わたしのことなんてどうでもいいの」ジャスティンは言った。「問題は、ジェイソンが無事でいられるかどうかよ」

「大丈夫そう?」

その言葉の裏には、ジェイソンを愛しているのかという質問がこめられているとジャスティンは感じた。「わからない」携帯電話を強く握りしめる。「どんどんのめりこんでいくようで怖いの。まだ愛しているというほどではないと思いたいんだけど。だって、出会ったばかりの人をそこまで好きになるなんて変でしょう?」

「そんなことはないわ」やさしい口調だった。「人の心は、そういうときもあるものよ」

ジャスティンは喉が締めつけられた。「わたしが彼を危険に陥れたんだから、なんとかして助けなきゃ。きっと『トリオデキャッド』に何か答えがあるはずだわ」

「かわいそうだけれど、あきらめるしかないわ。夫が亡くなるのを、わたしが手をこまねいて見ていたとでも思う？　マリゴールドだって同じよ。あとは何をしても事態は悪くなるだけ。死という犠牲を払うしかないの」

誰かを死なせることになるなんて……。それが自分のような人間が誰かを愛することの代償なの？

「いつだったか、魔術に不可能はないと言ったわよね？　ただ、不可能に見えることがあるだけだと」

「ええ。でも、そういう魔術に手を出してはいけない。生と死を扱う魔術はご法度よ。この世には、わたしたちの力が届かない精霊の王国があるのだから。神の領域に入ってはいけないの。それをしても、絶対によい結果にはならないわ」

17

弁護士と不動産業者の立ちあいのもと、ジェイソンはアレックス・ノーランと書類に署名をすることに一日の大半を費やした。設計と建設にかかわる予備契約書や、納期、義務、所有者の移転などを記した土地の売買に関する書類などだ。ジェイソンは手をとめることなく、次々と署名していった。

〈イナリ・エンタープライズ〉に入り、初めてゲームソフトで大ヒットを飛ばして以来、ずっと研修センターをつくりたいと思っていた。命があるあいだに、何かひとつくらいは世のためになることがしたかったのだ。財産を築くことにはなんの興味もなかった。人々が新しい人間関係をつくり、高い技術を学び、それで人生をよくすることができる研修センターの建設ならば、金をかけるだけの価値がある。

しかも、このサンフアン島にそれを建てれば、ジャスティンの近くにいることもできる。そう思うと、この契約にはなんの迷いも感じなかった。ジャスティンのことを思うと、土と葉と雨がまじった秋のにおいをかいだようなやさしい気分になった。彼女と自分は、ちょうど昼と夜のように互いを補っている。日本語でいう陰陽道《おんみょうどう》というところだ。もし彼女がぼくを受け入れてくれるなら、どんな犠牲を払ってでも一緒にいたいと思う。

何度ジャスティンに電話をかけても返事がないことに、いらだちはしたが、驚きは覚えなかった。ゾーイによれば、今日は出かけているらしい。顔を合わせたくない気持ちはよくわかる。ゆうべのことをどう考えるべきか迷い、対処法を練っているのだろう。

ジェイソンはあせる気持ちを抑えながら、翌朝の出発に備えて荷物をまとめた。夕方になってもジャスティンの姿はなかった。夕食は会社の仲間と一緒にレストランへ行った。ドリームレイクの開発が合意にいたったことを祝い、アレックスと婚約者のゾーイも同席した。

「ジャスティンから電話が返ってこないんだ」夕食の席で、さりげなくゾーイに言った。「何かあったんじゃなければいいんだが……」

「大丈夫よ」ゾーイがきめの細かい肌を赤くして言う。「いろいろと用事があって忙しいだけだから」

「一日じゅう？」ジェイソンは尋ねずにはいられなかった。

ゾーイは困ったような顔をしたあと、申し訳なさそうに小声で答えた。「ひとりになる時間がほしいんですって」

「落ちこんでいるのか？」

「言葉は少なかったわ」ゾーイが少しためらってから、つけ加えた。「願いはかなったけれど、最悪の事態になったと言っていた」

ジェイソンにはその言葉の意味がよくわからなかった。「願いとは？」

ゾーイはしばらく黙りこんだあと、彼の顔を見ずに答えた。「あなたとのことだと思う」

夕食を終えてホテルへ戻ると、ジャスティンの家に明かりがともっていた。ジェイソンはホテルのなかが静まり返るのを待ち、彼女の家へ向かった。夜空には星がまたたいている。三日月が、大空で草を刈る鎌のように見えた。蛾を追う夜鷹の低い鳴き声が聞こえる。

胃がねじれるような気分で、彼は玄関ドアをノックした。リスクを引き受けるのには慣れている。過去には仕事で莫大な金額の取り引きをしたこともあるし、失敗すれば会社がつぶれかねないゲームソフトを世に出したこともある。そのときはまったく怖いと思わなかった。だが、ジャスティンを失うかもしれないと思うと、不安に押しつぶされそうだった。

玄関ドアがゆっくりと開き、ジャスティンが現れた。髪をポニーテールにまとめ、顔は洗ったばかりらしくさっぱりとしているが、立ち姿は弱々しい。彼女を慰めたいという思いがこみあげた。ひとまず悩みを忘れさせ、ベッドでリラックスさせ、悦びを与えたい。

「きみに会いたかった」ジェイソンは言った。

ジャスティンがごくりと唾を飲む。「用事があったの」

ジェイソンは彼女の顎をあげさせ、疲れた表情を浮かべている目をのぞきこんだ。「五分でいいから時間をくれ。ちゃんと話しあわないことには、明日、帰れない」

その言葉を聞き終わるのも待たずに、ジャスティンは首を振った。「話すことなんか何もないわ」

ジェイソンは彼女の顔を見つめ、どうしたものかと考えた。誘惑するか、それとも買収するか。懇願したところで通じはしないだろう。

「いや、少なくともひとつはある」

「何よ」

「客室のことで文句を言いたい」彼は事務的に言った。

ジャスティンが目を丸くする。「気に入らないことでも？」

「ベッドはかたいし、シーツはごわごわしている」彼女がそんなはずはないと言い返そうとしているのを察し、ジェイソンはさらに続けた。「それに、蘭の花がしおれかけている」

「水をやれば？」

「ベッドに？」

ジャスティンは笑いをこらえているように見えた。「植木鉢によ。ベッドについては何もできることはないわ。不眠症なんだから、どうせベッドなんて使わないでしょう？」

「今夜はきみを抱いていたい」彼は言った。「セックスはなしだ。ただ、きみの隣で寝たいだけなんだ」

ジャスティンは表情を変えなかったが、かすかにからかうような色が目に浮かんだ。「よく言うわ」

「わかった。本当はセックスもしたい」ジェイソンは認めた。「でもそのあとは、きみを眠らせると約束する」

ジャスティンの顔にちらりと浮かんだ笑みが消えた。「もう、あなたとベッドはともにしない。どうしてかなんてきかないで。理由はわかってるはずよ」

ジェイソンは我慢できずに手をのばした。「それはきみひとりで決めることじゃない。ぼくの意見も聞くべきだ」

「あなたの意見なんて――」

「どうしたいか言ってくれ。こうなるのが怖いとか、もう決めたことだというのはなしだ。この胸の奥にしまわれている本当の思いを聞かせてほしい」ジェイソンはジャスティンの胸に手を置いた。鼓動が速かった。

彼女は動揺を見せたが、きっぱりと首を振った。

「自分の気持ちを認めるのが怖いのか？　臆病だな」ジェイソンはからかった。「だったら、ぼくが代わりに言ってやろう。きみはぼくがほしい。ぼくを愛している。つまり、ぼくにはもう時間がないということだ」

「そんな言い方はやめて」ジャスティンは怒ったように言い、彼から離れようとした。だが、ジェイソンはその体を引き寄せ、しっかりと抱きしめた。

「つまり、ぼくは死刑囚ということだ」彼女の髪に顔をうずめる。「死人も同然だ。万策つきて、もう打つ手がない。絶体絶命だ」

「やめてちょうだい！」ジャスティンが声を張りあげた。「そんなこと、よく冗談にできるわね」

ジェイソンは腕の力を強めた。「魂がない人間の強みは、この瞬間を生きるしかないということだ。それならば、せめてきみと一緒にいたい」彼女の髪にキスをする。「家のなかに入れてくれないか。外にいるのは寂しい」

ジャスティンは黙っていた。長く震える息を吸ったあと、ようやく顔をあげる。感情的になっているのか、目が涙で光っていた。

「二、三分だけよ」脇に寄り、彼を招き入れる。

ドアが閉まるなり、ジェイソンはまた彼女を抱きしめた。そして両手首をつかみ、自分の首にまわさせる。首筋に不安そうな息づかいが伝わってきた。

「お願いだから惑わせないで。こんなことといけないわ」

「ちっともいけなくなんかない」ジェイソンはジャスティンの頭を自分の肩に抱き寄せた。ゆうべの残り火がまた大きくなり、幸せな気分に包まれる。「明日の朝、ここを発つ。だが、いろいろと準備を整えたら、一週間かそこらでまた戻ってくる」

「準備って、なんの？」

「仕事のやり方を変えるのさ。ぼくの代理を務める人間を選ぶつもりだ。ぼくにしかできない仕事は、ここから指示を飛ばすか、ぼくが会社に戻るまで待たせるさ」

「どういう意味？」ジャスティンが困惑したように尋ねる。

ジェイソンは親指で彼女の繊細な耳たぶをなぞり、軽くキスをした。「きみとともに人生を過ごしたい。そうするしかないんだ。だが、きみはホテルの経営で島を離れることができない。だから、ぼくができるだけ通うことにした」

「それって……どこに泊まるつもり？」

「きみしだいだ」

「わたしは……あなたには二度とここへ来てほしくないと思ってるわ」

「それはぼくのことを愛していないからか？　それとも、愛しているからこそなのか？」

ジャスティンは顔を伏せたまま、黙りこくっている。ジェイソンはその体を静かに抱きしめていた。彼女が何を考えているのか感じとりたかった。

「わたしは大切な人をみんな失ってきた」ジャスティンがようやく話しはじめた。「父のことは顔も知らないわ。母はわたしが思いどおりにならないから離れていった。恋人はわたしを怖がった。あなたを愛したら、わたしはまた大切な人をひとり失うのよ。そんなこと、できるわけないじゃない」ジェイソンの腕から離れ、背中を向ける。自分のまわりに堅固な壁をつくり、決してそこから出まいとしているように見えた。

だが、どんな障害があろうとも、ここであきらめるわけにはいかない。自分はそう簡単に引きさがるような男ではないはずだ。

「ぼくが死ぬかもしれないのが怖いのか？」ジェイソンは尋ねた。「それとも、生きのびたら、そっちのほうが大変だとでも思っているのか？」

ジャスティンがこちらを向いた。今の言葉の意味するところがわかったのか、顔を怒りで赤くしている。「ばか！」

「もしぼくが長生きしたら……」ジェイソンは容赦なく言った。「いっときの恋ではすまなくなるぞ。妥協も必要になるし、許さなくてはいけないことも出てくるだろうし、人生の一部を犠牲にすることになるかもしれない。それができるかどうか自信がないんだろう？」

ジャスティンが彼をにらんだ。「それがわかるまで、あなたはこの世にいられないのよ」

「誰の人生にも終わりはある。早いか遅いかだけの違いだ。誰かを愛したら、そのリスクを引き受けるしかない」

ジャスティンは感情を高ぶらせ、両手で顔を覆った。「別れるのがあなたのためなのに、どうしてわかってくれないのよ。この石頭」

ジェイソンは自分の決意をわからせるため、もう一度彼女をしっかりと抱きしめた。「ぼくにはきみしかいないんだ。ばかげた迷信を怖がって、きみをあきらめるつもりはない」

「迷信じゃない。人間の知恵を超えた大きな力よ。避けることはできないわ。それに、自分には魂がないと信じている人に、そんなのは迷信だなんて言われたくないわ」

ジェイソンはほほえんだ。「仏教では、そのときどきの流れに身を任せてもいいのさ」

ジャスティンが怒ったような声をもらし、彼を突き放そうとした。だが、ジェイソンはそれをものともせず、唇を重ねた。ジャスティンがかすかに震え、背中に腕をまわしてキスにこたえる。彼女の気持ちが熱くなりはじめたのがわかる。彼はジャスティンのなかに入り、もっと燃えあがらせたかった。

唇を離し、首筋に鼻を押しつけて彼女の香りをかぐ。「今晩、泊めてくれないか」

「だめよ」ジャスティンがくぐもった声で答えた。

「一夜でいい。明日の朝になってもまだきみが別れたいと言ったら、ぼくはその言葉にしたがう」

「嘘つき」

「きみが会いたくなるまで、もうここへは来ない」

ジャスティンが身をよじり、ジェイソンの顔を見た。「今度は何をするつもり？」警戒しているような口調だ。「ひと晩じゃ何も変わらないわよ」

18

ジャスティンはジェイソンが目を輝かせたのを見て不安になった。「あなたがベッドですてきなのはもう知っているから、そんなことじゃ気は変わらないわよ」

「あることをきみと一緒に試してみたいんだ」ジェイソンが言った。「ちょっとした儀式のようなものさ」

「儀式？」ジャスティンは疑いの目で彼を見た。

「緊縛《きんばく》というものだ」

いかにも外国語風の音が鼓膜に響き、彼女はぞくりとした。「男女ですることなの？」

「必ずしも最後の一線を越えなくてもいい」

ジャスティンはわけがわからず、唇を嚙んだ。「キンバクって、どういう意味なの？」

ジェイソンがかすかな笑みを浮かべる。「〝縛りの美〟と訳されている。紐かロープはあるか？」

「ええ、クローゼットにあると思うけれど……」彼女は言葉を切り、目を見開いた。「まさか、わたしを縛るってこと？　いやよ。だめ。ロープなんてないわ」

「今、あると言ったじゃないか」

「そんなことに使うロープはないわ。痛いのはいやなの」

「痛くなんかないさ。緊縛というのは……」英語に相当する表現がない日本語をどのように説明しようか考えている様子だった。「ある種の芸術なんだ。ロープを使うことで、女性を生ける彫像につくりあげるのさ。基本は縛りだが、そこに感情が絡むと緊縛になる」

ジャスティンはその言葉を真に受ける気にはなれなかった。「それって、惣菜コーナーで売られているチキンの丸焼きみたいにわたしを縛りあげることを、小難しい言葉で表現しているだけのように聞こえるわ。それに、どうしてそんなことをしなくちゃいけないのかわからない」

「わかってもらうのが難しいんだ。まったく経験のない人に、スカイダイビングやスキーの醍醐味《だいごみ》を説明するようなものだ。自分で試してみないと理解できない」

「やってみたことはあるの？」

ジェイソンが無表情で答えた。「昔、日本でつきあっていた女性が教えてくれたからね。芸術的な緊縛のショーやセミナーもあるし――」

「どんな相手と交際していたのよ」ジャスティンは自分が嫉妬していることに気づいた。

「性的なサービスをする人？」

「全然、違う。ソフトウエア会社の幹部で、美しくて頭がよかった」

さらに嫉妬が増した。「そんなにすてきな相手なら、その女の人とすればいいじゃない。

その人は……」ジャスティンは思わず唾を飲みこんだ。「恥ずかしくなかったのかしら？」

「別に恥ずかしいようなことじゃないさ。支配する側にとって、ロープは自分の延長線上にあるものだ。縛ることによって気持ちを集中させ、女性を深い服従へと導くんだ。体を縛られることで心が自由になると、彼女は言っていた。今まで知らなかった自分の一面に気づくことができるそうだ」

ふたりは視線を合わせたまま沈黙した。

ジャスティンは何をどう言えばいいのかわからなかった。驚いたことに、体が熱くなっている。興味を感じているのだと認めざるをえなかった。後悔することになるかもしれないと思いつつも、きっぱりと断りきれない自分がいた。

「ぼくを信用してくれるなら、ぜひきみを縛ってみたい」ジェイソンが言った。

彼女は唇が乾くのを感じた。「信用してもいいの？」

「そうしてくれるとうれしい」

「それって肯定になってないわ」

「否定もしていない」

ジャスティンは苦笑した。「どうしてはっきり大丈夫だと言ってくれないのよ」

「信用というのは、説得して引きだすものじゃないからだ。決めるのはきみだ。直感に耳を傾ければいい」

「わたしの直感はあたらないの」

ジェイソンは笑みを浮かべたまま、辛抱強く返事を待っている。

ジャスティンは自分が迷っていることに驚いた。冷静に考えれば、彼はただ風変わりな行為を楽しもうと誘っているだけだとわかる。だが、そうではないかもしれないと直感が告げていた。

どのみちひと晩だけのことだ。明日になればジェイソンは島を離れる。

「変なことや、痛いことはしないでくれる？」

「約束しよう」

彼の手が腰にかかり、不安がこみあげた。「もし、いやだと思ったら？　やめてほしいときにはどうすればいいの？」

「そのための合い言葉を決めておこう。きみがそれを口にしたら、ぼくはすぐにやめる」

「もし合い言葉を忘れてしまったら？」

ジェイソンがからかうような笑みを浮かべた。「そのときは〝秘密の質問〟でも尋ねるかな。きみが正しく答えたら、パスワードを再発行するよ」

ジャスティンは力なくほほえみ、不安を静めようと、ひとつ深く息を吸った。客観的に考えれば、彼を信頼する理由は何もない。まだ出会ってから日が浅いのだ。だけど、彼はわたしのことを誰よりもよくわかっているような気がする。

「わかった」彼女は意を決して言った。「今晩、泊まっていってもいいわ。でも、朝になったら出ていって、二度と戻ってこないでちょうだい」

「了解」

ジャスティンはジェイソンを寝室へ案内した。うしろからついてくる足音が気になってしかたがなかった。ベッド脇の明かりをつけ、クローゼットの扉を開ける。

「シナモンだな」クローゼットからつんとした香りが漂った。

「におい袋よ」本当は、クローゼットの奥にしまってある箒につけたシナモンオイルがにおいのもとだ。だが、魔術の道具をここで披露するつもりはなかった。箒だけではなく、蝋燭も、水晶も、もちろん魔術の奥義書《グリモワール》もだ。ジャスティンは爪先立ちになり、上の棚から赤い麻のロープを引っ張りだした。直径が五ミリもない細いロープだ。ためらいがちに、そのロープの束をジェイソンに手渡した。

彼がロープが柔らかいことを指で確かめ、興味深そうな顔でジャスティンを見る。「何に使うんだ？」

「魔術をかけるときに、そのロープで円をつくるの」

「緊縛にはもってこいだ。もっとあるかい？」

ジャスティンはさらに二束のロープをとりだした。ジェイソンにそれを渡しながら、わたしの儀式で使うものが、彼の儀式にも使われるなんて不思議だと思った。ジェイソンがその束をほどく。「ミイラみたいに全身を縛るわけじゃないわよね」

ジェイソンはうなずいた。「ぼくは基本的な縛り方しか知らないからね。でも、専門家はたくさんのロープを使って複雑な縛りをしたり、女性をつるしたりもする」

「ちょっと待って」ジャスティンは警戒した。「まさかクリスマスツリーのオーナメントみたいにわたしをつるすつもり？」

ジェイソンはちらりと笑った。「心配するな。そんなことはしない」

ジャスティンはベッドへ連れていかれた。ジェイソンに緊張している様子はなかった。儀式だと彼は言った。儀式の大切さは自分もよくわかっている。それはものごとに形と意味を与えるものだ。だが、セックスを儀式としてとらえるという考え方は初めてだった。わたしには自分でも知らない一面があるということに、ジェイソンはどうして気づいたのだろう？このようなことでさえ受け入れてしまうほどの欲求を心の奥に秘めていることを。何かそれをにおわせるようなことを言ったり、そんなそぶりを見せたりしたのだろうか？

彼がベッドの端に腰をおろし、ジャスティンを膝のあいだに引き寄せた。

「もし、これを好きになっちゃったらどうしよう。それって、わたしがどこかおかしいってこと？」

ジェイソンは彼女の不安を理解してくれた。「誰にだって人に知られたくない秘密のひとつやふたつはある。想像力をたくましくするのは、別に悪いことじゃないさ」

ジェイソンがジャスティンのジーンズのファスナーを器用におろす。ジャスティンはサンダルを脱ぎ捨てると、彼の肩につかまり、不安と興奮を覚えながら、片脚ずつジーンズから抜いた。ジェイソンが彼女のニットシャツの裾をつかみ、頭から脱がせる。そして鎖につけた小さな銅製の鍵に目をやった。「これもはずしていいか？」

ジャスティンは少し迷ったあと、それを首からはずしてナイトテーブルに置いた。

ジェイソンは、最初は指の腹で、次に手の甲で、ブラジャーの上から胸のふくらみをなぞった。そして前かがみになり、その先端を吸う。生地が濡れ、甘い悦びが走った。

「合い言葉は何にする？」彼がささやいた。

「怖がり屋《チキン》」

ジェイソンはほほえみを浮かべながらブラジャーのホックをはずし、それを肩から滑り落とした。「怖がることはない。痛い思いをさせたりはしないから」ジャスティンを隣に座らせ、気持ちを落ち着かせるように言う。

「それが怖いんじゃないわ。自分があられもない反応をするんじゃないかと、そっちのほうが心配なの」

彼がしばらく考えてから言う。「毅然としたセックスなんてないからな」

「そりゃそうだけど……」ショーツに指を入れられ、ジャスティンはびくっとした。

「体の力を抜くんだ」

「そういうの、あまり得意じゃないの」

「知っている」ジェイソンはやさしく言い、ショーツを脱がせた。「だから、きみを縛りたいと思ったんだ」

ジャスティンは息をひそめ、太ももをぴたりと閉じて、彼の動きをじっと見つめた。

ジェイソンはロープの端で輪っかをつくり、ポニーテールを持ちあげると、そのロープを首にかけさせた。「これは、英語では稲妻と呼ばれている縛り方だ。きみの自由を奪うことはない」

「どうしてそう呼ばれているの？」

「稲妻のようにジグザグの模様になるからさ」

ジェイソンが胸の上のほうでロープを交差させた。まるで難しいパズルをしているか、おもしろい趣味に夢中になっているような真剣な顔をしている。

交差させたところで輪っかにロープを通してループをつくり、それを口にくわえ、両手を使ってジャスティンの背中にロープをまわした。肌に息がかかるほどジェイソンの口が近くにあることに、彼女はどぎまぎした。新たなループをつくるたびに口にくわえ、背中にロープをまわす。縛りはだんだん下のほうへ進み、やがて胴体のほとんどにロープのジグザグ模様ができた。

「これは紐の片端を引っ張ればすぐにほどける結び方だから、やめてくれと言ったら、すぐにでも自由にしてあげるよ」

ジャスティンは続けてほしいと思った。ゆっくりと丁寧に縛られるのは、意外にも気持ちがよかった。「縛られているあいだ、しゃべっていてもいいの？」

ジェイソンが新たなループをつくりながら言う。「好きなだけ話せばいいさ」

「なんだかマクラメ編みのようね」

「痛いところはないかい？」

ジャスティンはうなずいた。これほど無防備なのに、なぜか心地よいのが不思議だ。縛られたことで胸が盛りあがり、豊かで大きく見えた。ロープがコルセットとなり、さまざまな感覚を体のなかに閉じこめているような気がする。彼女は太もものあいだや、肘のあたり、そして胸の先端が脈打つのを感じた。ジェイソンはへそのあたりで最後のループをつくると、そこにロープの端を結びつけた。手のぬくもりが肌に伝わってくる。

「もっといけそうか？」彼がジャスティンの目をのぞきこんだ。

彼女はうなずいた。

「では、立ってごらん」ジェイソンの口調はやさしかった。

ジャスティンは言われたとおりにしたものの、今度は太もものあいだにロープを通され、鼓動が速くなった。ジェイソンがそれを背中のロープに通し、また太もものあいだを通して前に戻す。なんて官能的なのだろう。

ジェイソンがロープと肌のあいだに指を入れ、縛りの強さを確かめるためにロープをなぞる。その指が茂みの薄くなったところをかすめ、ジャスティンは思わず声をもらした。「大丈夫か？」

「ええ」声がかすれた。

彼女が感じているのを知っているのか、ジェイソンはもう一本のロープにも指を入れて滑らせた。「きつくないか？」

ジャスティンはうなずいた。

ジェイソンが指をロープに挟んだまま、関節で敏感なところに触れ、軽く刺激する。ジャスティンはくずおれそうになり、彼の肩につかまった。

手足を広げたまま、そっとうつ伏せに寝かされる。ロープのせいで胸が張っているように感じる。ジェイソンは彼女の両手首を縛り、腕と脇をぴったりさせた。手際よく、リズミカルに縛っていく。そのあいだにも、ときおりジャスティンの顔をのぞきこみ、その表情に苦痛が表れていないか確かめた。

徐々に縛られて、ロープが肌にくいこむ感覚に、ジャスティンは恍惚となった。縛ることで魔術をかけられているようだ。恥ずかしいと思う余裕はなかった。言葉も出ないし、ものを考えることさえできない。

ジェイソンが彼女に馬乗りになり、ポニーテールをほどいた。そして、力強い指で頭皮をマッサージする。ジャスティンはあまりの気持ちよさに、ため息をもらした。今度は首筋に手が行き、凝った筋肉をもみほぐしはじめた。

ジェイソンが彼女の顔をのぞきこみ、キスをした。「もっといくか?」低い声でささやく。

「ええ」ジャスティンも彼にキスを返した。唇の形で、ジェイソンがほほえんだのがわかる。

喉もとと顔をやさしく撫でられ、彼女はその心地よさにうっとりとした。目を閉じ、ジェイソンのすることに身を任せる。彼は足もとへ行き、片手で両方の足首を持つと、足の裏や爪先をこすりはじめた。花が開くように悦びが広がり、ジャスティンは身をよじった。ジェイソンがかかとにキスをし、軽く歯をたてる。その瞬間、体が熱くなり、太ももの合わせ目がうるおうのがわかった。爪先を軽く嚙まれ、くすぐったいようなキスをされたあと、足首にロープを巻きつけられた。そのまま片脚を尻につくほど折り曲げられ、ロープを膝のほうへ向かってくるくると巻かれる。

ジャスティンは重いまぶたを開き、ジェイソンの動きを目で追った。彼は自分の行為が相手にどんな影響を及ぼすかよくわかっているようだ。ロープを引っ張られるたびに、彼女はうちなる渇きが強まり、体の奥からこみあげる悦びに打ち震えた。

ジェイソンが折り曲げられた膝に腕を引っかけた。「美しい」やさしい声だった。「アイボリーの肌に赤いロープが模様を描いている。まるで春画のようだ」折り曲げた膝の内側にキスをする。「もしぼくに魂があったら、それを売り払ってでも、きみのこういう姿を見たいと思っただろう」

ジャスティンは不思議な安心感を覚えていた。赤いロープで縛りあげられ、無防備な姿をさらされているというのに。ジェイソンは自分が望む形にわたしを縛りあげた。両脚は折り曲げたままロープで固定され、身動きすることもできない。うるおったところがひんやりとした空気に触れ、体の芯が熱くうずいた。

ジェイソンが彼女の脚を撫で、ロープの模様を指でなぞった。ふたりの息づかいだけが絡みあいながら室内に響いている。ジャスティンは目を閉じても、じっと見つめられているのがわかった。こうして自由を奪われると、魂のない肉体だけの存在となり、もう服従するしかないような気分になる。

ジェイソンが太もものあいだに通した二本のロープを調節し、秘めたところを開かせた。ジャスティンは身をこわばらせた。体の奥がどくんどくんと脈打っているのがわかる。

「もっとほしいか?」彼がささやいた。

「ええ」ジャスティンは泣きそうな声で答えた。

縛られた腕を動かし、うるおったところを舌で刺激した。ジャスティンは身もだえし、ロープに腰を押さえつけ、うるおったところを舌で刺激した。ジャスティンは身もだえし、ロープが肌にくいこむのを感じながら、荒い息を吐いた。彼が親指をさし入れ、奥のほうで円を描く。ジャスティンは体が痙攣し、叫ぶことすらできずに絶頂に達した。

ジェイソンが親指を抜き、なだめるように舌であやした。まるで美酒を飲む大きな杯だとでもいうように、縛りあげた体を両腕で抱えている。太もものあいだにうずめられた頭にベッド脇の明かりがあたり、黒い髪がところどころ金色に輝いていた。ジャスティンはまた体の奥から悦びがこみあげてきたのを感じ、驚いてせつない声をもらした。

うるおったところに熱い息がかかった。

「きみのなかに入りたい。縛ったままでだ。いやなら、今のうちに合い言葉を言ってくれ。後悔しないように」

「やめないで」ジャスティンはかすれた声でなんとか答えた。

ジェイソンは最後にもう一度荒々しくキスをすると、立ちあがり、服を脱いだ。彼の体は肌がなめらかでたくましかった。ところどころにできた影が虎の体の模様のように見える。

ジェイソンはベッドの端に立ち、ロープをつかんでやすやすと彼女の体を引き寄せた。ジャスティンは自分からは何をすることもできず、ただ身を任せるしかなかった。

ジェイソンが太もものあいだに身を置き、力強く奥まで分け入ってくる。そして唇を重ね、あえぎ声をむさぼるようにキスをした。ロープを使って彼女の体をなかば持ちあげ、リズミカルに責めさいなむ。ジャスティンはロープで体を縛られたまま、大波にもまれるように大きく揺れた。そのあいだもジェイソンは舌を絡ませ、激しく体を突き動かす。彼女は視界がぼやけ、自分からは何をすることもできないまま、クライマックスに襲われた。

これほど完全に服従し、誰かに身を任せることができるとは想像もしていなかった。だが、この純粋な感情こそがジャスティンの求めていたものだった。ジェイソンの熱くたぎるものを体のなかに感じ、名前を呼ばれ、抱きしめられて首筋にキスをされるのは、なんて幸せなのだろう。

やがて震えがおさまると、ジェイソンは手際よく、だが敏感なところではゆっくりと、ロープをほどきはじめた。そして赤いロープを手早く束ね、脇に置いた。ジャスティンはロープでかすかに赤くなったところにキスをされるのを感じながら、夢見心地でぐったりと横たわっていた。鼓動は落ち着いているが、手足がひどく重い。彼のてのひらの感触が心地よく、ふたりのあいだでなんらかの親密な力が行き来しているのが感じられた。

「シュンガって何？」深い眠りから覚めたばかりのように、声がかすれていた。

「昔の芸術的なポルノ画のことだ」ジェイソンは上掛けでジャスティンを包みこみ、そっと抱き寄せた。「男女の睦みあいを描いた絵さ」長い髪をもてあそんでいる。「誇張するために、男性器は大きく描かれているんだ」

「あなたのはたしかにそうだわね」

ジェイソンは笑みを浮かべたが、すぐに首を起こし、心配そうに彼女の顔を見た。「痛かったのか？」

「ううん」ジャスティンは彼の唇を指でなぞった。「とても……よかった」あくびをし、ジェイソンの胸に顔をうずめる。「それに、あなたの言ったとおりだったわ」

「何がだい？」

「縛られるのはどういう気分かってこと。いつもと少し違う感覚だった。なんというか……」ジャスティンは言葉を探した。「あなたのなすがままになっているというのに、ときどきわたしのほうが……」その先を口にするのはためらわれた。

「ぼくを所有しているような感じがしたんだろう」彼が静かに言った。「ぼくはきみのものだとわかったはずだ」

彼女はこたえなかった。たしかにジェイソンの言うとおりだ。だからこそ返事をすることができない。ジャスティンは体のあちらこちらにかすかな痛みを感じながら、彼の腕のなかで縮こまった。

しばらくすると、ジェイソンがベッドを離れた。そして濡れたタオルを持って戻ると、彼女の顔や体をふいた。ジャスティンは眠気に襲われ、上掛けをかけられるとすぐさま眠りに引きずりこまれた。

「ぼくは必ずここへ戻ってくる」ぼんやりとジェイソンの声が聞こえた。「きみもそうなるとわかっているんだろう?」

「約束したくせに」

「でも、きみはそれを望んでいない」ジャスティンはもう返事をする気力もなかった。ジェイソンが彼女の体をさらに強く抱きしめる。「怖がらなくても大丈夫だ」

怖がる理由はいくらでもある。この安心感はただの幻なのだから。でも今は、この幸せにどっぷりと浸っていたかった。


目覚まし時計の甲高い音が聞こえ、ジャスティンははっとして目を覚ました。枕に顔を押しつけたまま声をあげ、ベッドの上を這っていってスヌーズボタンを押す。そしてあおむけに倒れこみ、これから一日が始まるのだと思って、うめき声をもらした。

あくびをしながら体をのばし、室内を見まわした。朝の淡い光が鎧戸からさしこみ、部屋のなかが昔の色あせた絵葉書のように見える。ふと、それにそぐわない赤いものが目に入った。三つに束ねた麻のロープだ。

一瞬でゆうべのことが思いだされた。お酒でも飲みすぎていたのならまだ理解できるが、まさか、しらふであんな経験をするとは想像もしていなかった。あれは普通ではない。あまりに非日常的だ。それに、もう二度とジェイソンには会えないと思いながらの行為だった。

ジャスティンはシーツを鼻まで引っ張りあげた。あの赤いロープがなければ、あれはきっと夢だと思っていただろう。だけど、細かいことまではっきりと覚えている。ジェイソンにロープをつかまれ、引き寄せられたこと。体に赤く残ったロープの跡にキスをされたこと。情熱にあふれた彼の表情。甘いささやき声。〝ぼくを所有しているような感じがしたんだろう〟とジェイソンは言った。

たしかにそのとおりだ。彼はわたしを求めて、わたしの体に包みこまれ、わたしの名前を呼びながら、もっと深くひとつになろうと力をこめた。最後には苦しげな声をもらし、わたしに引きずられてベッドに倒れこみ、わたしのなかで果てた。

ジャスティンはため息をもらした。ゆうべの残り火でまだ胸がうずいている。

ふと、そのジェイソンがここにいないことに気づき、心が沈んだ。彼はここを去ったのだから、あとはどうか無事でいてほしい。ジェイソンのことは考えないようにしよう。あのまぶしい笑顔も、長いキスも、微熱でもあるような熱い肌も、二度と思いだしてはいけない。でも、誰かを愛する気持ちをとめることなどできるのだろうか。関係を終わらせることは可能だが、募る思いを抑えこむのは難しい。きっと時間が解決してくれるのだろう。

ジャスティンは体を起こすと、寝乱れた髪を肩のうしろに押しやり、銅製の鍵をつけた鎖をとろうとナイトテーブルに手をのばした。

だが、鎖はそこにはなかった。

下に落ちたのだろうか？　顔をしかめてベッドからおり、床を探した。ナイトテーブルの向こう側も見たが、鎖は見あたらなかった。

ジャスティンはぞっとした。一気にアドレナリンが出たせいで、全身に針が刺さったような感覚に襲われる。口と喉がからからに渇いた。鼓動さえ感じられないほど、皮膚が麻痺している。いやな予感がしてベッドの下をのぞいた。

案の定、『トリオデキャッド』がなくなっていた。

19

宿泊客はすでに出発しており、ホテルには誰もいなかったのが、せめてもの幸いだった。怒りの叫び声を聞かれることも、目覚まし時計と、ふたつの電球と、トースターが破裂する現場を目撃されることもなかった。

自制心をとり戻したときには、部屋のなかは煙が充満し、ジャスティンは床にうずくまっていた。激怒しているせいで目が乾いて熱い。ああ、ジェイソン・ブラックを殺したくてたまらない。独創的な方法で、じわじわと。

憤怒のあまり赤くもやがかかったような頭を抱えながらも、落ち着いて考えようと努めた。ジェイソンはいったいどうやって奥義書《グリモワール》を盗んだのだろう？　そんなことは不可能だ。いや……そうではなかったのかもしれない。だから彼はそれをやってのけた。

〝きみが会いたくなるまで、もうここへは来ない〟とジェイソンは言った。

わたしが『トリオデキャッド』をとり戻すために、もう一度会いたがるとわかっていたのだ。あまりに悔しくて、また叫び声をあげた。

そんなものを盗んで、いったいどうするつもりだろう？　それを開いて、市販のミックス粉に書かれたレシピを読むみたいに呪文を唱えればいいとでも思っているのだろうか？

いや、そんなはずはない。ジェイソンは頭のいい人だ。魔術師の助けが必要なことくらいわかっているだろう。大昔にはそういうことが行われていた時代もあった。きっと彼は最後の賭けに出たのだ。ゆうべ、自分でそう言っていたように、ジェイソンにはもう時間がない。きっと思いどおりにことを進め、最後はわたしを説得すれば許されると思っているに違いない。でも、そんなわけにはいかない。ジャスティンは心が沈んだ。

よろよろと立ちあがり、寝室へ戻ると、大きめのTシャツとレギンスを身につけた。ベッドの下の暗いスペースに目が行き、顎が震えた。母から『トリオデキャッド』をもらって以来、離れ離れになるのは初めてのことだ。

ジャスティンは家を出て、誰もいないホテルの建物に入った。〈イナリ〉の社員はもう出発したあとだし、ゾーイは午後まで来ない予定だ。週末には四部屋の予約が入っているが、それまでには二、三日ある。

階段を駆けのぼり、ジェイソンが使っていた客室へ行った。だが、手紙の類は残されていなかった。携帯電話にメッセージも入っていない。ベッドカバーははずされ、きれいにたたまれていた。そのベッドに腰かけ、プリシラに電話をかけた。考えてみればジェイソンの携帯電話の番号さえ知らず、秘書を通してしか連絡をとれないことが、とりわけ癪にさわった。

「ばか、ばか、ばか」歯を食いしばった。「今度から男の人と関係を持つときは、その前にちゃんと電話番号をききだすこと」そう自分に言い聞かせる。

今ごろ、〈イナリ〉の社員は社用機のなかだろう。あるいは、みんなはサンフランシスコへ戻るが、ジェイソンだけは別の目的地へ向かっているかもしれない。わたしのグリモワールを持って……。許せない。いったい『トリオデキャッド』をどうするつもりなの？

プリシラの携帯電話につながり、留守番サービスの音声がメッセージを残すようにと案内した。

「プリシラ」つい、そっけない口調になった。「ジェイソンに、今すぐ電話をくれるよう伝えてちょうだい。彼はわたしのものを無断で持っていったの。それを返してほしいと言っておいて」

電話を切り、ベッドに背中から倒れこんだ。ほかに何か打てる手はあるだろうか？　セイジとローズマリーに相談すべきだということはわかっている。だが、代々伝わる大切なグリモワールを奪われたのだ。そんな大失態を打ち明けるなど、考えただけでもぞっとする。だめだ。自力でなんとかするしかない。自分がいけなかったのだから、自分で後始末をしなくては……。

ベッドにあおむけになったまま、もう一度プリシラに電話をかけ、メッセージを残した。

「わたしよ。これは重要なことなの。ジェイソンに、あなたは何をしているのかわかっていないと伝えて。彼だけじゃなく、ほかの人も危険に巻きこむ可能性があるのよ。とにかく、今すぐに連絡がほしいと言ってちょうだい」

腹だたしさをこらえて電話を切り、天井をにらんだ。ジェイソンが何をするつもりなのか、プリシラはきっと知っているのだろう。もしかすると、魔術を使える人間を探すように命じられているのかもしれない。プリシラなら良心の呵責などみじんも感じない。それほど野心的な女性だ。ジェイソンが望めば、それがどういうことだろうが、なんのためらいもなく応じようとするはずだ。

彼が何かしでかす前に、なんとしてもとめなければいけない。

よくもぬけぬけとわたしをだませたものだ。ジェイソンが『トリオデキャッド』を使ってしようとしていることは、恐ろしい結果を招くだけなのに。

ありえないことが起こるかもしれない。そんなことを考えながら、ふと気づくと、ジェイソンが使っていた枕に頬をすり寄せていた。悔しさがぶり返し、その枕を壁に投げつけた。

ジャスティンは怒りを発散するために、それから三時間をかけ、ダイニングルームの古い床板を二枚ばかりとり替えた。近いうちにやろうと思っていたことだ。今ほど絶好のタイミングはない。新しい板をハンマーで床に打ちつけるときは、これはブラック・ジェイソンの内臓だと空想すると、がぜん、やる気がわいた。

携帯電話が鳴り、心臓が飛びだしそうになった。画面を見ると、知らない電話番号が表示されている。あわてて着信ボタンをタップし、携帯電話を耳にあてた。

「もしもし」

ジェイソンの腹だたしいほど落ち着いた声が聞こえ、彼女は複雑な感情に包まれた。

「こんなことをした理由はわかっているだろう？」

「ええ。でも、だからといって、あなたがずるくて、自分のことしか考えない、いやなやつだということに変わりはないわ。今どこにいるの？」

「移動中だ」

「どこへ向かって？」

「東海岸」

「東海岸のどこよ」

「それはまた今度話そう」

ジャスティンははらわたが煮えくり返った。「今すぐわたしの本を返してちょうだい。あなたには、あのグリモワールは使いこなせないわ。魔術の初歩さえ知らないのだから。悲惨な結果になるだけよ」

「すぐに返す」

「今度会うときは、銃で撃たれるのを覚悟しておくことね」

ジェイソンがなだめるような口調になった。「きみが腹をたてる気持ちはわかる」

「たかが本を盗まれたくらいで、過剰反応をするなとでも言いたいわけ？」

「盗んだわけじゃない。借りただけだ」

「いい加減にして」ジャスティンは怒りに任せて電話を切った。

三〇秒もしないうちに、また着信音が鳴った。彼女は電話に出ると、前置きもなしに噛みついた。「誰が魔術をかけるのか教えないと、また電話を切るわよ」

ジェイソンは長いあいだ黙っていたが、やがて口を開いた。「プリシラだ」

プリシラですって？　ジャスティンは口に手をあて、唇を強く押した。ようやく口を開いたものの、動揺が声に出た。「そういえば、彼女の姓には聞き覚えがあったのよ。ファイヴアッシュ……。彼女もそうだったのね。なんてこと……。生まれついての魔女なの？」

「そうだ。経験は少ないが、ちゃんと力はある」

傷ついたなどというものではなかった。だまされていたことへの怒りが毒のように体を駆けめぐり、肉体と魂が痛みで悲鳴をあげた。

「わたしを罠にかけるために、プリシラを送りこんだのね。最初から『トリオデキャッド』を盗むつもりで、わたしとの出会いをしくんだのよ」

そうではないと否定されたら、さらに侮辱されたと感じただろう。だが、ジェイソンは少なくとも嘘はつかなかった。

「きみを好きになり、グリモワールを使う目的が変わった。以前は自分のためだったが、今はきみと一緒にいたいからこそ――」

「理由が変わろうが、動機がなんだろうが、そんなのどうでもいいわ！　恥を知りなさい。そのグリモワールを使えば、大きな代償を支払うことになるのよ」

「危険は承知のうえだ」

「勝手なことを言わないで！　これはあなただけの問題じゃないのよ。災難が降りかかるのはプリシラかもしれないし、わたしかもしれないし、たまたまそれにかかわったなんの罪もない人かもしれない。いい？　魔術を行う人間は、それが誰にも害を及ぼさないように責任を持つ必要がある。だけど、あなたたちが余計なことをすれば、誰に影響が出るかわからないの」

「リスクがあるのは知っている。だが何もしなければ、ぼくには生きのびるチャンスがない。ぼくの砂時計には、もうあまり砂が残っていないんだ。今のぼくには、少しでも長くきみと一緒にいることしか考えられない」

「生死にかかわるような魔術を使ってはいけないの。そんなことをすれば精霊があなたに罰をくだすわ」

「だったらきみが決めろ」ジェイソンが冷ややかに言った。「きみはぼくを愛している。その結果どうなるかは、お互いにわかっていることだ。きみはぼくに、ただじっと死を待てと言うのか？」

「わたしはあなたを……愛してなんかいない」ジャスティンは息が苦しくなり、一気に言いきることさえできなかった。腹だたしいことに、涙が出そうになっている。

苦い思いがこみあげた。愛とは取り引きや交渉に利用するものではない。愛はもっと尊重されるべきものだ。

「ぼくはただ、この問題を片づけ、きみのもとへ戻りたいだけだ。それができたら、どんな願いでも聞くし、きみが望むものならなんでもさしだす」

「わたしの歓心を買おうとなんてしないで！」

「きみが疲れたときは足をマッサージする。きみが寂しいときはずっと抱きしめている。ほかの誰にも負けないほどきみを愛してみせる」ジェイソンが言葉を切った。「だから、ぼくの気持ちをわかってほしい」

ジャスティンは悲しくなった。「わたしの大切なものを盗んでおきながら、よくそんなことを言えるわね」

「借りただけだ」

「これからだって、ちょっと魔術を使いたくなったら、同じことをするに決まってるわ」

「そんなことはない」

「わたしがそんな言葉を信じるとでも思ってるの？　どれだけばかにすれば気がすむのよ」

長い沈黙があった。「ばかにしているつもりはないんだ」穏やかな声だった。「たしかにぼくはきみの気持ちを利用した。それは本当にすまないと思っている」

「そんなこと思ってるわけがないじゃない。ただ、わたしが怒ってるから謝ってるだけよ」

「申し訳なく思っているのは本当だ」

「だったらプリシラに魔術なんて使わせないで。さっさと『トリオデキャッド』を送り返してちょうだい」

「そんなことをしたらぼくはどうなる？」

「あなたの身に危険が及ばないように、わたしがなんとかするわ。あなたのことは……きっぱりと忘れる。必要なら、この心を切りとってみせるわ」

長い沈黙があり、ゆっくりと息を吐く音が聞こえた。

「そんなことはできない。きみの心はもうぼくのものだ」

電話が切れた。

「もしもし？　ジェイソン！」

ジャスティンは急いで着信履歴を開き、発信ボタンをタップした。留守番サービスの音声が流れる。「ばか！」ダイニングルームにあるさまざまなものを見まわし、何かを力任せに破壊したい気分になった。

20

「またジャスティンがメッセージを残しています」プリシラは暗い顔で言い、携帯電話をバッグに入れた。「怒り心頭に発しているという感じですね」

「時間が経てばおさまるさ」

「わたしだったら、そんなの無理です」プリシラは『トリオデキャッド』を見おろし、それを包んでいる布を撫でた。奥義書《グリモワール》と布からはホワイトセージの甘い香りがした。そんな重い本は後部座席に置いたらどうだとジェイソンに言われたが、彼女は膝にのせておきたいと言い張った。

「緊張しているようだな」ジェイソンはクリントン国際空港で借りたニッサン車を運転していた。午後の日ざしが強く、偏光サングラスをかけていても目を細めなくてはいけなかった。

「ぼくがきみの家族に会うと思うと気が重いのか？　それとも、うまく魔術をかけられるかどうか不安なのか？」

「両方だと思います。でも、うちの一族はお客様を迎えることに少しは慣れたほうがいいんです。みんなトード・サック公園から一五キロも離れていないところにずっと住んできたような人たちですから」

「ぼくならちゃんとうまくやるから大丈夫だ。それにしても、ヒキガエルがくわえる《トード・サック》とは変わった名前だな」

「アーカンソー州トード・サック。それがこれから向かう先です。みんなは町だと言っていますけれど、本当は村みたいなものです」

「どうしてそんな名前がついたんだ？」

「地元の人から聞いた話だと、その昔、蒸気船の乗員たちがよくそのあたりの酒場にこもり、アーカンザス川の水位があがるのを待っていたそうです。いつもヒキガエル《トード》みたいにふくれあがるまで酒瓶《サック》をくわえて」

ジェイソンは州間高速道路四〇号線ののぼり車線に車を入れた。

「別の説もあるんですよ」プリシラが話を続けた。「最初に住みついたフランス人が、そのあたりのことを〝トゥ・シュクル〟と呼ぶようになったとか。フランス語で〝すべて砂糖〟という意味なんですけどね。それがいつの間にか英語風の発音になり、〝トード・サック〟に変わったという話です」

フランス人の入植者がその一帯を〝すべて砂糖〟と名づけたのはわかるような気がするとジェイソンは思った。肥沃な土地が広がり、低い山々には樹木が生い茂り、谷は沖積土に覆われている。サトウカエデの森は紅葉しはじめ、ところどころ炎のように赤く色づいていた。オザーク高原からいくつもの小川が流れ、それが谷に入り、ウォシタ山地へ流れこんでいる。

「ファイヴアッシュ一族はいつごろからかわからないほど大昔から、トード・サックで暮らしてきました」プリシラが言った。「ずっと一生懸命働き、教会へ通い、子供たちを学校へ行かせてきたんです。買い物に行くのはいつも一ドル均一ショップです。だって、〈ウォルマート〉へ行くにはよそゆきを着なくちゃいけないから。トード・サックで地元のものを食べるといえば、自分でリスを狩るという意味なんです。うちの一族がしゃべるのを聞いたら、きっと字幕がほしくなりますよ」

「そんなのは気にしないさ」彼女が言い訳のような言葉を口にしたことに、ジェイソンはいささか驚いた。「偉そうにするつもりはない」

「わかってます。ただ、あなたのもとで仕事を始めたころ、よく言葉がきついと注意されましたけど、うちの一族はそんなものじゃないと言っておきたくて。彼らに比べれば、わたしなんかダイアナ妃みたいなものですよ」

「わかった」ジェイソンはプリシラのそんな言い方をおもしろく感じた。「何も問題はないから安心しろ」

彼女はうなずいたものの、まだ表情が暗かった。「それから、母に会ってもらうことはできないんです。父が亡くなってからというもの、魔術にはいっさいかかわりたくないと思うようになってしまって。今日は祖母の家へご案内します。それなりに広さがありますから。それから大おばのビーンと、大おじのクレタスもご紹介します。もちろん、大おじは男性ですから、魔術に関してはなんのお力にもなれないんですけど」

「男性の魔術師というのはいないのか？」

「あれは単なる伝説ですよ。『魔女に与える鉄槌』にそうあるだけで――」

「なんだ、それは？」

「一五世紀にカトリックの司祭によって書かれた魔女狩りのための本です。女性は悪魔が送りこんだハンサムな堕天使に誘惑されて召使いになり、そこから魔女が始まったとあります。単なる想像なんですけどね。でも、今では魔術は悪魔とはなんの関係もありません」

「きみも結婚にはためらいを感じているのか？」ジェイソンはふと尋ねた。「きっとそうだろうな。愛した男が死ぬ運命にあるとなれば、恋愛にも慎重になるのが当然だ」

プリシラが顔を赤くし、動揺を見せた。ふたりがこんな個人的なことを話すのはとても珍しい。「別に気にしていません。わたしはトード・サックを出ることだけを目標にして生きてきました。そのために高い教育を受け、必死に働いてきたんです。恋愛なんかしている暇はありませんよ」何か考えている様子だった。「もうここで暮らしているわけではないのに、いまだにこの町から逃れようとしています。何か違う生き方をしたいんです。どうしたいのかは、まだよくわかっていませんけど。たぶん、お金持ちになりたいんだと思います。母にはよく、あなたはいくらお金をためても満足しないんだろうねと言われます」

「それは違うな」ジェイソンは静かに言った。「金持ちになりたいと思っている人間は、そう願う別の理由があるものだ」

プリシラは黙りこみ、その言葉の意味を考えていた。

しばらくして、ジェイソンは続けた。「今回の魔術のことで、あまり思いつめるな。最善をつくしてくれれば、それでいい」

「言うはやすしですよ。魔術を正しく行うのは大変なんです。数学のように明確な答えはありませんからね。問題のある選択肢からひとつを選ぶしかないときもあります。もっと困るのは、その選択肢がどれも正しそうに見えるときなんですけど」

ジェイソンはなんとかしてプリシラが感じているプレッシャーを軽くしてやれないものかと考えた。「ゴルフのショットでいちばん難しいのは何か知ってるか？」

「風車があるところです」彼女がきっぱりと答えた。

「ミニゴルフではなく、本物のゴルフの話さ。いちばん難しいのはバンカーショットなんだ」プリシラが理解していないのを見てとり、ジェイソンは説明を続けた。「ボールがバンカーに入ってしまったとき、ショットの方法はふたつある。軽く打ってとりあえずバンカーから出ればよしとするか、思いきり打ちあげて距離を稼ぐか。軽く打つほうがリスクは少ない。思いきり打ちあげると、ナイスショットになるかもしれないが、大失敗をすることもある」

「つまり、今回の魔術でもリスクを恐れるなとおっしゃりたいんですね」

「逆だよ。安全な方法を選んでくれ。すべてを台なしにするようなことはしたくない。バンカーから出してさえくれればいいんだ。数年でもジャスティンと一緒にいられるなら、ぼくは充分に長生きしたと思える」

プリシラが驚いたような顔をした。「本気で彼女を愛していらっしゃるんですか？」

「もちろんさ。疑っているのか？」

「グリモワールを手に入れるために近づいただけだと思っていました」

ジェイソンはじろりと彼女を見た。「ぼくが恋愛をするのはそんなにおかしいか」

「だって、いつもわたしに高価なプレゼントを用意させて、女の人と別れていらしたから。あなたが〈ティファニー〉に費やした金額は貴金属マーケットにバブルをもたらしましたよ」

彼は道路に目をやったまま顔をしかめた。「ジャスティンはほかの女性たちとは違うんだ」

「魔女だから？」

「違う。ただジャスティンだからだ」

プリシラが『トリオデキャッド』を撫でた。「彼女もあなたのことを愛しているんですか？」慎重に尋ねる。

「そうだと思う」ジェイソンは路上で死んでいる動物を避けるため、軽くハンドルを切った。

「だからこそ、彼女のそばにいるために、なるべく長生きしたい」

「だったら少しでも強い魔術をかけないと」厳しい口調だった。

三〇分後、州間高速道路六〇号線をおり、トード・サック公園に入った。プリシラの道案内にしたがって進んでいく。道路はしだいに狭くなり、荒れていった。やがて、でこぼこした砂利敷きの私道に変わり、ハナミズキに囲まれた広めのトレーラーハウスが見えた。合板を打ちつけただけの簡素なポーチがあり、プラスティック製のローンチェアがふたつ置かれている。犬種が定かではない犬がポーチの端に寝そべり、車が近づいてきたのを見て、もじゃもじゃのしっぽを振った。

「みんなにお会いになったら、最初はちょっと変な人たちだと思われるでしょうけど……」ジェイソンは車をとめた。「性格がわかってきたら、本当はすごく変な人たちだとわかりますよ」

「偏見はなしだ」彼は言った。それは一〇年間のサンフランシスコ暮らしで学んだことだ。髪を虹色に染め、いくつもピアスをつけた人間が実は大金持ちだったり、ごみ箱から拾ってきたのかと思うような服を着た者が、地域社会の尊敬されるリーダーだったりすることはよくある。外見で決めつけるのは意味がないし、もちろん愚かなことでもある。

ジェイソンは車をおり、あたりの静けさに感動を覚えた。聞こえるのはキツツキが近くの松や杉の木をたたく音と、小川のせせらぎだけだ。空気はアイロンの蒸気のように湿り気を帯び、生ぬるい風にのって、暑さでしおれたような草のにおいと、熱でとけたようなマツヤニのにおいが漂ってきた。

トレーラーハウスからふたりの老婆がアクセサリーをじゃらじゃら鳴らしながら出てきたことで、その静けさは破られた。どちらも八〇歳はくだらないだろう。ふたりとも色鮮やかなゆったりとしたトップスに、七分丈のズボンをはき、ビーチサンダルをはいていた。ひとりはバニラのソフトクリームのようにぐるぐると巻きあげた髪形をしており、もうひとりはまっ赤な髪をしている。ふたりは大きな声でしゃべりながらプリシラに近づき、両脇から抱きしめた。

「まあ、なんてやせてるの」赤毛のほうが大きな声で言った。「カリフォルニアでは食事を食べさせてもらえないのかい？」

「そうなんだよ」もうひとりが、勝手にプリシラの代わりに答えた。「西海岸のヒッピーたちは乾燥ケールばかり食べてるからね」プリシラに向かってにっこり笑った。「今日は本物の食事を召しあがれ。ソーセージのキャセロールと、林檎の揚げパンをつくったからね」

プリシラは笑い、ふたりのしわだらけの頬にそれぞれキスをした。「おばあちゃん、ビーンおばさん、こちらはわたしの上司のミスター・ブラックよ」

「あなたが働いているコンピュータ会社を経営している人かい？」

「ゲームソフト会社ですよ」ジェイソンは車の脇をまわり、ふたりのそばへ寄った。そして赤毛のほうへ手をさしだす。「ジェイソンと呼んでください」

「コンピュータはこの世を滅ぼすよ」赤毛はさしだされた手を無視した。「わたしたちは握手なんてせずに、抱きしめあうの」そう言うなり、ジェイソンに抱きついた。そのとたん、わけのわからないにおいがした。ヘアスタイリング剤と香水と虫よけスプレーがまじりあったにおいだ。「わたしはこの娘《こ》のおばあちゃん。あなたも、おばあちゃんと呼んでくれればいいわ」

ソフトクリーム頭のほうもジェイソンに抱きついた。背が低くて酒樽のような腰まわりをしている。「本当はウィヘルミナという名前なんだけど、子供のころからビーンと呼ばれてるの」

　ふたりとも手を離しそうにないため、ジェイソンはおばあちゃんとビーンに挟まれたままトレーラーハウスへ向かった。プリシラがグリモワールを持って、あとについてくる。玄関ドアを開けるなり、あまりの寒さに驚いた。窓型エアコンが大きな音をたて、ここは北極かと思うほど室内を冷やしている。四人はリビングルームへ入った。壁には一面、ブリキのナンバープレートが飾られている。

　掃除は行き届いているようだが、テーブルや棚にはこれでもかとばかりにさまざまなコレクションが置かれていた。小さな像、壁にとりつける古いフック、年代物の疑似餌、ボトルのキャップ、それにクッキーを入れる容器などだ。物が少なく、すっきりと整理整頓された部屋が好きなジェイソンは閉所恐怖症に陥りそうだった。キッチンにふたつある窓には、ビアグラスと金属製の魔法瓶がずらりと並んでいる。彼は気を静めようと、ゆっくりと呼吸した。

　おばあちゃんがプリシラに言った。「それじゃあ、さっそくそのグリモワールを見せてもらおうかね」

「とても古いものです」テーブルにはキャセロールが置かれていた。食品用ラップをかけられてはいるが、ソーセージとケチャップのにおいがぷんぷん漂っている。そのテーブルにジャスティンの大切なグリモワールが置かれるのを見て、ジェイソンは不安になった。「だから汚したくないんです」

「大事に扱うよ」おばあちゃんがちらりとジェイソンに目をくれた。「まさか、グリモワールを目にする日が来るなんてねえ。しかも名前のついた由緒正しきやつだよ」

「わたしたちは、魔術書でちゃんと勉強したことはないんだよ」ジェイソンがキャセロールを見ているのに気づいたビーンは、それを調理台へ移すと、手についた汚れを服にこすりつけた。「こんなのを持てるのは家柄のいい魔女だけだよ。わたしらは秘薬の調合方法や呪文をレシピカードに書きつけていたからね」

「これぐらいのものになると、内容よりも書物そのものに力があるんだよ」おばあちゃんが言った。

プリシラが包みを開いて『トリオデキャッド』を見せると、ふたりの老婆は感銘を受けたように小さなため息をついた。表紙には変わった時計の図柄が施され、その中央に銅製の鍵穴がある。たとえこの書物の不思議な価値を知らなくとも、ひと目で古くて貴重なものだとわかる代物だった。

「どうして時計の文字盤なんですか?」ジェイソンは尋ねた。

「時刻を知るための時計じゃないんだよ」おばあちゃんが答えた。「これは月の満ち欠けを表しているの。まんなかにあるのは地球」地球から外側の円まで指でなぞり、ひとつひとつの形を指さす。「いちばん上にあるのが上弦の月、ここまでが上弦から満月までのあいだの月、これが満月」そして表紙の端を指で示した。「太陽はこっちの方角だね」

プリシラが不安そうに眉根を寄せた。「おばあちゃん、今夜は満月よ。こんな日に魔術を執り行ってもいいの？」

「それは魔術の種類によるね。ビーンと一緒にこれを読んで、どうするか考えるとしよう」おばあちゃんはジェイソンのほうを向き、とくに同情するふうもなく言った。「プリシラから話は聞いている。問題はあなたに魂がないことと、〝魔女の破滅〟の犠牲になろうとしていることだね。でも、魔術をかけられるのは一度にひとつだけなの。ふたついっぺんにやると、互いを打ち消してしまうからね」言葉を切った。「鍵は誰が持っているんだい？」

「ぼくです」ジェイソンはポロシャツのポケットから鍵を引っ張りだした。

おばあちゃんがそれを受けとり、事務的にうなずいた。「ビーン、グリモワールを開く前に枝箒でキッチンを掃いたほうがいいよ」

「とってくるわ」ビーンが足早に狭い廊下へ消えた。

「ジェイソン」おばあちゃんが話を続けた。「わたしたちはしばらくグリモワールを読まなくちゃいけないから、どうかくつろいでいておくれ。テーブルに足をのせてもかまわないし、テレビをつけてもいいよ。今ちょうど大学の対抗試合をやってるはずだから」

「ちょっと散歩してきてもいいですか」

「どうぞどうぞ」

ジェイソンがテーブルに置いてあったサングラスを手にとり、玄関ドアのほうへ向かうと、ビーンが飛んできて、虫よけスプレーを噴射しはじめた。彼はとっさにうしろへさがったが、ビーンはズボンにもスプレーをかけた。ご丁寧なことにズボンの裾をめくり、足首にもせっせと噴霧している。

「いえ、そこまでする必要ありませんから――」

「それが大ありなんだよ」ビーンは威厳をこめて言うと、ジェイソンのうしろにまわり、延々と虫よけスプレーをかけつづけた。

「アーカンソー州の蚊は手強いよ」おばあちゃんが言った。「ものの一〇分ほどで、解体された豚みたいにすっからかんになるまで、血を吸いとってしまうからね」

「あらまあ」背後にいたビーンが声をあげた。「なんてすてきなお尻だこと」

ジェイソンは横目でちらりとプリシラを見た。プリシラは笑いをこらえている。

「それはどうも」彼はひとり言のようにつぶやき、ビーンが虫よけスプレーをおろすと、あわててトレーラーハウスを出た。

「そうそう」背後からおばあちゃんの声が追いかけてきた。「二階にクレタスがいるのを見かけても、ほうっておいてくれていいからね」そしてドアが閉まった。

ジェイソンは足をとめた。「トレーラーハウスに二階はありませんよ」声に出して言う。

彼はゆっくりとトレーラーハウスのまわりを歩いてみた。すると、さっきはハナミズキの木に隠れて見えなかったが、キャンピングチェアとクーラーボックス、そして干し草でつくったビーチパラソルが、平たい屋根の端っこに整然と置かれていた。キャンピングチェアには、フィッシングハットをかぶり、Tシャツに短パンという格好をした、年老いた男性が座っている。男性は片手にビールを持ち、もう一方の手にある携帯電話を熱心に見つめていた。

「ミスター・クレタスですか？」ジェイソンは用心深く尋ねた。

男性は携帯電話から顔もあげずに答えた。「そうだよ。あんた、プリシラが連れてきたお人？」

「そうです。ジェイソンといいます」

「こっちへ来て、冷たいものでも飲まんかね？」クレタスがトレーラーハウスに立てかけた梯子を指さした。

ジェイソンは言われたとおりにそれをのぼった。トレーラーハウスの屋根の上には分厚いゴム製のマットが敷かれている。

ジェイソンはクレタスに近づき、軽く握手をした。ブルーの目は小さく、眉毛は白くて毛虫のようだ。肌は日に焼け、乾燥させたたばこの葉のようにごわごわしていた。これくらいの年齢になると梯子をあがるのは難しいだろうに、クレタスは体こそやせているものの、実はなかなか力が強いようだ。

クレタスがクーラーボックスを開け、水滴のついた缶ビールをジェイソンに手渡した。

「ありがとうございます」ジェイソンはビーチパラソルの下に入った。

「ばあさんとビーンに魔術をかけてもらいに来たんだろう？」クレタスが言った。

「ええ、そうです」ジェイソンは缶のプルトップを開け、冷たいビールをごくごくと飲んだ。

「プリシラの大おじさんだそうですね」

「義理の関係だがね。大昔に双子のクライヴがビーンと結婚したんだ。でも、一カ月半ほどで蜂に刺されて死んじまった」

「蜂の毒にアレルギーがあったんですか？」

「というよりは呪いにというところだな。クライヴは死ぬかもしれないとわかっていながら、ビーンと一緒になったんだ。ファイヴアッシュ家の女たちが毒蜘蛛だってことは、ここらじゃみんな知っている。当人にはどうしようもないことだがね。とにかく、ファイヴアッシュ家の女と夫婦になった男は、すぐにあの世へ行くんだ」

「だったら、そのクライヴという人はどうしてビーンと結婚したんです？」

「ビーンもあのころはべっぴんさんだった。クライヴはビーンにのぼせあがって、呪いがあろうがなかろうが嫁さんにすると言って聞かなかった。誰も説得できんかったんだよ。ビーンでさえ無理だった。要するに、ビーンをひと目見たときから、運命は決まっていたということさ」

「その気持ち、わかります」ジェイソンはまじめな顔で言った。

クレタスはビールを飲み終えると、缶をつぶし、屋根の下へ投げ捨てた。

「あんた、まさかプリシラにお熱じゃないだろうな」

「いいえ」

「そりゃよかった。そのほうがいい。クライヴみたいに早死にしたくはないだろう？　ばあさんの亭主だってそうだ」

「どんな亡くなり方だったんですか？」

「まだフェリー乗り場があったころ、そこで雷に打たれたのさ」クライヴは何かを思いだしたように言葉を切った。「死ぬ一週間前から、変なことが起こると言ってたよ。亭主が行く先々で、時計がとまったんだと。自分の腕時計だって壊れたし、キッチンでタイマーとして使っていた砂時計も、近寄ったとたんに割れちまったらしい」新しい缶ビールを開けた。「奇妙なことに、クライヴのときも同じことが起きたんだ。それまでは時間どおり仕事に行っていたのに、あるときから急に遅刻するようになった。なんでかっていうと、家じゅうの時計がとまってしまったからだ。そしてその一週間後に帰らぬ人となったのさ」

ジェイソンはクレタスを凝視した。「時計がとまってから、ちょうど一週間後に亡くなったんですか？」ゆっくりと腕時計に目をやる。そして、まだ時計がちゃんと動いているのを見てほっとした。

ジェイソンが顔をあげると、クレタスが静かに言った。「かわいそうに、あんたも魔女を好きになっちまった口か」

クレタスと一時間ほど一緒に過ごしたあと、ジェイソンは屋根からおり、トレーラーハウスに戻った。

「どうだ？」

「信じられないほどすばらしいグリモワールです」プリシラが答えた。「思いつく限りのあらゆる魔術が載っています」

「〝魔女の破滅〟に対抗できそうなものはあったか？」

プリシラは首を振った。「不思議なことに、それがないんです。生まれながらにしての魔女はみな同じ問題を抱えているはずだから、誰かひとりくらい〝魔女の破滅〟をとめる方法を編みだした人がいてもよさそうなものなのに……。どうして誰もそれをここに記述しなかったんでしょうね」

「ビーンもわたしも、そりゃあ一生懸命、旦那を助けようとしたよ」おばあちゃんが言った。「でも、何ひとつうまくいかなかった。だから、それはわたしたちの技量が拙いからだと思っていたの。ちゃんとした訓練を受けたわけじゃないからね。でも、グリモワールにはそういったことも書かれているんだと思っていたのに」

ジェイソンはプリシラへ顔を向けた。「バンカーからボールを出すほうはどうだ？」

「長寿の魔術があります」プリシラが答えた。「これを読む限り、とても強い力がありそうですね」

彼は表情を変えないように努めた。「何か問題点はないのか？」

「いろいろ考えてみたんですけど、何もないんじゃないかと思います。だって、誰もが長生きはしたいものでしょう？」プリシラが顔をしかめた。「でも、この魔術は難しすぎて、わたしたちでは無理なんです。手抜き料理しかできない人間が、『フランス料理の極意』なんてレシピ本を見ながらメインディッシュをつくろうとするようなものですから」

長寿の魔術についてジャスティンに警告されたことを、ジェイソンは思いだした。最後には苦しみを終わらせたくて、死を願うようになると彼女は言った。だが、ほかに方法がない。それに長寿の魔術ならば、ジャスティンと一緒にいられるうえに、〝魔女の破滅〟という運命をないものにしてくれるかもしれない。

「それ以外にもうひとつ試してみたいものがあります」プリシラが言った。

ジェイソンは両眉をつりあげた。「魔術は一度にひとつしか使えないんじゃないのか?」

「ふたつ目はあなたにではなく、ジャスティンにかけるんです」

彼は黙って話を聞いた。

「彼女にもう一度、禁忌《ゲッシュ》をかけます」プリシラが静かに言った。「できるだけ最初のものと同じようにするつもりです。といっても力不足なので難しいかもしれませんが。でもわたしたち三人が思うに――」

「だめだ」

「そのほうが彼女もあなたも幸せになれるはずです」

「その話はもうなしだ」

「あなたが最初に望んだとおりになるんですよ」プリシラは顔を紅潮させた。「今より長く生きられるし、〝魔女の破滅〟から逃れることもできます」

「たとえ世界じゅうの運命がかかっていたとしても、ジャスティンにゲッシュをかけることはしない」

「あなたはまだお若い」ビーンが言った。「これからだって、いい人にはめぐりあえると思うよ」

ジェイソンは首を振った。「ジャスティンがいいんです。ほかの女性はいりません」

プリシラが彼をにらんだ。「正気ですか？　そんな決断をするほど、彼女のことはよくご存じじゃないくせに」

ジェイソンはまっすぐプリシラを見た。「ちゃんと知っているさ。人生はほんの一瞬で変わることもある。思いもかけないことが起き、はっとするときもあるんだ。そうなると、どうしてそんなことになったのか悩む暇さえない。ただ運命を受け入れるだけだ」

「いいえ、わたしは自分に言い聞かせます。始まる前に終わっていることもあるのだと」プリシラが言った。

おばあちゃんとビーンは厳しい表情をしている。

「どうか長寿の魔術を試してみてください。謝礼は二倍、お渡しします。でも、ジャスティンには何もしないでください」

「でも、それは――」おばあちゃんが口を開きかけた。

「三倍では？」

おばあちゃんとビーンが顔を見あわせた。

「こうなったからにはやるっきゃないね」おばあちゃんがきびきびと指示を出した。「プリシラ、魔法円をつくっとくれ。ビーン、聖杯と祭壇の布を頼むよ」

ビーンは窓辺へ行き、〈バドワイザー〉のロゴが入ったマグカップを持ってきた。

「それが聖杯？」ジェイソンは啞然とした。

「もちろん。以前もこれで何度も魔術に成功しているよ」ビーンは引きだしを開けて布巾をとりだし、テーブルの上に広げた。

布巾には、ギターを抱えたエルヴィス・プレスリーのシルエットがプリントされていた。ジェイソンとプリシラは横目で視線を交わした。

「祭壇の布がどんな柄でも、魔術のききめに変わりはありませんから」プリシラがささやいた。ふたりの老婆はせっせと準備を進めている。「ふたりのいいようにやらせましょう。自分たちにいちばん合った方法はわかっているはずです」ひと呼吸置いたあと、さらにつけ加えた。「それから、呪文のなかにディオンヌ・ワーウィックの名前が出てきても、むっとしないでくださいね。ビーンは彼女の歌が大好きなんです。どっちみち精霊は気にしませんから」

21

ジェイソンがホテルを出て三日が経った。そのあいだジャスティンは意識的に怒りつづけ、それをエネルギーに次の宿泊客を迎える準備をした。壊れたトイレを修理したり、テレビのリモコンをリセットしたり、各部屋に洗面用具や石鹸を用意したりとかいったようなことだ。また退屈な帳簿をつけたり、請求書の支払いをしたり、必要なものを発注したり、予約のあった客に確認メールを送ったりもした。

怒る気力がつき果ててしまったらどうなるのか不安だった。ジェイソンのことを許してしまいそうで怖い。だから、なるべく彼の立場で考えないように気をつけた。ジェイソンはひどいことをした。理由なんかどうでもいい。愛があれば何をしても許されるというわけではない。そう思うように努めてきたのだ。だから今回のことはゾーイにはほとんど話していなかった。ゾーイはいつでも相手の立場になって考えるし、何より愛を大切にする人だからだ。

シーツとタオルの洗濯をしていると、プリシラから電話があった。これまで何度も彼女の携帯電話に怒りに満ちたメッセージを残してきたが、連絡が返ってきたのはこれが初めてだ。電話があったらこうも言ってやろう、ああも言ってやろうと、夜遅くまで考えていた。だが実際に電話に出てみると、かすれた声でもしもしとしか言えなかったのが悔しかった。怒りに満ちた言葉の数々は、ネックレスの鎖のように絡まっている。

「わたしが電話をかけていること、ジェイソンには言ってないの」プリシラが言った。「もしばれたら首を絞められるわ」

「奥義書《グリモワール》はどこ？」ジャスティンはきつい口調で尋ねた。

「ジェイソンが持ってるわ。大切にしているから安心して。週末までには、彼が自分でそっちへ返しに行くと思う」

「彼はどこにいるの？」

「サンディエゴよ。ゲーム関係の大きなコンベンションがあって、そこで慈善事業の募金活動をしなくちゃいけないから」

「今、一緒にいるの？」

「いいえ。彼はおととい の夜はリトルロックに泊まり、昨日、カリフォルニアへ行ったわ」

「リトルロックって……」ジャスティンは驚いた。「アーカンソー州の？」

プリシラの口調が和らいだ。「わたしの祖母と大おばが魔術師なの。だから、ジェイソンにどんな魔術をかけたらいいか考えてもらったのよ」

「わたしの『トリオデキャッド』を使ってね。上出来だわ」ジャスティンは皮肉を言った。

「で、何をしたの？」

「長寿の魔術よ」

怒りが岸壁をロープでおりる登山家のように一気にくだり、暗澹《あんたん》たる霧のなかに落ちた。ジャスティンは目をつぶり、洗濯乾燥機にもたれかかった。何度か深く呼吸し、ようやく口を開く。

「そんな高等な魔術を使ったの?」

プリシラが用心深く答えた。「うまくいくはずだから心配はいらないと祖母は言っていたわ。グリモワールはちゃんとお返しするし――」

「いいえ。ふたつ心配なことがあるわ。ひとつは魔術が失敗すること。もうひとつは魔術が成功することよ」

「どういう意味?」

「こう言えばわかるかしら。できることと、なすべきことは別物なの。あなたたちは何かを動かしてしまった。それがなんだかわかるのは、手遅れになってからなのよ。それに、もし魔術がうまくいっていたら……ジェイソンはいずれ苦しむことになるわ。自然の摂理を超えた長寿は呪い以外の何物でもない。たとえ相手が敵であってもかわいそうなくらいよ。長寿の魔術は健康を保証しているわけではない。たとえ病気になろうが、認知症になろうが、どんなつらいことがあろうが、ただ生きて、生きて、生きつづけて、最後にはこんなみじめな人生を終わらせられるならなんだってすると思うようになるの」涙で声がつまった。「ジェイソンには言っておいたのに……」

「あなたを愛していればこそ、彼はその道を選んだのよ」プリシラが声を荒らげた。

「何を根拠にそう思うの？」ジャスティンは皮肉っぽい口調で尋ねた。「ジェイソンが自分でそう言ったから？」

「彼は真剣よ。あなたのせいでいずれ死ぬことになるのは、誰もがわかってるわ。長寿の魔術をかけても、結局のところ〝魔女の破滅〟には勝てないもの。それでも彼に迷いはなかった。少しでも長くあなたと一緒にいたいからよ」プリシラがいらだたしげにため息をついた。

「わたしの父は若くして亡くなった。あなたのお父様と同じよ。みんな、そんな結婚はやめとけ、呪い殺されないようにさっさと逃げろと忠告したらしいわ。でも、父は耳を貸さなかった。死んでもいいと思うほど誰かを愛するという気持ちが、わたしにはずっと理解できなかったの。でも、ジェイソンを見ていてそれがわかったわ。彼は自分の魂よりもほしいものを見つけた。それがあなたよ。たとえ拒絶されても、ずっと待ちつづけるでしょうね」

「一生、待ってもらうしかなさそうね」ジャスティンはぴしゃりと言った。

「わたしもそう言ったの」

「彼はなんて？」

「だったら、それがぼくの愛し方だって」

ジャスティンは言葉を失った。

「わたしのことをそんなふうに愛する人が現れませんようにと願うばかりよ」プリシラが続けた。「今回のことは、本当に申し訳ないと思っているわ。電話したのは、彼の居場所を知らせておきたかったからよ。あなたが時間を無駄にして、後悔しないようにと思って。たとえ魔術がうまくいったとしても……残された時間は多くはないと思うわ」

「なんの心配もいらないわよ」ゾーイはにこにこしながらそう言い、ベッドに置いたボストンバッグに、たたんだ衣服を入れた。

泊まりがけで出かけたいのでホテルのことを頼んでもいいかとジャスティンが尋ねたところ、ゾーイは快く引き受けてくれたばかりか、うきうきして荷づくりを手伝うと言いだしたのだ。

「お掃除はニタのお姉さんが助っ人に入ってくれるし……」ゾーイが続けた。「朝食の用意はアネットがいつもより早く来て手伝ってくれるわ。それにどうせ予約客も少ないもの。なんなら三日くらい泊まってきたら？」

「なんだか、わたしを追い払おうとしているように聞こえるんだけど」ジャスティンはむくれた。

ゾーイがにっこりした。「たまには息を抜きなさいよ。あなたが男の人とお泊まりするなんて、いつ以来かしら」

「別に彼とお泊まりするわけじゃないわ。わたしの本をとり返しに行くだけよ。顔を見たら怒りをぶちまけて、あとは自分の部屋に引きこもる。一泊するのは、帰りの飛行機のチケットがとれなかったからよ」

「一応、着替えを余分に持っていきなさいよ。それに、ディナーに着ていけるような服も」

ゾーイがクローゼットから黒いワンピースをとりだした。「これなんかいいんじゃない？」

「ディナーになんて行かないわ。部屋でハンバーガーを食べるから」

「ストラップがついたサンダルはどこ？」

勝手にどんどん持っていくものを決めていくゾーイに、ジャスティンはしかめっ面をしてみせた。「クローゼットの奥よ」

「ネックレスはどれにする？」

「それに合うようなのは持ってないわ」

「これがぴったりよ」ゾーイは自分が着ているセーターにつけた水晶のブローチをはずし、黒いドレスの襟もとにとめた。

「気持ちはうれしいけど、必要ないわ。ジェイソンとだって、ほかの人とだって、一緒に食事に出かけたりなんかしないから」

ゾーイがワンピースを丁寧にたたんだ。「もしかしてってこともあるじゃない」

「わたしが行くことをジェイソンは知りもしないのよ。とにかく、さよならを言ってくるだけ。そしたら、また死ぬほど平和な生活に戻るわ。そのありがたさがやっとわかったもの」

「どうしてサンディエゴまでさよならを言いに行く必要があるの？」ゾーイがやさしく言った。「留守番電話にメッセージを残すか、メールで送るかすればいいじゃない」

「さよならは顔を見て言うものよ」ジャスティンは憤然として答えた。

「そのときは、ちゃんとストラップのついたサンダルをはいてね」ゾーイは満足げに言うと、サンダルをボストンバッグに入れた。

〈ホテル・デル・コロナド〉は一八世紀に建てられた有名なホテルだ。海岸沿いにあるヴィクトリア朝様式の巨大な建物で、テントのような形をした大きな屋根があり、白く塗装されたベランダと柱廊で囲まれているため風通しがよい。サンディエゴの人々が〝デル〟とだけ呼ぶそのホテルを、ジャスティンは訪れたことこそなかったが、ホテル業について勉強しているときに本で読んで知っていた。

これまでにさまざまな著名人が滞在した。ルドルフ・ヴァレンティノ、チャーリー・チャップリン、グレタ・ガルボなどのハリウッド俳優。歴代のアメリカ大統領。外国の王族たち。それにトーマス・エジソンやベーブ・ルースなど伝説を生んだ人々だ。一八九二年にひとりで宿泊していた若い女性が亡くなってからは、その幽霊もずっと滞在あそばしているらしく、目撃談がいくつもある。

ジャスティンは贅沢なつくりのロビーに入った。天井が高く、床には赤と金色の二色使いの絨毯が敷かれている。濃い色の木造部分はどこもかしこもつややかに磨かれていた。ふと、もっとちゃんとした服装で来ればよかった、と思った。ほかの客たちもカジュアルな格好をしているから、ジーンズでも浮くということはないが、ここはきちんと敬意を払うべき場所のような気がした。

フロントデスクの前にできた列に並び、ボストンバッグを床に置いた。ジェイソンの部屋番号と予定はプリシラから聞いている。ゲームのコンベンション会場は別のホテルなので、この時間は部屋にはいないだろう。彼が帰ってきたら、思っていることをすべてぶちまけよう。盗みを働くなんて人間として最低だとか、そんな人を信じて関係を持ったわたしがばかだったとか……。

ふと、首筋がぞくりとし、温かいものが背筋を流れた。ジャスティンはさりげなく周囲を見まわした。だが、列に並んでいるほかの客たちはこちらに関心を払ってなどいないし、椅子に座っている人たちは談笑している。

そのとき、レトロな鳥かごのようなエレベーターから数人の男性がおり、のんびりとロビーに入ってきた。男性たちは会話にのめりこみ、たくさんの花が生けられた花瓶がある円テーブルのそばで足をとめた。そのなかにひとり、ひときわセクシーで洗練された男性がいた。細身のダークスーツに身を包み、尊大さと紙一重の自信に満ちたカリスマ的な雰囲気を発している。黒髪はきれいにとかしつけられているが、前髪が額に垂れかけていた。ジャスティンはその髪に触れた感触と、唇の味を思いだした。

思わず顔をそむけ、首をすくめた。ジェイソンと同じ部屋にいると思うだけで喜びを感じていることに、われながら嫌気がさした。心臓が暴走する機関車のような音をたてている。今にも走りだしてしまいそうで怖かった。彼のもとへ駆け寄りたいのか、この場から逃げだしたいのかは、自分でもよくわからなかった。

もしかして、ジェイソンはわたしを見ているのだろうか、と思った。視線を感じるような気がする。だが、ロビーには人がたくさんいるし、彼はわたしがここへ来ていることを知らない。気づけというほうが無理だろう。ジャスティンはリスクを冒し、円テーブルのほうへちらりと視線を向けた。そこにはもう誰もいなかった。

列が動いた。ジャスティンは腰をかがめ、ボストンバッグに手をのばした。ふと、よく磨かれた黒い紐靴が視界に入った。ゆっくりと体を起こしたとたん、心臓がとまりそうになる。目の前にジェイソンが立っているのを見て心がざわめいた。

彼はじっとこちらを見つめたまま、淡々と言った。「部屋はとれないぞ。満室だ」

ジャスティンはごくりと唾を飲んだ。「予約してあるの」

ジェイソンがボストンバッグをとりあげた。「それはキャンセルした。ぼくの部屋に来ればいい」

ふたりがお互いを強く意識している雰囲気が周囲にも伝わったのだろう。何人かの人が興味深そうに、あるいはうらやましそうに、こちらを見た。

ジェイソンはジャスティンを観葉植物の陰へ連れていき、ボストンバッグとブリーフケースを床に置いた。顔をのぞきこまれる。「どうしてこんなところにいるんだ?」ジャスティンが答えようとすると、それをさえぎるように先を続けた。「勘違いしないでくれ。怒っているわけじゃない。きみと一緒に過ごせるのはうれしい」

「一緒に過ごすつもりはないわ。『トリオデキャャッド』をとり返しに来ただけだから」

「あさってには島へ行くつもりだった」

「そんなに待てないわ」

「グリモワールが返ってくるのが？　それともぼくに会うのが？」

今日はにこやかな会話はしないでおこうとジャスティンは心に決めていた。ほほえみも、やさしい態度もなしだ。ジェイソンの魅力に屈したりもしない。

「本を返してちょうだい」

彼が黙って黒革のブリーフケースをとりあげ、それをさしだした。

ジャスティンは驚いた。「持ち歩いているの？」

ジェイソンがかすかにほほえんだ。「大統領が攻撃の命令を出すためのシステムのハブが入ったブリーフケースみたいにね」

ジャスティンはブリーフケースを開け、グリモワールをくるんだ布の端からなかをのぞきこんだ。いつもの表紙を見て安堵のため息をつく。

ジェイソンが背後から近づき、首筋にキスをした。

ジャスティンの体が震えた。「まだ首を絞めてやりたい気分よ」

「どうぞ」彼がうなじに軽く歯をたてる。「思いきりやってくれ」

怒りがこみあげ、ジャスティンは振り返った。「だましたわね」

「正確にはちょっと違う」

「隠しごとをするのもだますのと同じよ」

「きみと一緒にいるためにはしかたがなかった」

「そのためなら何をしてもかまわないとでも?」ジャスティンは辛辣に言い返した。「だいたい、わたしは一緒にいてほしいなんて頼んでないわ」

ジェイソンは落ち着いた顔で彼女を見ていたが、実は強い感情がこみあげているのがわかった。「きみは愛がほしくて禁忌《ゲッシュ》を解いたんだろう? 願ったとおりになったじゃないか。ぼくは誰より大きな愛をきみに捧げるし、きみとともに過ごすためならなんだってする。ぼくは完璧な人間ではないが――」

「ええ、完璧からほど遠いわね」ジャスティンはブリーフケースをつかみ、悲しい顔で彼を見た。「誰かが傷ついたり、悪いことが起きたり、自分を見失ってしまうような愛ならいらないの」

ジェイソンは自分のことを言われているというのに同情するような表情を浮かべると、ジャスティンの手を握りしめた。「場所を変えよう。これはホテルのロビーで観葉植物の陰に隠れてするような話じゃない」ボストンバッグをとりあげ、ジャスティンの手を引いてコンシェルジュ・デスクへ向かう。

ふたりが近づいてきたのを見て、男性がデスクをまわり、こちらへ近づいてきた。男性は、世界的に有名なホテルにふさわしい自信に満ちあふれていた。偉大なコンシェルジュとは、半分はマーリン(アーサー王伝説に登場する魔術師)で、もう半分はフーディーニ(アメリカの奇術師)だと言われる。歯ブラシをなくしたというようなことから、プライベートジェット機をチャーターしたいというようなことまで、さまざまな要求に電光石火の早業でこたえるからだ。よく訓練されたコンシェルジュがノーと答えることはほとんどない。

「こんにちは、ミスター・ブラック。何かご用でございましょうか」

「申し訳ないが、部屋を変えてほしいんだ」

「かしこまりました。さしつかえなければ、現在のお部屋に問題があるのかどうか、おうかがいしたいのですが？」

「いや、そういうことではない。ただ、もう少し広い部屋が必要になったものでね。海辺のコテージはあいているかい？」

「そんなところに泊まらなくていいわよ」ジャスティンはあわてて言った。

ジェイソンはそれを無視した。「なるべくプライバシーが守られるところがいい」

「たしか、サファイア・プールの隣にあるコテージがあいていたかと存じます。プライバシーは最大限に守られております。寝室は特大サイズですし、専用の中庭に炉と温泉が完備され、海岸へ出る小道には門がついております」

「そんな高そうなところ――」ジャスティンが言いかけた。

「じゃあ、そこにしてくれ」ジェイソンはボストンバッグをコンシェルジュに渡した。「これをコテージに運び、ついでにぼくの荷物も移しておいてくれるか」

「三〇分から四五分ほどのお時間をちょうだいできますでしょうか」コンシェルジュがこたえた。「そのあいだに新しい鍵をつくり、コテージのご用意をいたします。外のテラスでお待ちになりますか？　ワインとおつまみをお持ちしますが？」

ジェイソンはジャスティンを見た。「どうする?」

「わたしに……尋ねてるの?」ジャスティンは驚いた。「わたしがこうしたいと言えば、そうなるわけ?」

コンシェルジュは礼儀正しく無表情を装っている。

「遊歩道を散歩してる」ジェイソンが言った。「コテージの用意ができたら携帯に電話をくれ。それから、友人が予約した部屋をキャンセルしておいてくれないか。彼女はコテージに泊まるから」

「かしこまりました」コンシェルジュがほほえみ、ジャスティンのほうを見た。「お名前をちょうだいできますか?」

「ジャスティン・ホフマンよ」

「ミズ・ホフマン、当ホテルへようこそ。心からおもてなしさせていただきます」

ジャスティンはジェイソンについてロビーを通り抜けた。出入口に近づくと、赤いベストに黒い山高帽という制服姿のベルボーイが近づいてきた。

「ミスター・ブラック、車をおまわしいたしましょうか?」

「今はいい。ありがとう」

「いってらっしゃいませ」

ジャスティンは顔をしかめた。「みんながあなたにおべっかを使ったからって、わたしは驚かないわよ」

「驚けよ。ぼくだってびっくりしているんだから。ほら、ぼくが持とう」

「ひと晩泊まるだけだから」ジャスティンはブリーフケースを手渡した。

「週末を一緒に過ごそう」ジェイソンが甘い声で言う。

「無理よ」

「ぼくがグリモワールを借りたことを、まだ怒っているんだな」

「わたしの大切なものを黙って持ちだしたのよ。あれがないとわかったとき、心臓発作を起こしそうになったわ。寿命が一〇年は縮まったわね」

「どうしたら償える？」

「何をしてもだめ」

「サンディエゴの空に飛行機雲で〝許してくれ〟と書かせようか？　それとも、インドのタージ・マハルへでも連れていこうか？　なんなら、けがをした子猫のための慈善活動をしてもいいぞ」

ジャスティンは軽蔑したような顔をしてみせた。

「たしか、きみは本が好きだったな」ジェイソンがおかまいなく続けた。「フランク・ボームはこのホテルで『オズの魔法使い』を書いたんだ」

「知ってるわ。それがどうしたの？」

「今、ロビーで『オズの魔法使い』の展示をしている。一九三九年に映画化されたとき、著者とキャスト全員でサインをした初版本もあるぞ」

「まあ」ジャスティンは言った。「ぜひとも見てみたいわ。でも、どうしてそれを——」

「お土産に買ってあげるよ」

ジャスティンは足をとめた。今の常軌を逸した申し出は、もしかするとわたしの聞き間違い？「そういうのはお土産とは言わないの。お土産っていうのはTシャツとかスノードームとかよ」

「帰りに読む本がほしいだろ？」

「そんな初版本、いくらすると思ってるのよ。何度言えばわかるの？　わたしをお金で買おうとしないでちょうだい」言葉を切った。「ちょっと待って。キャスト全員と言った？」

「犬のトトのサインもあるぞ」ジャスティンが興味を示したのを見て、ジェイソンは積極的に出た。「表紙をめくったところに、かわいい足型がついてるんだ」

ジャスティンは大いに心をそそられた。「とにかく、本はいらないわ」うしろ髪を引かれる思いで言う。「たとえドロシーがはいていたルビーの靴がもれなくついてきてもよ」

「海辺のレストランで夕焼けを見ながらディナーでもどうだ？」

ジャスティンはまだ冷ややかな態度をとっていたかったが、いかんせん、おなかがすいていたし、疲れてもいた。海を眺めながらおいしい料理を食べるというのは、ひどく魅力的だ。

「いいかもしれないわね」しぶしぶ答えた。「でも、それであなたを許したことにはならないわよ」

「ちょっとぐらいはどうだ？」

「予約をとろう」

「千里の道も一歩からだ」ジェイソンが上着の内ポケットから携帯電話をとりだした。「予約をとろう」

「お店を探すところから、全部あなたがするの？」ジャスティンはからかうように尋ねた。

「それとも、忠実な部下に命じるつもり？」

ジェイソンは皮肉っぽい目でちらりと彼女を見たあと、番号を入力しはじめた。

「ちょっと待って」ジャスティンは彼の予定を思いだした。「あなた、今夜は予定が入っているじゃない」

「いや、何もない」

「コンピュータ・シミュレーション関係の人たちと食事に行く約束をしているはずよ」

ジェイソンが携帯電話から顔をあげた。「どうしてそんなことを知ってるんだ？」

「プリシラからあなたの予定を聞いたの」

彼が携帯電話をにらみつけた。「少しも忠実な部下じゃないな」ひとり言のようにつぶやく。

「わたしなら大丈夫よ。あなたが出かけたら、ひとりで温泉にでもつかってのんびりしているわ」ジャスティンは言葉を切った。「裸でもかまわないわよね？　水着なんか持ってきていないもの」

ジェイソンが息をのむ音が聞こえた。「そっちの食事はキャンセルする」

「こんなぎりぎりの時間に？」

「よくあることさ。気まぐれなのも、ぼくの魅力のひとつだ」

ジャスティンは思わず苦笑した。「ものは言いようね」

ふたりは遊歩道へ入った。ジャスティンは足をとめ、絶景に見入った。雲母が含まれる砂浜は銀色に輝き、大海原は目をみはるほど青い。

「すてきな景色ね。フランク・ボームがここで名作を書いたのもわかるような気がするわ」

「そうだな」だが、ジェイソンは景色ではなくジャスティンを見ていた。「『オズの魔法使い』は読んだ？」

「子供のころにね。あなたは？」

「本は読んだことがないが、映画なら五、六回は見た」海風のせいで顔にかかった彼女の髪をうしろに撫でつける。「ちなみに……ぼくはいつも魔法使いの味方をしてしまうんだ」

海辺のコテージは豪華で洗練されていた。床は板張りで、窓がたくさんあり、心地よい家具が置かれている。クリーム色を基調とした落ち着いた色あいが、部屋から見える空と海のブルーとあいまって、快適で解放的な空間を演出していた。設備の整ったキッチンと、ダイニングルーム、そして大きなリビングルームがあり、暖炉の上の壁には薄型テレビがついている。寝室にはキングサイズのベッドが置かれ、シーツは分厚くて柔らかかった。その隣にあるバスルームには大理石の大きなバスタブがあり、それとは別にガラスのシャワー室が設置されている。優雅な各部屋をひととおり見てまわったあと、ジャスティンはリビングルームに戻った。

ジェイソンはすでに上着を脱ぎ、それを椅子の背にかけていた。気づかれないようにちらりと目をやると、いくらか疲れているように見えた。彼も欠点のある普通の人なのだとわかって、人間みが感じられ、それがまたセクシーに思えた。

ロビーで彼は、〝きみは愛がほしくてゲッシュを解いたんだろう？　願ったとおりになったじゃないか〟と言った。

どんなに怒っていても、それは本当だと認めざるをえない。

プリシラの言葉もまだ頭に残っている。〝たとえ魔術がうまくいったとしても……残された時間は多くはないと思うわ〟

せっかく望むものを手に入れたというのに、無駄にときを過ごしていてもいいのだろうか？

ジェイソンが顔をあげ、こちらに近づいてきた。もういつもの冷静な仮面をつけている。「ここは気に入ったかい？　もしそうじゃなければ……」ジャスティンがTシャツを脱いでソファに放り投げたのを見て、彼は言葉を失い、目をしばたたいた。その視線は、白いコットンのブラジャーとジーンズだけになったほっそりとした体に釘づけになっている。「ジャスティン」かすれた声で言った。「ぼくは別にきみに何かを求めているわけではない。だから、こんなことをする必要は……」

「ひと晩泊めてやる恩を返せとは言わないってこと?」

「そうだ」ジャスティンが手をのばし、細い指でネクタイをほどきはじめても、ジェイソンは身動きひとつしなかった。

ジャスティンはネクタイを脇へ放った。「わたしの予約をとり消して、このコテージで一緒に泊まろうとなかば強引に誘ったとき、別にわたしと関係を持つつもりはなかったというの?」

「そうなればいいとは思っていた」ジャスティンがシャツのボタンをはずしはじめると、ジェイソンの呼吸が乱れた。「だが、それはきみの気持ちしだいだ」

シャツのボタンをはずし終えると、今度は自分の背中に手をまわし、ブラジャーのホックをはずした。「だったら、今夜はソファで寝てと言ったら、あなたはそうしていた?」

「もちろん」

彼女はブラジャーを床に落とし、爪先立つと、ジェイソンの首に腕をまわした。「疑わしいわね」そうささやき、顎にキスをする。「でも、紳士になろうとした努力は認めてあげるわ」いつもの肌のにおいとぬくもりを感じたとたん、悲しみよりも安堵感が先だち、お酒に酔ったような甘いめまいを覚えた。

ジェイソンがゆっくりと熱いキスをし、大きな手でジャスティンの顔を撫でる。しだいにキスが熱を増し、ふたりはもどかしげに服を脱いだ。

点々と服を落としながら、寝室へ入り、ベッドのそばへ行った。ジェイソンがジャスティンを抱きしめ、てのひらで胸のふくらみを包みこむ。そして先端が深いピンク色になってかたくなるまで、親指と人さし指で刺激した。彼女は膝の力が抜けるのを感じた。ジェイソンに抱きあげられ、ひんやりとした白いシーツの上におろされる。

今はこの静かな部屋が世界のすべてだとジャスティンは思った。時間も、自転する地球も、深いブルーをした海も、解かれたゲッシュも、星々によって与えられたつらい運命も存在しない。ここにいるのはただジェイソンだけ。目に見えない紐でわたしの心を縛った恋人だけよ。

ジェイソンがジャスティンに覆いかぶさり、つんと立った胸の先端にキスをした。快感が胸から下腹部へと走り抜ける。彼の手が太もものあいだにのび、敏感な場所をじらすようにゆっくりと愛撫する。ジャスティンは体の奥から悦びがこみあげてくるのを感じた。でも、まだだめ。ジャスティンは身をよじって体を起こし、彼の膝に顔を近づけた。そしてかたくなったものを口に含み、シルクのような先端を舌でなぞった。さわやかな潮の香りに、気持ちがいっそう高ぶる。

ジェイソンは目を閉じ、拳を握りしめ、苦しそうな表情でじっとしていた。しばらくすると、ぎこちなくジャスティンの顔を離した。

そのまま四つん這いにさせると、背後にまわり、脚を使って太ももを開かせる。ジャスティンは湿ったところに熱くたぎったものを感じ、声をもらしながらシーツをつかんで待った。ジェイソンが体の奥深くに分け入ってきた。ふたりはともに荒い息を吐き、肺が焼けつくほど激しくリズムを刻んだ。ジャスティンは身もだえし、みずから彼の動きに合わせた。悦びとうずきで下腹部の筋肉が収縮しているのがわかる。突きあげるうねりにジャスティンの顔はまっ赤になり、体が痛いほどだった。今にも昇天してしまいそうだ。

「ジェイソン、お願い……」泣きそうな声がもれた。ジェイソンは両手でジャスティンを押さえた。

「どうしてほしいか言ってみろ」

　ジャスティンの心が大きく割れ、そこからこぼれた言葉が思わず口をついて出てきた。

「愛して。わたしを愛してちょうだい」

　ジェイソンは大きく体を震わせると、顔を近づけて何やら言葉をささやいた。ジャスティンの腰をさらに引き寄せ、太ももに手をかけ、いっそう激しく情熱をぶつける。ジャスティンは頭がくらくらするような衝撃に襲われた。

　ベッドに顔を押しつけ、生々しい声をもらす。ジェイソンは最後にもう一度、わが身を深く沈めると、彼女の熱を帯びた体のなかで身震いしながら果てた。

　ジャスティンはぐったりとしてベッドに横たわった。そのとき、最後にジェイソンがなんと言ったのか初めて気づいた。

〝いつでも、そしていつまでも〟

22

ふたりともまだベッドから離れる気になれなかったため、ジェイソンはディナーの予約をキャンセルした。細い腰までシーツをかけ、うつ伏せになっているジャスティンの背中を愛でる。「きれいな肌だ。白いスミレみたいだよ」背骨を指でなぞった。彼女の体はすぐに赤くなる。今も、肩のあたりと胸の脇がうっすらとピンク色に染まっていた。「愛を交わしたあと、きみの体にはピンク色の斑点が浮かびあがる。いろんなところに出るけれど、とりわけ――」

「恥ずかしいことは言わないで」ジャスティンが枕に顔を押しつける。

ジェイソンは腰をかがめ、その斑点を見つけてはキスをし、自分のものだというように背中をさすりつづけた。「〝愛を交わす〟というのはずいぶん古めかしい表現だと思っていた。だからこれまで一度も使ったことがない。でも、きみが相手だと、その表現こそがふさわしいと感じる」

ジャスティンはまだ枕に顔を押しつけたまま、くぐもった声でこたえた。「安心して。ベッドでのあなたは、まさに〝愛を交わしている〟という感じよ」

ジェイソンはほほえみ、彼女の背中にキスをしながら言った。「おなかはすいてるかい？」

ジャスティンが顔をあげる。「ぺこぺこよ」

「ホテルのシェフを呼んで、ここで料理をしてもらうこともできる」

「本当？」ジャスティンは少し考えた。「でも、それだとちゃんと服を着なくちゃ」

「そうだな。やっぱりそれはやめて、ルームサービスをとろう」ジェイソンはベッドを出てダイニングルームへ行き、革表紙のメニューを持ってきた。「いろいろ注文してくれ。昼食を食べ損ねた」

「わたしもよ」ジャスティンはうれしそうにメニューを眺めた。「あなたの分もわたしが決めちゃっていいの？」

「ああ、頼む」

ジェイソンは自分もベッドに横たわり、彼女の表情豊かな横顔を眺めた。ジャスティンがわかりやすく感情を表に出しているのを見るのは楽しい。だが、それでも何を考えているのかわからないときはあった。

ジャスティンの二の腕を撫でながら言った。「きいてもいいかい？」

「何？」

「どうして今、ぼくと体の関係を持ったんだ？」

「あまりのり気じゃなかった？」

「そうじゃない」ジェイソンは強く否定した。「ただ、思っていたより早かったから意外に感じたんだ。きみが納得するまで、そういうことはなくてもかまわないと思っていた。ソファで寝ろと言われたら、文句ひとつ言わずにそうしていただろう」

「時間を無駄にするのはもったいないと思ったの」ジャスティンは彼の鼻と唇を指でなぞった。「あなたとわたしの関係はばかげていて、面倒くさくて、おまけに不幸になる定めだけど、それでもかまわない。あなたを愛していることに変わりはないから」

ジェイソンはジャスティンの手をとり、自分の口に押しあてた。

「早く進みすぎる恋愛は本物じゃないと、ずっと思ってたわ」ジャスティンは悲しそうに言った。「だから、あなたとのことでは戸惑いが大きかったの。だって、出会った瞬間にこの人だとわかるなんておかしいじゃない。もっと一緒に長い時間を過ごし、いろんな話をして、さまざまな状況でその人を見て、気持ちをはぐくんでいくものよ」

ジェイソンは彼女の指に唇をつけたままこたえた。「ぼくらだってそうしただろう？」

「たったの二日よ」

「それじゃだめか？」

「恋愛というのは過程が大事よ。雷に打たれたように好きになるなんて状況があるわけがない。フランス語でなんていうんだっけ？　脂肪の一撃《クー・ド・グラ》？」

「雷の一撃《クー・ド・フードル》だよ。つまり、ひと目ぼれだな。きみが言ってるのは、正しくはとどめの一撃《クー・ド・グラース》。そういう意味じゃ、ぼくらだって――」

「茶化さないで」ジャスティンはジェイソンの口を手で覆った。ジェイソンがおとなしく黙ると、彼女は手を離した。「フランス語は最後の子音を発音しないから、〝グラ〟が正しいんじゃないの？」

「そうだけど、この場合は〝グラース〟になる。クー・ド・グラじゃ、ベーコンで殴り殺されたみたいだ」

ジャスティンはおなかが鳴り、恥ずかしそうな顔をした。「ベーコン料理を頼もうかしら」そう言うと、またメニューに視線を戻した。

ジャスティンがコンシェルジュに電話をかけ、料理とワインを注文した。デザートは何にしようか悩んでいると、コンシェルジュはスモア（焼きマシュマロと板チョコレートをグラハムクラッカーで挟んだ菓子）の材料をお持ちするので、コテージの炉で焼いて食べるのはいかがでしょうかと提案した。

ジャスティンが送話口に手をあててジェイソンに尋ねる。「スモアは好き？」

「もちろん」彼は答えた。

ジャスティンはコンシェルジュに答えた。「じゃあ、それでお願い」受話器を戻すと、ジェイソンを見た。「マシュマロを焼くのは得意？」

「ああ」

「わたし、いつも焦がしちゃうの」

「そんなことだろうと思っていた」

ジャスティンが鼻にしわを寄せる。「どうしてわかったの？」

「マシュマロを焼くのは忍耐がいるからだ」

「わたしにはそんな忍耐力がないと言いたいわけ？」

ジェイソンは、シーツに覆われた彼女の太ももに指を這わせた。「論理的に推測しただけだ」

ジャスティンが笑う。

ふたりがシャワーを浴び終えたころ、ルームサービスが届いた。ジャスティンはホテルのバスローブを着て寝室にとどまり、ジェイソンが楽な格好に着替えて応対した。ホテルのスタッフは料理の皿をきれいに並べ、ワインをデキャンタに移すと、静かに部屋を出ていった。

「どう？」ジャスティンが寝室から顔をのぞかせた。

「きれいだよ」ジェイソンは、バスローブに身を包んだ彼女を眺めた。

ジャスティンがほほえむ。「お料理のことを尋ねたの」

「うまそうだ」

ジェイソンはワインを注ぎ、彼女をテーブルにつかせた。ふたりはまず、オリーブオイルと岩塩のかかったスライストマトと、イチジクのドレッシングをかけたフェンネルのサラダを食べた。ジャスティンのメインディッシュは子牛のすね肉の白ワイン煮だった。ジェイソンには、松の実とレモンのスライスがのった、リコッタチーズの野菜タルトを頼んだ。これが風味豊かな絶品だった。ふたりはおなかをすかせていたので、ほとんどしゃべることもなく料理を堪能した。

食事を終えると、ふたりは外に出た。オレンジ色に躍る炉火の温かさが心地いい。ジェイソンはマシュマロを焼きつづけた。こんがりと小麦色に色づき、外皮をかじると白い中身が垂れてくる。ジャスティンはおなかがいっぱいになり、彼から串をとりあげ、脇に置いた。

「もういいわ」そう言うと、ジェイソンの膝に座った。「おいしくて食べすぎちゃった。巨大なスモアになったような気分よ」

「じゃあ、味見させてくれ」ジェイソンが彼女の指についたマシュマロをなめた。「うまい。きみをチョコレートと一緒にグラハムクラッカーに挟みたいくらいだ」

ジャスティンは彼にもたれかかり、波の音に耳を傾けた。たくましい腕に抱きしめられ、背中に鼓動が伝わってくる。

ふたりは互いのぬくもりを感じながら、しばらく黙ったままそうしていた。

「幸せがこういう味だとは知らなかったわ」ジャスティンがジェイソンの肩に頭をもたせかけてぼんやりとつぶやいた。

「マシュマロとチョコレート？」

「それと、あなたよ。わたしのいちばん好きな味ね」ジャスティンが彼のほうへ顔を向け、耳たぶに触れるほど唇を近づける。「一生、こんな幸せを味わっている人がいるのかしら」

ジェイソンはしばらく考えたあと、彼女を抱きしめて言った。「そんなにはいないさ」

「せっかくのすてきな景色だもの。ちょっと外へ出ましょうよ」翌朝、全身へのキスから始まった甘いひとときのあと、ジャスティンが言った。

ジェイソンはベッドのフットボードのほうへまわり、彼女の爪先に触れた。「きみのすてきな景色を味わったから、もう充分だ」

「景色というのは手じゃなくて目で眺めるものだって、お母様から教わらなかったの？」足の裏にキスをされると、ジャスティンがさっと脚を引いた。「くすぐったいのはなし！　足はさわらないでと言ったでしょう」

ジェイソンは彼女の足首を押さえた。「フェティシズムの新境地を見つけたところなんだ」

「あなたはいっぱいこだわりがあるんだから、わたしの足は放っておいてちょうだい」

「こんなにきれいなのにか？」ジェイソンは親指の爪をなぞった。スミレ色と紫色とクリーム色のペディキュアを塗り、小さなピンク色のリボンのデカールを貼ってある。彼が腰をかがめ、指のあいだに舌をさし入れると、ジャスティンが声をあげた。

「やめてよ」なんとかして足を引き抜こうとしながら言う。「あなたの足好きにつきあうつもりはないわ」

「ポドフィリアというんだ」

また足をなめられ、彼女は身をよじって笑った。「なんですって？」

「脚フェチのことさ」

「そんな変わった言葉をよく知ってるわね」

「不眠症だからな」

そのあとふたりは、ゆっくりと海岸を散歩した。タルカム・パウダーのような砂に足が沈む。波打ち際へ近づくと、砂は湿り気を帯び、冷たくなった。ちょうど引き潮にあたっていたため、砂浜には棘のあるヒトデが点在している。ジャスティンはウニの一種であるタコノマクラを見つけ、ひとつ拾いあげると、花びらのような模様を観察した。

ジェイソンは数メートル離れたところで立ちどまり、グロリエッタ湾を眺めていた。サンディエゴとコロナドをつなぐ桁橋の下を、軍艦やレジャーボートや商船がゆっくりと行き来している。ジャスティンが背後から抱きついてきて、今し方拾ったタコノマクラを見せた。

「午後はどうするつもり？」彼に抱きついたまま尋ねる。

ジェイソンはタコノマクラを受けとり、彼女のほうを向いた。「きみのしたいことをする」

「だったら、遊歩道沿いのお店でサンドイッチを買って帰り、それを食べたらお昼寝をして、カクテルパーティに出かける支度をするわ」

ジェイソンは口もとをゆがめた。「カクテルパーティはキャンセルする」

「プリシラがくれたスケジュールによると、あなたは招待する側に名前が入っていたわよ。癌の慈善事業なんでしょう？　それは行かなくちゃ」

「仮病を使うつもりだ」

「体の一部が引っきりなしに腫れあがる病気になったとでも言えば？」ジャスティンが無邪気に言った。「それを治すにはベッドへ直行するしかないって。そのとおりだと、わたしが証言してあげてもいいわよ」ジェイソンのあきれた表情を見てくすくすと笑い、海岸を走りだす。彼はあとについていくしかなかった。

コテージに戻り、脚についた砂をシャワーで流すと、ジャスティンはすぐベッドにもぐりこんだ。ジェイソンは仕事のメールを送り、一時間後にアラームを鳴らすために、目覚まし時計をセットしようとした。

目覚まし時計のデジタル表示がちかちかしているのを見て、彼は凍りついた。

一二：〇〇

一二：〇〇

一二：〇〇

一瞬、息がとまった。

よくあることじゃないか、と自分に言い聞かせる。電池が少なくなったのかもしれないし、誰かがボタンを押し間違えたのかもしれないし、ホテルのメイドがリセットし忘れたのかもしれない。大したことはないに決まっている。

だが、そう思いながらも全身が冷たくなり、鼓動が速くなった。ドレッサーに置いたスイスアーミーの腕時計を見に行く。腕時計は二時一五分でとまり、秒針が動いていなかった。

「あなたもベッドへ来たら？」ベッドからジャスティンの眠そうな声が聞こえた。これほど動揺しながらも、彼女が何を言ったかちゃんとわかったことに、ジェイソンは驚きを覚えた。とにかく落ち着いてふるまおう。

バスローブを脱ぎ、ベッドへもぐりこむと、ジャスティンを腕に抱いた。彼女はすんなりと身をあずけてきた。「目覚まし時計はセットした？」

「いや」ジェイソンはジャスティンのなめらかな髪を撫でた。「時計がとまってるんだ。心配するな。どうせぼくはそんなに眠れないから」

きっと一睡もできないだろう。

「変ね」ジャスティンがぼそりと言った。「ホテルの時計のことは話したかしら?」ひとつあくびをしたあと、彼にぴったりと体を寄せる。

ジェイソンは彼女の髪を撫でる手をとめた。「なんのことだ?」静かに尋ねる。

ジャスティンは眠りに落ちかけていた。

「まだ寝るな。時計のことを話してくれ」

彼女はもぞもぞと身動きしたあと、眠そうな声をもらした。

ジェイソンは冷静な口調を保とうと努力した。「ホテルの時計がどうしたんだ?」

「大したことじゃないの」ジャスティンが目をこすりながら言う。「ここへ来る二日前のことよ。客室の時計が全部とまっていたの。家の壁にかけた時計までとまったのよ。電池で動いているやつなのに」

「原因はわかっているのか?」彼は慎重に尋ねた。

「いいえ、まったく。もう寝るわ」ジャスティンは大きなあくびをしたかと思うと、すぐに寝息をたてはじめた。

ジェイソンは考えをめぐらせた。ここへ来る二日前に時計がとまったとジャスティンは言った。だが、ぼくは今初めてそれに気づいた。

スイスアーミーの腕時計は二時一五分でとまっている。ちょうど、ロビーでジャスティンに会った時刻だ。

自分のせいではなく、ジャスティンが理由で時計が動かなくなったのだとしたら？　ジェイソンはぞっとした。長寿の魔術を使った結果、〝魔女の破滅〟が彼女に向いたのだとしたら？

上掛けにくるまっているというのに体が凍りつき、悪夢を見ているような気分になった。男は本能的に自分の女を守りたいと思うものだ。それは、食欲にも性欲にも勝る衝動だ。ジェイソンは恐怖に包まれた。自分はジャスティンを守れなかったばかりか、死の淵に追いやってしまったのだ。

23

ジェイソンは自分に対して猛烈に腹をたてていた。少しでも長くジャスティンと一緒にいたいという気持ちを無理に押し通したせいで、その彼女の命を犠牲にするはめになってしまったからだ。まるで自分が仕事で開発しているくだらないゲームのように、人生もストーリーを決められると思っていた。

もう二度とこんな過ちは犯さない。だが、そう決意しても、すでに手遅れかもしれない。ああ、いったいどうすればいいのだろう。

こうなってみてようやくジャスティンのつらさが理解できた。彼女の母親も、セイジも、プリシラの祖母も、それにビーンも経験してきた悲しみだ。いちばん大切な人を自分が殺してしまう。これほどの苦しみがほかにあるだろうか。

本当の恐怖とはこういうことなのだ。

この一〇年間というもの、長生きはできないだろうと考えながら生きてきた。人生に与えられた時間を少しでも引きのばすためにできるだけのことはしようと決意してはいたものの、将来のことを考えたり、年老いた自分を想像してみたりするという贅沢は自分に許してこなかった。だが、相手がジャスティンとなれば話はまったく違う。彼女が本来生きるべき歳月を、たとえ一分たりとも奪う権利は自分にはない。

ジェイソンはそっとジャスティンの体から離れ、ベッドを出た。薄暗いなかで服を着ると、携帯電話を持って中庭に出た。ガラスのドアを閉め、電話をかける。

セイジが出た。「もしもし」

「セイジ」ジェイソンは落ち着いた声で言った。「ジャスティンの友人のジェイソンです」

「まあ、電話をくれるなんてうれしいこと」

「申し訳ないが、用件を聞いたらうれしくなくなると思います。今、少しお時間をいただいてもいいですか？　大事な話なんです」

「ええ、大丈夫よ」

「ローズマリーも呼んできていただけませんか？」

セイジはジェイソンを待たせ、ローズマリーを捜しに行った。

それを待ちながら、ふたりにすべてを正直に告白しようとジェイソンは心に決めた。ジャスティンの奥義書《グリモワール》を借りた……いや、盗んだことも。

自己嫌悪を追い払うように、額をさすった。自分がとった行動を心のなかで合理的に考えるのは簡単なことだ。だが、それを誰かに話すとなると、正当化するのはとても難しい。

ローズマリーの声が聞こえた。「ジャスティンに何かあったのかい？」挨拶もなしに尋ねた。

「ええ。ぼくのせいで彼女は危険にさらされているのだと思います。間違いありません。どうか、力を貸してください」

コンベンション会場となっているホテルの広いホールでゲームソフトの実演が行われているなか、その上階にあるペントハウスでは個人的なカクテルパーティが開かれていた。床から天井まであるガラス窓から、港に面したエンバーカデロ地区の再開発の様子が見てとれる。さまざまな大型施設や、公園、海沿いの遊歩道などが建設されているのがわかった。

まったく気どらないパーティで、ジャスティンも居心地がよかった。参加者はサンディエゴ市民やゲームソフト業界の関係者で、みんな愛想がよかった。デザイナーズ・ブランドの服を着ている人もいるが、Tシャツにカジュアルなズボンという格好の人も少なくない。ジャスティンは、黒いワンピースを無理やりボストンバッグにつめてくれたゾーイに感謝した。

「おしゃべりできる人なんて誰もいないとあきらめていたの」ジェイソンに言った。「きっと小難しい技術的な話が飛び交うだろうし、みんな、わたしのことなんて冷ややかな目で見るんじゃないかと思って。でも、いい人ばかりね」

「コンベンションではそういうものさ」ジェイソンがほほえんだ。「普段はパソコンの前で延々と孤独な時間を過ごしているから、本物の人間とまじわると地下室から抜けだしたような気分になるんだ」

若い女性の笑い声がした。「わたしなんて、うちのパソコンのことを頭の四角いボーイフレンドって呼んでるもの」二〇代らしき男性ふたりと女性ひとりのグループが近づいてきた。「生きているボーイフレンドのこともそう呼んでるけどね」男性のひとりが言った。その目にはユーモアがきらめいている。「ロス・マクレイだ。よろしく」ジェイソンと握手をした。「こっちは同僚のマーリー・トレヴィーノとトロイ・ノッグズ」

ジェイソンはそのふたりとも握手を交わした。

ブロンドの髪に、女性としてはがっしりとした体格をしたマーリーが、秘密よという顔で言った。「勤め先は〈ヴァリアント・インタラクティヴ〉なの」

ジェイソンは三人を見つめた。「たしか、来月、《影の鉄槌》を発売するんだろう？　前評判は上々だと聞いている」

三人が興奮したように目を輝かせる。「ぼくはキャラクターアーティストなんだ」ロスが言った。「こっちのふたりはプログラマーさ」

「こちらはジャスティン・ホフマン」ジェイソンはジャスティンの肩に腕をまわした。「ぼくのとても親しい友人だ。サンファン島で朝食付きホテルを経営している」

「あら、すてき」マーリーが言い、ジャスティンと握手をした。「ゲームのコンベンションに参加するのは初めてかしら？　忠告しておくわ。しらふで会議室へは行かないこと。それから何があっても、トーナメント会場でビーンバッグチェアには座らないことよ」

ゲームソフト《影の鉄槌》はグラフィックの問題で発売時期が遅れているらしく、〈ヴァリアント・インタラクティヴ〉の三人はそのことについてしばらく話していた。どうやら、しょっぱなから修正プログラムのダウンロードが必要になるらしく、そのことで客がどういう反応を見せるか心配しているようだ。

「平気さ」ジェイソンが言った。「ゲームさえすばらしければ、修正プログラムのダウンロードに五分ばかりかかったところで、そんなことはすぐに忘れる」ジャスティンのほうを見た。「何か飲み物をとってこようか？」

「白ワインをお願い」

次いでマーリーのほうへ顔を向けた。「きみも一杯、どうだい？」

マーリーが驚いてうれしそうな顔をする。「まあ、ありがとう。じゃあ、みんなが持っているブルーの飲み物に挑戦してみるわ」

「すぐに戻る」

ジェイソンがバーカウンターのほうへ姿を消すと、マーリーは誇らしげな顔をして言った。「信じられる？ あのジェイソン・ブラックに会えたのよ。わたし、ずっと彼のファンだったの。しかも彼ったら、わたしのために飲み物を持ってきてくれるなんて嘘みたい」

「男性モデルのような外見をした天才だと聞いていたが、それほどでもなさそうだな」ロスが無表情で言った。

「カリスマ的なオーラにやられて、おまえの目が曇っているんだろう」トロイが言った。

「彼は別にロックスターのような人じゃないわ」ジャスティンは笑った。

「それ以上だよ」トロイが言った。「伝説の男だ」ジャスティンがあまり反応を示さないのを見て、さらに続ける。「いや、まじめな話、熱狂的なファンは多い」

ジャスティンは疑わしそうな顔をした。「ジェイソンと同じような仕事をしている人は、世の中にいっぱいいるでしょうに」

三人は、そんなことを言うのは神への冒瀆だと言わんばかりの勢いで、ジャスティンにあれやこれやと説明しはじめた。ゲームソフト開発者はごまんといるが、ロールプレイングゲームをつくらせたら、ジェイソンの右に出る者はいないらしい。彼の作品は芸術的なゲームソフトとしてよく紹介され、そのゲームをプレイした人は誰もがその独特な世界に引きこまれていくのだという。

また、〈イナリ〉のゲームは、登場人物や水など、グラフィックのすばらしさにも定評があるが、それにも増してみごとなのは、プレイヤーを感情移入させる力らしい。

「〈イナリ〉のゲームをしていると、本当につらくなるの」マーリーが言った。「《天駆ける反逆者》なんて、みんな最後で泣くわ」

「ぼくは泣かなかったぞ」ロスが言った。

「嘘に決まってるわ」マーリーは言い返した。「主人公がドラゴンに致命傷を与えたら、それが自分の妻だとわかったのよ」

「そして妻は、ひとりでひっそりと死ぬために姿を消すんだ」トロイがつけ加えた。「本当に何も感じなかったのか？」

「まあ、少しは目頭が熱くなったけどね」ロスは認めた。

「本当は脱水症状を起こすくらい泣いたのよ」マーリーがジャスティンに言った。

ジェイソンがワインとカクテルのグラスを持って戻ってきた。ジャスティンはジェイソンに言った。「あなたがつくったゲームを試してみたくなったわ。どんなにすごいのか、今、話を聞いていたところなの」

「裏で支えてくれるスタッフのおかげさ。みんな優秀だからな」

ふたりの男性が近づいてきた。「どうしていつも手柄をスタッフに譲るんだ？　ぼくらだってがんばってるぞ」

「ほめられすぎると、仕事にやる気が出なくなる」ジェイソンがこたえ、ふたりと握手した。そして、ふたりは〈イナリ〉のゲームデザイナーで、昼間、パネルディスカッションに参加した者だと紹介した。ふたりは満面に笑みを浮かべ、おかげさまで今のところ、やる気を失うわけにはいかないほど絶賛されていると言った。

部屋の奥のほうでパーティ主催者のひとりが手招きしているのを見て、ジェイソンはジャスティンの肘に手をかけた。「港関係の理事と市長が到着したらしい」小声で言う。「挨拶につきあってくれるかい？」

ジャスティンはほほえんだ。「もちろん」

ジェイソンが〈ヴァリアント・インタラクティヴ〉の三人と〈イナリ〉のふたりに言った。「すまないが、ぼくらはこれで失礼する」

「もうちょっといいじゃないか」トロイが残念そうな顔をする。

ジェイソンが愛想のよい笑みを浮かべた。「知りあえてうれしかった。新作の発売、がんばってくれ」

その場をあとにしようとすると、マーリーがはにかんだような顔で言った。「あの……一緒に写真を撮ってもらえないかしら？　携帯電話のカメラでいいの。ほんのちょっとですむから」

「すまないが、写真はお断りしてるんだ」ジェイソンが申し訳なさそうに答えた。

マーリーが残念そうな笑みを浮かべる。「やっぱりね。わかってはいたの。でも、だめもとでお願いしてみようと思ったのよ」

〈イナリ〉の同僚がからかうように言った。「ジェイソンはカメラ恐怖症なのさ。きっと魂をとられると思っているんじゃないかと、うちの会社ではもっぱらの噂だ」

ジェイソンがちらりとジャスティンを見て、愉快そうな表情を浮かべた。

「そうそう、もうひとつ」マーリーが続けた。「このカクテルパーティのあと、わたしたちは階下《した》のあるイベントを見に行くの。よかったら、どうぞ来てちょうだい」

「どんなイベント？」ジャスティンは尋ねた。

「クリンゴン星人の美人コンテストよ」

「《スタートレック》はわたしも見ていたの！」ようやくよく知っている話題になり、ジャスティンは声をあげた。

「これがおもしろいんだ」ロスが説明した。「特技を競う部門では、去年の優勝者が出てきて、あの重いペインスティックを使ってバトン演技を見せるんだ。きわめつけは正装の部門だ。そこでは去年の優勝者が暴れるものだから、みんなけがをさせられるんじゃないかとはらはらさ」

「楽しそうね」ジャスティンは笑い、ジェイソンに尋ねた。「わたしたちも見に行く?」

「そんなことをするくらいならペインスティックで殴られるほうがましさ」

「うしろのほうにいればいいじゃない」彼女はねだった。「そしたら誰にも見られないわ」

「こっちが見られることより、何を見るはめになるかのほうが怖いね」ジェイソンはジャスティンの表情を見て、あきらめたようにつぶやいた。「きみには勝てないよ」


カクテルパーティが終わったあと、ふたりはエレベーターで階下へおりた。ホールや会議室のドアの隙間からのぞくと、どの部屋もなんでもありの状態になっていた。コスチュームを着ていない人を探すのが難しいほどだ。SFドラマ《スタートレック》のロミュラン星人、映画《スターウォーズ》のストーム・トルーパー、ゲームソフト《モータルコンバット》の登場人物、同じくゲームソフト《アサシンクリード》の登場人物。ほかにロボットもいれば、《スタートレック》の宇宙艦隊の制服に身を包んだ犬たちもいた。

ジェイソンはジャスティンの手を握りしめ、人ごみのなかを進んだ。飛行場の滑走路に勝るとも劣らないほどうるさい。廊下で騒ぎが起きていた。どうやら『スターウォーズ』のジャバ・ザ・ハットが男性用トイレの戸口に体が挟まり、出られなくなっているようだ。そこにいあわせた人々がなんとかして引っ張りだそうとしている。

これは無理だと判断したのか、誰かがサーベルでジャバ・ザ・ハットのコスチュームを切り裂いた。みるみるうちに空気が抜けていくのを見て、野次馬たちが大笑いする。やがてコスチュームはすっかりしぼみ、大量のゴムと布地のかたまりになった。ようやくジャバ・ザ・ハットがトイレから引っ張りだされた。野次馬たちは拍手喝采し、そのうちのひとりが叫んだ。「みんなでハグしようぜ！」

ジャスティンも大笑いしながらジェイソンを見あげた。「楽しいわ」

「ばかげてる」

「そうね。自分が普通の人間に思えるほどよ」

ジェイソンが人ごみから守るようにジャスティンを抱きしめる。ふたりはまるで大しけのなか、小さな島にふたりきりでいるような気分になった。「普通の人間でいるよりも、もっといいことがある」

「たとえば？」

彼が顔を傾け、耳もとでささやく。「自分らしくふるまうことさ」

「それじゃ簡単すぎるわ」

ジェイソンは静かに笑い、つけ加えた。「じゃあ、自分らしくふるまい、そんな自分を好きになることだ」

「それは難しすぎるわ」ジャスティンは手をのばし、彼の顎に手をあてた。やさしい気持ちがこみあげ、ジェイソンとふたりきりになりたいと思った。「ねえ、やっぱり美人コンテストはパスして、ホテルに戻りましょう」

「いいのか？　会場はすぐそこだぞ」

「いいの。足が痛いし、ここはうるさいもの。それに……クリンゴン星人の奥深いダンスを見はじめたら、途中じゃ帰れなくなるわよ」


翌朝、ジャスティンは満ち足りた気分で目が覚めた。この二日間というもの、おいしいものをたらふく食べ、ジェイソンとベッドで多くの時間を過ごし、そしてたっぷりと眠った。

だが、残念ながらジェイソンは同じように感じてはいないらしく、ずっと考えごとをしていた。何を考えているか、話してくれる気はないようだ。

それに、ゆうべは眠れなかったらしい。身動きしていたわけではないが、目が覚めているのは伝わってきた。

〝ナイトキャップでも一杯やる？〟ジャスティンは夜中にそう尋ねた。〝ミニバーにウォッカがあると思うわよ〟

〝いや、いい〟

〝いつもはどうしているんだか知らないけれど、本を読むなり、テレビを見るなり、好きにしてくれてかまわないのよ〟

だが、ジェイソンはそれもしなかった。

一、二分の沈黙のあと、ジャスティンは尋ねた。〝心配ごとがあるのね。少しでも話してくれない？　もしわたしが何か言ったのなら――〟
〝そういうことじゃない〟ジェイソンが彼女のほうへ体を向け、腰に手を置いた。〝仕事のことなんだ。技術的なことだから説明するのは難しい。大丈夫だ、心配するな〟

ジャスティンは彼のほうに近寄り、膝をついて起きあがった。〝気がまぎれるようなことをしてあげましょうか〟

ジャスティンの髪が肌に触れると、ジェイソンの呼吸が速くなった。〝何かいい考えがあるのか？〟

〝ひとつだけ〟ジャスティンは彼をあおむけにすると、その上に覆いかぶさり、肌に手を這わせた。ジェイソンの体がこわばったのがわかる。

ジャスティンはジェイソンの全身にキスをすると、みずからゆっくりと腰をおろし、彼とひとつになった感覚にうっとりした。ふたりはまるで波に浮かんでいるかのように、ずっと体を揺らしつづけた。やがて、悦びの大波に突きあげられた。熱に浮かれたように愛を交わすことだけが、今は大切なのだと感じられた。


コテージのキッチンでコーヒーを飲みながら、ジャスティンは言った。「ゆうべ、あんなに楽しませてあげたのに、やっぱり心ここにあらずなのね」

ジェイソンは難しい顔で携帯電話の画面を見ていた。指はしきりに何かを操作している。

「携帯電話の日付とタイムゾーンが変わりつづけているんだ。手動でリセットしても、ものの数秒でまたそうなってしまう。電子レンジに放りこんでやろうかと思ってるところだ」

ジャスティンはカウンターに置いてあったバッグから自分の携帯電話をとりだした。「わたしのは北京時刻で夜の九時になっているわ。どうしたのかしら。寝室の目覚まし時計といい、この携帯電話といい、いったいどうして――」

「偶然だろう？」ジェイソンがぶっきらぼうにさえぎった。「寝室のやつは電池切れだ」

「携帯電話は？」

「アップデートのプログラムを自動的にダウンロードでもして、不具合が出ているのさ」彼が自分の携帯電話をポケットに突っこんだ。「荷づくりはすんだのか？　もう出発するぞ」

「さっさとわたしを追い払いたいの？」ジャスティンは軽口をたたき、携帯電話をバッグにしまった。

「早めに空港に着いたほうがいいだろうと思っただけさ。手荷物検査で時間をくうかもしれないからな」

荷物をレンタカーまで運ぶため、ベルボーイが客室にバッグをとりに来た。ジャスティンは忘れ物がないかとコテージのなかを見まわし、グリモワールの入ったブリーフケースを手にとると、ジェイソンのあとについて外へ出た。

「また、ここを訪れることがあるかしら」感慨深い思いがこみあげ、最後にもう一度、コロナド海岸に目をやる。

「きみが望むならいつでも」ジェイソンはブリーフケースを受けとり、ホテルの本館のほうへ向かった。「でも、きみは旅行が嫌いじゃなかったのか？」

「ときと場合によるわよ。あなたが島へ遊びに来てくれるなら、わたしもサンフランシスコだろうがどこだろうが、あなたに会いに行くわ。遠距離恋愛を続けるには、お互いの努力が必要だもの」ジャスティンは言葉を切った。「わたしたち……恋人同士だと思っていいのよね？」

「ほかになんだというんだ？」

「恋人同士のような気にはなっていても、相手の住まいに歯ブラシを置いといてもいいのかどうかわからない場合もあるから」

「ぼくらの関係ははっきりしている」ジェイソンが言った。「歯ブラシは置いておけ。ほかの女性とデートしたりはしない」

ジャスティンはつないだ手に力をこめた。彼は誠実な男性だ。それでもまだジェイソンのことはよくわからないし、すべてを話してくれているとは思えなかった。

「今朝、目が覚めたとき、〈ヴァリアント・インタラクティヴ〉の人が言っていたことを思いだしたの」ジャスティンは言った。「あなたがつくったゲームのエンディングについてよ。主人公がドラゴンに致命傷を与えたら、それが自分の妻だとわかったという話。ドラゴンはひとりでひっそりと死ぬために姿を消すのね」

「そうだ」

「暗い物語だわ。どうして最後に彼女を死なせたの?」

「死なないですむ場合もあるんだ。あのゲームには秘密のレベルがあってね。偶然それを見つけだすプレイヤーもいるし、噂は聞いていても、やり方がわからなくてそれができないプレイヤーもいる。でも、その秘密のレベルに達すれば、主人公は妻を見つけだし、助けることができるんだ」

「どうすれば、そのレベルになれるの?」

「ゲームのなかでプレイヤーは、キャラクターたちをどう生かし、戦わせ、他人のためにわが身を犠牲にさせるか、何千もの選択をする。楽な道を選ぶ者もいるし、信念にしたがってゲームを進める者もいる。ある程度、道義的に正しい選択をすれば、秘密のレベルに達することができるというわけさ」

「キャラクターは完璧な人間じゃなきゃいけないわけ?」

「そうじゃない。ある程度で充分だ。過ちから学び、ほかの人のために何かをしようという姿勢があればいいんだ」

「でも、どうしてそのレベルに達する方法を公にしないの? そうすれば、みんな、正しい選択をしようとするのに」

ジェイソンがかすかにほほえんだ。「ゲームのなかだろうが、本当の人生だろうが、正しく生きればいいことがあるという考え方が好きなのさ」

24

「電池も替えたし、電気回路も見たの」受話器の向こうでジャスティンが言った。「それでも時計はとまったままなのよ」

「そうか」ジェイソンは部屋のなかを行ったり来たりしながら、送話口に向かって言った。「それは困ったな」

「何か不思議な力が働いているんじゃないかと思うわ」

彼は足をとめた。「たとえば？」努めて平静な声で尋ねる。

「さあ。幽霊でもいるとか？　歴史的な建物だから、それくらいのことがあってもおかしくないかも。きっと時計を憎んでいる幽霊にとりつかれているのよ」

「ローズマリーとセイジに相談してみれば？」

「ええ、近々遊びに行く予定だから、そのときに話してみるわ。そういえば、お仕事の問題は解決した？」

「今夜じゅうにはなんとかなると思う」

「それはよかったわね。週末にはこっちへ来られるの？」

「たぶん」

「わたしがそばにいなくて寂しい?」

「ちっとも」ジェイソンは答えた。「きみのことは考えないようにして過ごしているから。マシュマロの味がしたキスのことも、足の指のあいだがとても柔らかいことも、部屋のなかの酸素がつきるまで話したいということもだ。自分の隣にきみがいないことにも気づかないふりをしている」

ジェイソンは目をつぶって彼女の声に耳を傾け、それからまたしばらく話をした。何をしゃべっているのかはよくわからなかった。だが、内容はどうでもいい。ジャスティンの声を聞いているということが大切なのだ。

愛している女性とこれが最後の会話になるかもしれないというときに、いったい何が言えるだろう? きみはぼくのすべてだ。きみはぼくの人生に輝きをくれた。そんな陳腐な言葉をかけたところでしかたがない。最後にジェイソンは〝愛している〟と伝え、ジャスティンは〝わたしもよ〟とこたえた。

もうこれで充分だ。この使い古された言葉が、すべてを物語ってくれる。

ジェイソンは電話を切り、隣の部屋へ行った。今夜は灯台に一〇人の客人を迎えることになるため、セイジが埃を払い、掃除をしていた。

「二度と彼女に嘘はつかない、だましたりはしないと誓ったのに……」彼は言った。「その舌の根も乾かないうちに、また彼女を裏切っています」

「ちゃんとした理由があることよ」

ジェイソンは潜水用ヘルメットを持ちあげ、セイジが埃を払いやすくした。「ぼくもそう思っていました。目的が正しければ、やり方は少々間違っていてもいいんじゃないかと。でも、それで失敗ばかりしています」

「心配しなくても大丈夫よ」潜水用ヘルメットを置いたジェイソンの腕を、セイジが励ますように軽くたたいた。「わたしたちがなんとかするから。魔女団《カヴン》のみんなにこのことを知らせたら、全員、飛んできてくれると言ったわ」

「激怒した一〇人以上の魔女に囲まれて一夜を過ごすなんて、そうそうできる経験じゃなさそうですね」

「わたしたちは魔術師と呼ばれるほうを好むの。カヴンのみんながそろって心が広いというわけではないけれど、あなたは少なくとも自分の責任を引き受けたのだから、それは賞賛すべきことだと考えているわ。普通の人なら逃げだすところよ」

「普通の人なら、そもそもこんな過ちは犯しませんよ」

「人間誰しも間違えることはあるから」セイジの口調はやさしかった。

これほどひどいことをしてしまったというのに、セイジとローズマリーは想像していたよりはるかに、そして申し訳ないほどに温かく対応してくれた。サンディエゴから電話をかけたとき、ジェイソンは正直に事実を述べ、言い訳はいっさいしなかった。ふたりはときおり質問したものの、それ以外は黙って話を聞いていた。

状況はとても厳しいということで三人の意見は一致した。時計がとまるのは、〝魔女の破滅〟が近づいている証拠だとセイジは言った。彼女の夫が亡くなる前にも同じことが起こったらしい。今すぐに手を打たないとジャスティンの命が危ないのは間違いなかった。

プリシラの祖母と大おばが『トリオデキャッド』を使い、それほど強い魔術をかけられたことに、セイジとローズマリーは驚いた様子だった。〝わたしたちに聞いてくれれば、長寿の魔術の怖さを教えてあげたのに〟電話口でローズマリーは鋭く指摘した。〝それにしても、よく成功させられたものだね〟

〝まっ先にあなた方に相談するべきでした〟ジェイソンは認めた。〝あのときは自分の思いどおりにすることしか考えていなかったんです。もう今さら教えてもらっても手遅れですが、いったい何がいけなかったのでしょうか？〟

〝魔女の破滅はたとえ追い払うことができたとしても、消し去るのは無理なんだよ〟ローズマリーが説明した。〝呪いはほかの人にとりつくことになる。今回もそれが起きたんだと思うよ。長寿の魔術が、呪いをジャスティンのほうへ向けてしまったようだね〟

〝どうやってもとに戻すんですか？〟

〝まったくのもとどおりに戻すことはできないの〟セイジが電話口で答えた。〝状況は以前とは変わってしまうわ。それに、長寿の魔術は特殊で高度なものだから、とり除くのが難しいのよ。危険が伴うと思う〟

〝それはかまいません〟

〝恐ろしいことが起こるかもしれないのよ〟

〝覚悟はできています〟

〝死んでもいいのかい？〟ローズマリーが言った。〝あなたには魂がないのだから、死んだらもうそれでおしまいだよ〟

〝でも、それでジャスティンは助かるんですよね？　彼女さえ大丈夫なら結構です〟

〝命は助かるだろうけれど、大丈夫かどうかはわからないわ〟セイジが答えた。

その電話で、ふたりはカヴンに相談することを決めた。その結果、カヴンとして問題の解決にあたることに全員が賛成してくれたらしい。急がなくてはいけないという点でも意見が一致した。コールドロン島に集まり、クリスタルコーヴにある放置された学校の建物で実行することで話は決まった。これまでに何度も魔術を成功させてきた場所だ。

ジャスティンには内緒にしておいてほしいというジェイソンの頼みに対し、カヴンから異論はなかったという。ジャスティンにつらい決断をさせるわけにはいかないし、だからといってぼくのために命を犠牲にさせることもできない。ジャスティンを守ることが、今の自分にできるすべてなのだ。

玄関ドアをノックする音が聞こえ、ジェイソンは現実に引き戻された。魔女……いや、魔術師の誰かが到着したのだろう。

セイジについてリビングルームへ行くと、ローズマリーが客人を迎え入れるところだった。ほっそりした背の高い中年女性で、整った顔だちをしており、赤い髪を個性的な髪形にしている。歌手のスティーブ・ニックを思わせるような中性的な色気があり、細身のトップスの上にマクラメ編みのベストを着て、それにベルベットのスカートを合わせ、飾り鋲がついたウェッジヒールのブーツをはいていた。

ローズマリーとセイジが抱きしめると、女性はふたりに会えたことがうれしいというように声をあげて笑った。

そのハスキーな声を聞いた瞬間、ジェイソンはそれが誰だかわかった。

セイジの肩越しに、女性がジェイソンへ視線を向けた。その顔から楽しそうな表情が消え、部屋の空気が一瞬で冷たくなる。女性は濃いアイシャドーで縁どられた水晶のような目で、まばたきせずに彼を見ながら近寄ってきた。

「ジェイソン・ブラックです」ジェイソンは握手をしようと手をのばしたが、相手が応じないことに気づいて引っこめた。「こんな状況でお目にかかることになってしまったのを、大変申し訳なく思って――」

「魔術師から奥義書《グリモワール》を盗むなんて最低ね」ジャスティンの母親、マリゴールドが鋭く言った。

「お返ししました」ジェイソンは言い訳がましい口調にならないように気をつけた。

「だからほめてくれとでも言うつもり？」マリゴールドが冷ややかに言い返す。

ジェイソンは黙っていることにした。彼女の娘を死に追いやろうとしている男なのだ。憎まれても文句は言えない。

マリゴールドはいろいろな点でジャスティンによく似ていた。細身の体に、長い脚、きめの細かい肌。ただ、顔の印象は違った。美人ではあるが、この世は自分に不幸しかもたらさないと信じており、その苦々しい気持ちを押し隠すために仮面をつけているように見える。

「聞いたところによると……」マリゴールドが続けた。「どこやらの田舎者を雇って、複雑な魔術を施させたそうね。そしたら、あらあら、失敗しちゃいましたというところかしら」

ローズマリーがジェイソンの代わりに答えた。「魔術そのものは失敗してないよ。しっかりかかっているということが問題なのさ」

「その結果、〝魔女の破滅〟はジャスティンのほうへ向けられてしまったというわけね。今夜のこと、娘は知らないのよね？」

「はい」ジェイソンは答えた。「彼女に言っても反対されるだけです。ぼくがいけなかったのですから、責任は自分でとるつもりです」そこで言葉を切り、誠実に言った。「力になってくださることには本当に感謝しています」

「まだ手を貸すとは言ってないわよ」

ローズマリーとセイジはともに困惑した表情を浮かべている。

「ひとつ条件があるわ」マリゴールドが言葉を続けた。「もう二度と娘に会わないと約束してちょうだい。娘の人生から消えてほしいの」

「もし、そのお約束ができなかったらどうするのですか？」ジェイソンは尋ねた。「それならお嬢さんが呪い殺されてもかまわないと？」

マリゴールドは返事をしなかった。だが一瞬、表情に本心が垣間見え、ジェイソンは凍りついた。彼女は本気で娘を噴火口へ放りこむつもりらしい。

「マリゴールド」ローズマリーが厳しい声で言った。「今、そんな話をする必要があるのかい？」

「ええ、もちろん。そもそも、この男が娘を危険に追いやったのよ。ジャスティンだって、禁忌《ゲッシュ》を解くなんてばかなことをするからいけないんだわ。少しは教訓を学ぶといいのよ」

「それはまた別の機会にしてください」ジェイソンはいらだった。「今は彼女の人生をあと三日で終わらせてしまわないことが先決です」

「せっかく生きのびたところで、またその人生を台なしにするだけよ」衝撃的な言葉だった。ジェイソンは信じられないという顔でマリゴールドを見た。「自分の人生をどうするかは彼女の自由でしょう」

「あなたも親になったらわかるわよ。子供は守ればいいというものじゃないの。罰を受けてこそ学べることもあるわ」

マリゴールドの口調には満足感が漂っており、ジェイソンは心をかき乱された。母娘《おやこ》の仲がうまくいっていないとは聞いていたが、これならさもありなんだ。マリゴールドは自由に生きる娘を温かく迎えるような母親ではない。子供がぼろぼろになって、這って帰ってこないと納得できない親なのだ。

「そういう場合もあるのはわかります」ジェイソンは答えた。「でもぼくが親で、子供が罰を受けるとしたら、それをただ座って眺めていることはできません」

マリゴールドは敵意をあらわにして彼をにらみつけ、ローズマリーとセイジのほうへ顔を向けた。「この人がそこの断崖から飛びおりれば、問題はすべて解決するわ」

「それしかジャスティンを救う方法がないのなら、ぼくは走って飛びおります」ジェイソンは言った。「でも、今夜の魔術が成功すれば、もしかしたらほんのわずかでも彼女と一緒にいられるかもしれません。だったら、それに賭けたいんです」

「だったらわたしに約束しなさい。二度と娘には近づかないとね」

「守れない約束はできません」

マリゴールドはぷいと背を向け、玄関へ向かって歩きだした。

ローズマリーがあわててあとを追いかける。「マリゴールド！　よく考えてちょうだい。あなたの娘の命がかかっているんだよ。母親が協力しなくてどうするの」

マリゴールドの表情から仮面がはがれ、怒りがむきだしになった。「あの子がわたしのために何かしてくれたことがある？」そう叫ぶと、家を出て、ぴしゃりと玄関ドアを閉めた。

ジェイソンとセイジは言葉もなく立ちつくした。「ぼくのそばにも彼女みたいな人がいましたよ。ぼくの場合は父親でしたけどね」

セイジは動揺していた。「昔はあんなふうじゃなかったのに」

「いいえ、ずっとそうだったんだと思いますよ。ただ、だんだん隠しきれなくなっただけでしょう」ジェイソンはポケットに両手を突っこみ、窓辺へ行くと、まっ赤な夕焼けを眺めた。

「彼女がいなくても長寿の魔術は解けるんですか？　それとも、ぼくは断崖から飛びおりる練習を始めたほうがいいのかな」

「マリゴールドがいなくても大丈夫だとは思うけど……。でも、きっと今夜は来てくれるわ。自分の娘に背を向けるわけがないもの」

「でも、もう四年間も背を向けつづけているんですよ」ジェイソンは皮肉っぽい口調で言った。

ローズマリーが絶望的な表情で戻ってきた。「彼女ったら、埠頭に水上タクシーを待たせておいたんだよ。長居するつもりはなかったってことだね。ひと騒動起こしに来ただけさ。言ってやったよ。自分の娘のことだというのに、こんな大事なときに協力しないなら、もうカヴンにいる必要はないって」

セイジが目を見開いた。「彼女はなんと答えたの?」

「黙っていたよ」

「マリゴールドは自分から脱会したりはしないと思うわ」

「そうね。だからこっちからも出ていってくれと頼んだりはしない。今夜、みんなと話しあって、彼女を追いだすことにするよ」セイジの必ずしも賛成はしていない表情を見て、ローズマリーはさらに続けた。「わたしは昔から彼女をかばってきた。いいところだけを見て、悪いところは目をつぶるようにしてきたの。でも、今日のことは言語道断だ。いかに自分のことしか考えていないか、よくわかったよ」

セイジはどうしたらいいのかわからないといった様子で、テーブルに積んであった雑誌をぼんやりとそろえた。「でも、ひょっこりと現れて、わたしたちをびっくりさせるかもしれないし……」

ローズマリーは愛情と怒りのこもった目でセイジを見たあと、ジェイソンのほうへ顔を向けた。「戻ってはこないと思うよ」

「個人的にはそのほうがうれしいですね」彼は言った。「彼女がいたら、今夜の儀式で特別な罰を与えられそうですから。ほら、内臓をえぐりだすとか」

夕焼けの名残が消え、空がまっ暗になるころ、カヴンの仲間たちが二、三人ずつのグループで島に到着した。みんな、ジーンズやスカートという楽な服装をしており、カラフルなスカーフや銅製のアクセサリーを身につけている。話し好きで、愛想のいい人ばかりだった。料理を食べながらおしゃべりしている様子は、まるで月一回の読書会にでも参加しているようだ。今夜、セイジがつくった料理は、ローストパプリカのディップとピタチップス、アーティチョークとマッシュルームのブルスケッタ、それにかぼちゃの包み焼きだった。

「ジェイソン」午後一一時にローズマリーから声をかけられた。「そろそろ向こうへ行って用意を始めないとね。学校の建物はここから一キロくらいのところにあるんだけど、三人ずつ、そこまで送ってほしいの」

「わかりました。三人ずつというのが重要なんですか?」

「ゴルフカートは四人乗りだからね」ローズマリーがさらりと答えた。

「ゴルフカート？」

「この島に本物の車を持っている人はいなんだよ。住民は自転車か、ごくごく小さな電気自動車みたいなもので移動するの。グリーンの納屋にゴルフカートが入っているから、悪いけど、ちょっととってきてくれないかい？　最初に乗る三人が必要なものを持って玄関で待っているから」

「いいですよ」

ローズマリーがやさしい顔をした。「仕事であなたのような立場にいる人が、まさかこんなことをさせられるなんて、初めての経験だろうね」

ジェイソンはかすかにほほえんだ。「真夜中にゴルフカートの運転手を務め、廃校になった学校の校舎まで魔術師の方々を三人ずつお送りするってことですか？　たしかに、経験はありませんね。でも人生、たまには変化があったほうがいいんですよ」

白髪にブルーの目をした年老いた魔術師が近づき、ローズマリーの肩をそっとたたいた。「もうこんな時刻だというのに、マリゴールドはまだかい？」

「彼女は来ないの」ローズマリーが答え、かたい表情を浮かべた。「別の予定があるんじゃないかしらね」

ジャスティンは携帯電話の日付と時刻を合わせようと躍起になったあと、それをあきらめ、スクラブルという文字並べゲームのアプリをダウンロードした。携帯電話で何回か遊んでみれば、ジェイソンがどうしてそれほどゲームが好きなのか、少しはわかるかもしれないと思ったからだ。彼女はソファの端で丸くなり、いちばん簡単なモードに設定した。

三〇分ほどプレイしたあと、三つの結論に達した。まず、スクラブルの辞書に上品とは言いがたい言葉も載っていれば、もっと勝てるのにということ。〝チャット〟とはアフリカの常緑広葉樹だということ。そして、ゲームの電子音は中毒になるということだ。

Zから始まる言葉を考えているとき、玄関ドアをノックする音が聞こえた。宿泊客に何か問題でも起きたか、あるいはゾーイがたち寄ったのかもしれないと思い、ジャスティンは勢いよくソファから立ちあがり、靴下のまま玄関へ向かった。

ドアを開けた瞬間、心臓がとまるかと思った。まさかと思う人が立っていた。

「お母さん……」

25

ジャスティンはこれまで何度も母との再会の場面を想像してきた。そのたびに、おそらく顔を合わせるまでにはいくつかの段階を踏むことになるだろうと思ってきた。メール、手紙、電話、短い訪問という具合だ。もっとよく考えるべきだった。母は衝動で動く人だ。思いつくままに行動し、結果は絶対に引き受けようとしない。だが、今さら言っても遅い。不意に訪ねてきた母のほうが一枚うわてだということだ。ジャスティンは動揺を抑えきれなかった。いつか母と理解しあえるようになり、新しい関係が築ければいいと思っていた。勝ち負けではなく、もっと平和な関係を。だが、仲違いしてもう四年も経つというのに、まだ母の目は怒りで燃えていた。子供のころには、この目がどれほど怖かったことか。どうやら和解するために来たわけではなさそうだ。

「お母さん、どうしたの?」ジャスティンは玄関ドアを開け、母が入れるように脇へどいた。

マリゴールドは一歩だけなかに入り、玄関ホールを見まわした。

母がこの家や、ホテルや、ここまで築きあげた生き方を見たら、どう言うだろうと考えたこともあった。本当はほめてほしかったが、そんな経験はほとんどない。結局、いつの間にか母の意見など必要なくなった。正しい選択をしたのだと感じられれば、それで充分だと思えるようになったからだ。

「何か困ったことでもあったの？」ジャスティンは尋ねた。「どうして来たのよ」

マリゴールドが軽蔑に満ちた口調で言った。「母親が娘に会いに来るのは、そんなにおかしなことかしら？」

ジャスティンは答えに迷った。「ええ。お母さんはわたしと一緒にいるのが好きじゃないもの。今でも言うことを聞かない娘に変わりはないわ。だから、何か問題でもない限り、ここを訪ねてくるはずがない」

「問題ならあるわよ。あなたのことに決まってるじゃない」マリゴールドが淡々と答えた。その言葉とともに、過去が生き物のように家のなかに入りこんできた。ふたりを見おろし、非難という暗い影を落とす。

母の心は少しも和らいでいないらしい。きっとこのまま白骨化していくのだろう。美しい石像のように、無理やり姿勢を変えようとすれば砕け散るだけだ。母は首をまわして別の方向を見ることも、一歩を踏みだすことも、娘を抱きしめることさえできない。周囲はどんどん変わっていくというのに、いつまでも同じ姿勢でいるというのは、それはそれでかわいそうな生き方だ。

「禁忌《ゲッシュ》のことで来たのね」ジャスティンは穏やかに言った。「ローズマリーとセイジから聞いたんでしょう？　怒っているの？」

「わたしはあなたのために自分を犠牲にしたのに、あなたはそれを無駄にした。わたしにどう感じろというの？」

「自分にゲッシュがかけられていると知ったときは、わたしも今のお母さんのように感じたわよ」

まだこれだけ激怒しているところを見ると、娘の気持ちを推しはかったことなど一度もないのだろう。

「あなたは昔から感謝をするということを知らない娘だったわね」マリゴールドが吐き捨てるように言った。「でも、こんなにばかだとは思っていなかったわ。あなたのためにしたことなのに、そんな言い方をするとは」

「わたしが大きくなるまで待ってほしかったわ」ジャスティンは静かに続けた。「ちゃんと説明して、わたしの意見も聞いてくれたらよかったのに」

「だったら、授乳する前にも許可をとるべきだったわね。服を着せるときも、歯医者に診せるときも、小児科に連れていくときも――」

「それは違うでしょう。育児とこれは別物よ」

「この恩知らず！」マリゴールドが言い捨てた。

「いいえ、育ててくれたことには感謝しているわ。きっと、お母さんにできる限りのことはしてくれたんだと思いたい。でも、これはお母さんが決めるべきことじゃなかった。娘に一生の呪いをかけるのは、歯科検診や予防接種を受けさせるのとはわけが違う。それはお母さんもわかっていたはずよ。だからわたしには何も言わなかったのよ」

「あなたに黙っていたのは、そんなことを言えば何もかも台なしにするとわかっていたからよ。きっと何かばかなことをすると思った。そして、そのとおりになったのよ」白い肌とは対照的な赤い髪が怒りを象徴しているように見えた。まるで復讐に燃える天使のようだ。

「たった今、コールドロン島へ行ってきたの」マリゴールドが続けた。「今夜、魔女団《カヴン》が儀式を執り行うわ。あなたが身勝手なことをしたからよ。それがうまくいかなければ、あなたは死ぬ。〝魔女の破滅〟は今やあなたに向いているのだから」

　母には何を言われようがもう大丈夫だと思っていたのに、今のひと言はショックだった。どうしてこうも巧妙に相手を傷つける方法を見いだせるのだろう。

「あなたは自分を裏切るような男を愛した」マリゴールドがまくしたてた。「その男のせいで、あなたは死ぬかもしれない。ゲッシュを解いたりしたからよ。いい報いだわ」

　ジャスティンは懸命に頭を働かせようとした。「カヴンは何をするの？　なんの儀式なの？」

「あなたがかかわった男から魔術をとり除こうとしているのよ。彼も島にいるわ。さっき会ってきたの。あなたのせいで彼は死ぬかもしれない。もしそうなったら……あなたの手は血で濡れるのよ」

　カヴンの最後の三人を廃校になった校舎まで送り届けると、ジェイソンは一緒についてなかへ入った。

魔術師たちは準備に忙しそうだった。教室のなかはホラー映画の一場面のようだ。壁は四面とも黒い布で覆われ、火がともった蝋燭がたくさん置かれている。脚つきの器でお香が焚かれ、その濃い香りが室内に漂っていた。床にはチョークで大きな五芒星が描かれ、中央部の星型のまわりにいくつもの水晶が置かれている。五芒星の周辺には聖杯と魔法の杖が並べられていた。

ジェイソンは首筋がぞくりとした。

ヴァイオレットという名の三〇代の魔術師が近づき、元気づけるように彼の腕に手を置いた。「ごめんなさいね、ちょっと気味が悪いでしょう？　でも、あなたのために最善をつくしたいからこそなの」

「ティム・バートンが見たら、映画にしそうですね」ジェイソンは冗談を言った。

ヴァイオレットがほほえむ。

魔術師たちを見まわし、ジェイソンは安心した。彼女たちは一生懸命力を貸してくれている。それはすなわちジャスティンのためになるということだ。

「ひとつ、お願いがあります」驚いたことに魔術師たちが沈黙し、いっせいに彼を見た。床を掃いているふたりは箒を持つ手をとめ、水晶を並べていたひとりは顔をあげた。「過去にぼくが犯した過ちによって、将来、ジャスティンが苦しむことがないようにしてほしいんです。どうかジャスティンにとって、いちばんいい方法を選んでください。その結果は甘んじて受けるつもりです。ぼくの気持ちは伝わっているでしょうか」

「みんな、ちゃんとわかってるから大丈夫よ」ヴァイオレットが気づかうような顔でジェイソンを見た。「ローズマリーからリスクについては聞いているわよね？　長寿の魔術はとり除くのが難しいの。砂糖と砂を分けるようなものよ。それに〝魔女の破滅〟があなたに戻ったら、今度はもうほとんど時間がないかもしれない。魔術が解けたときにあなたがどうなるのかは誰にもわからないのよ」

「結構です」ジェイソンは淡々と答えた。「ぼくはどうすればいいのか教えてください」

セイジが近寄り、彼の手をとった。「あなたは五芒星のまんなかに座っていてちょうだい。なるべく体の力を抜いて、雑念を追い払うようにして」

ジェイソンはチョークで描かれた円の中心に腰をおろした。

「儀式が始まったら、もうしゃべらないでおくれ」ローズマリーが言った。「わたしたちが集中できるようにね」

「わかりました。会話もメールもしませんよ」ジェイソンはまた冗談を言い、みんなを見まわした。「みなさん、携帯電話の電源は切りました？」

ローズマリーは厳しい顔をしていたが、唇の端に笑みを浮かべた。「もういいよ。ほかに何か質問はあるかい？」

「あとひとつだけ」

「なんだい？」

「あの柄の部分が曲がった刃物は何に使うんですか？」

「ハーブを切るのにだよ」

その三〇センチほどもあろうかという刃物を、ジェイソンは疑わしそうに見た。

「午前〇時になるわ」誰かが言った。

ローズマリーがジェイソンを見た。「じゃあ、そろそろ始めようか」

儀式はまず詠唱から始まり、祈り、精霊の呼びだしへと続き、それから魔術の除去が行われると、ジェイソンはセイジから説明を受けていた。

「もしできそうなら、儀式のあいだは瞑想をしていてくれると助かるわ」セイジが言った。

「呼吸に気持ちを集め、意識を――」

「瞑想ならできます」彼は答えた。

ジェイソンは背筋をのばして座り、ゆっくりと呼吸しながら、何かひとつのイメージに意識を集中させようとした。さまざまな記憶のなかから、〈ホテル・デル・コロナド〉の海岸が頭に浮かんだ。夜の浜辺で、膝にのって肩に頭をもたせかけるジャスティンのぬくもりを感じながら、穏やかな波の音を聞いている。月明かりが降り注ぐ浜辺に、暗い波が打ち寄せ、そしてまた引いていく。やがて心が落ち着いてきた。

魔術師たちがまだ見ぬ精霊を召喚する声が聞こえた。冷たくて暗いエネルギーが部屋に入りこみ、自分をとり囲んだのがわかる。ジェイソンはそれを吸いこんだ。エネルギーは、心のなかに残っていた怒りや恐れを清めた。心はてのひらが開くように広がり、本来なら魂があるべきところがあらわになる。静かに呼吸をしながら、ジェイソンは悟った。

もう時間がない。

はっとし、一瞬あせりを覚えた。まだいやだ。もう少しだけ。魂の代わりに心臓が死の痛みを感じた。お願いだ、放してくれ。


ジャスティンは必死だった。使える水上タクシーがなかったため、小型のトロール漁船を所有している友人に電話をかけ、コールドロン島まで連れていってほしいと頼みこんだ。

「遅い時刻なのはわかってるわ。でも、コールドロン島まで送ってくれるなら、いくらでも払うし、なんでもするから……」

友人は承諾してくれた。ジャスティンの口調を聞き、断りきれないと感じたのだろう。

一〇分後、ジャスティンはフライデーハーバーに駆けつけ、そこで待っていたトロール漁船に乗りこんだ。船の出発を待つあいだにも、刻々と時間は過ぎていった。今、島で何が起きているのかと思うと、パニックに陥りそうだ。ジェイソンはまたわたしに隠しごとをした。カヴンにもふたたび裏切られたような気分だ。誰よりもこのわたしがいちばんに影響を受けるというのに、そのわたしを締めだしてことを進めている。長寿の魔術はかけるよりも解くほうが難しい。逆さに棘のついた蔓《つる》が体じゅうに入りこんだようなものだ。無理に引き抜こうとすると、体を内側から引っかいて傷つける。愛もそういうものなのかもしれない。

低速走行を義務づけられた水域を出ると、トロール漁船はエンジン音をうならせ、舳先で波を切り裂きながら突き進んだ。風が怒ったようにジャスティンの顔に吹きつけ、髪をなびかせる。トートバッグに入れた『トリオデキャッド』が、彼女の太ももに激しく打ちつけた。

頭のなかをさまざまなことが駆けめぐった。ジェイソンとはつい数時間前に電話で話したというのに、そのとき彼は何も言ってくれなかった。サンフランシスコからだとわたしに思いこませたが、本当はすでに灯台にいたのだろう。今夜の計画のことなどみじんも感じさせない、落ち着いて、くつろいだ声だった。

母の言葉が耳の奥で響いた。〝魔女の破滅は今やあなたに向いているのだから〟

長寿の魔術のせいでそうなったのだろう。わたしのような魔女が誰かを愛すると、必ず血の生贄《いけにえ》を求められる。誰かが犠牲にならなければならないのなら、自分がそれを引き受けようとジェイソンは考えたに違いない。

〝あなたの手は血で濡れるのよ〟

母のような人間になるのは、なんとたやすいことだろう。あきらめてしまえばすむことだ。怒りは人間の内側をくいつくすと、今度は外へ出ていこうとするものだから。

トロール漁船がコールドロン島の埠頭につけるやいなや、ジャスティンは古くて滑りやすい埠頭に飛びおり、永遠に続くかと思うような断崖の階段を駆けのぼった。太ももの筋肉が焼けつくように痛くなり、脚がもつれたが、それでものぼるのをやめなかった。灯台はひっそりとしていて人の気配がなく、庭は墓地のような暗闇に覆われていた。下弦の月に雲がかかり、徐々に輪郭がぼやけた。

階段を駆けのぼってきたせいで息が荒かったが、それでも納屋に二台ある自転車のうちの一台を引っ張りだし、でこぼこ道をクリスタルコーヴへと急いだ。ときおり車輪が石にのりあげてはまた地面に落ち、ジェットコースターでくだるときのような感覚に襲われた。

校舎の窓は、まるでこちらに向かってまばたきでもしているように、ゆっくりと赤と黒に点滅していた。ジャスティンは砂を蹴散らして学校の前に自転車をつけ、きちんととめる手間さえ惜しんで駆けだした。自転車が地面に倒れ、金属音が響く。

ジャスティンは勢いよくドアを押し開け、校内に飛びこんだ。

ちょうど儀式が終わったらしく、魔女たちは円陣を離れるところだった。五芒星の中央で何人かがしゃがみこんでいる。

「ジャスティン」ローズマリーの驚いた声が聞こえた。

「誰か明かりをつけて」ジャスティンはもどかしかった。

携帯ランプに火が入り、不自然な白い明かりが室内を照らす。床にあった暗闇は板張りの壁の隙間へと追いやられた。

ジェイソンは五芒星のまんなかに膝をたてて座り、腕をだらりと脚にまわし、額を膝につけていた。動いている様子はなく、ジャスティンが近づいても顔をあげなかった。セイジとローズマリーとヴァイオレットが彼をとり囲んでいる。

「どいて!」ジャスティンはジェイソンに駆け寄り、トートバッグを放りだして膝をついた。

「ジェイソン? ジェイソン? 大丈夫?」返事はなかったが、声は聞こえているようだと感じた。ジャスティンは魔女たちをにらみつけた。さぞやきつい表情だったらしく、魔女たちがあとずさりする。ジェイソンは大量に汗をかき、首筋の髪が湿っていた。「彼に何をしたの?」

「長寿の魔術はとり除けたよ」ローズマリーが言った。「これでもうあなたは死なずにすむ」

「どうしてわたしに秘密にしたの?」ジャスティンは怒って言った。「わたしがこういうことはちゃんと教えてほしいと思っていることは知っているでしょう?」

「彼にそうしてくれと頼まれたんだよ」

ジャスティンはまたジェイソンに視線を戻し、なんとか顔をあげさせようと頭や首に触れた。「ジェイソン、お願い――」

ジャスティンは言葉を失った。ジェイソンが不意に頭をもたげたからだ。顔は灰色で、首がぐらついている。額には汗がにじみ、目は焦点が合っていなかった。痛みがあるのか、頬がこけ、息をするのもつらそうだ。

「どうしたの? どこか痛いの?」

ジェイソンは何か言おうとしたが、歯をくいしばっているせいで言葉が出なかった。右手で左胸を強くつかんでいる。それを見て、ジャスティンは何が起きているのか察した。心臓発作だ。

「彼に残された時間がつきようとしているの」セイジが声をつまらせた。「こうなるかもしれないと伝えはしたけれど……」

「いや！」ジャスティンはトートバッグから『トリオデキャッド』を引っ張りだした。「わたしがなんとかしてあげる。今、何か魔術を探すから、もうちょっとがんばって。すぐに助けてあげる。約束するから。約束するから……」そう言ったつもりだったが、声が震え、まともな言葉にならなかった。本にぽたぽたと水滴が落ち、インクがにじんだのを見て、初めて自分が泣いているのだと気づく。紙がくしゃくしゃになり、裂けそうになるほど、彼女は必死にページをめくった。

「ジャスティン」セイジの絶望的な声が聞こえた。魔女たちが近づいてくる。

「来ないで！」ジャスティンは周囲をにらみつけ、武器を繰りだすように、拳を突きだした。

ジェイソンの手が腕に触れた。グリモワールを床に捨て、彼のほうを見る。黒っぽい目がジャスティンの顔をのぞきこんでいた。痛みに苦しみながらも、状況は理解しているらしい。何かを言おうと、彼がこちらへ体を傾ける。彼女はその体を支えた。

「どうせいつかはこうなる運命だった……」ジェイソンが耳もとでささやく。

彼はジャスティンの肩に頭をもたせかけ、腕のなかにゆっくりと倒れこんできた。いつもの悩ましいにおいがする。ジェイソンの体は重く、小刻みに震えていた。

「大丈夫よ、すぐによくなるから」ジャスティンはぎゅっと目をつぶり、何か使える魔法はないかと必死に考えた。

ジェイソンが彼女の髪に指を絡ませ、顔を引き寄せる。「思い残すことはない……」

ふるいから粉がこぼれ落ちるように、命がつきていくのが感じられた。なんとかしてそれをとめようと、ジャスティンは彼の胸や背中や腕や頭をてのひらで押さえた。

「行かないで、お願い――」

「キスしてくれ」

「いやよ」そう言いつつも、ジャスティンは口づけをした。柔らかくて温かい唇だった。涙が落ち、ジェイソンの閉じられたまぶたを濡らす。唇が苦しそうにゆがんだのがわかった。強く抱きしめれば死に神から彼を守れるものなら、いつまでもそうしているのに。

ジェイソンが静かに最後の息を吐いた。髪をつかんでいた指から力が抜け、腕がジャスティンの膝に落ちる。葉っぱに落ちた雨滴のように、時間がとまった。

ジャスティンはそっと彼を床に寝かせて見おろした。もはやその顔にはなんの表情もなく、目は閉じられ、唇は灰色だった。彼女の体のなかに恐ろしいエネルギーが生じ、骨や血や神経を駆けめぐる。鼓動が激しく、血管が破裂しそうだ。ジェイソンを逝かせるものですか。生と無の境目のどこかに、彼をとどめてみせる。

ジャスティンは涙と汗に濡れた顔で、ジェイソンの胸に手をあてた。エネルギーが流れこんだショックで、彼の体がびくんと動いた。魔女たちの叫び声が聞こえる。

「ジャスティン、だめ!」

ジェイソンの体が何度も激しく痙攣し、高圧電流のようなエネルギーがふたりの体を貫いたが、それでもジャスティンは手をあてるのをやめなかった。

ローズマリーの叫び声が聞こえた。「お願いだから、やめて。そんなことをしても彼は生き返らない。自分の体を傷つけるだけよ」誰も近寄ってはこなかった。ジャスティンとジェイソンは、死にゆく星の中心部のような青白いエネルギーに包まれた。ふたりはとけあい、一気に燃えあがった。このままわたしを連れていって。わたしの魂でふたり分の体を運んであげる。そうすれば、あなたはわたしのもとを離れることはないし、わたしは悲しみに身を裂かれずにすむ……。

ジャスティンはジェイソンに覆いかぶさると、両手で顔を包みこみ、唇を重ねた。まぶしい光が炸裂し、しだいに暗くなる。

エネルギーがつき果て、脈も感覚もない静かな無意識のなかで、ジャスティンの魂は泣いていた。

ジェイソン、どこにいるの？

そのときだった。重力よりも強い力に引きつけられ、一気に上昇し、大きなうねりに押された。ひとつの愛がもうひとつの愛を見つけた。

ここだ。

少しずつ意識が戻り、ジャスティンはぼんやりと目を開けた。魔女たちの顔や、校舎の壁や、蝋燭の火や、ランプの明かりが視界に入る。ジェイソンの顔を両手で包みこんだまま、血の気のない顔をじっと見つめた。そっと名前を呼んでみる。

ランプが放つ琥珀色の明かりのなかで、彼のまつげが動き、まぶたが開いた。黒い瞳はまだぼんやりとしている。

「あなたをひとりで逝かせたりしない」ジャスティンは愛する人の頰を撫でた。ジェイソンの目に驚きの色が浮かぶ。彼女はその理由を知っていた。

「何かが変わった気がする」彼がかすれた声で言った。

ジャスティンはうなずき、額を合わせてささやいた。「わたしたち、魂を分けあったの。でもそうなる前から、わたしの魂の半分はあなたのものだったわ」


何かがそっと額に触れた。ジャスティンはそれを無視し、心地よい眠りにしがみついた。今度は何かが頰に触れる。ジャスティンは不機嫌な声をもらし、枕の下に顔をもぐりこませた。

「ジャスティン」やさしい声が聞こえた。ジェイソン……。耳たぶに唇が触れる。「もうすぐお昼だ。そろそろ起きないか？　話をしよう」

「まだ眠いの」ジャスティンはつぶやいた。疲労でぼんやりした頭で、ゆうべのことを思いだそうとする。おかしな夢を見たものだ。あの母がジェイソンのことを心配して、クリスタルコーヴに駆けつけるなんて……。

ジャスティンはまぶたを開けた。ジェイソンが片肘をついて横たわり、かすかにほほえみながら、彼女の顔をのぞきこんでいる。すでに服を着ており、シャワーを浴びたらしく、ひげがきれいにそられていた。

「きみが目覚めるのをずっと待っていたんだ」ジェイソンは彼女の首筋から肩へと手を這わ

せた。

ジャスティンはあたりを見まわした。灯台の塔にある寝室だ。シーツの下は裸だった。体が疲れて力が入らない。

「フルマラソンを走ったような気分だわ」まだ眠気の残る声で言った。

「ゆうべ、あんなことがあったあとだからな」

ジャスティンはシーツを胸のあたりで押さえたまま、上体を起こした。ジェイソンが背中のうしろに枕を入れてくれる。唇がからからに乾いていると思ったとき、ちょうど彼が水の入ったグラスを手渡した。

「ありがとう」ジャスティンはごくごくと水を飲んだ。「ゆうべ、何があったの？」

ジェイソンが彼女の顔をのぞきこむ。「記憶がないのか？」

「覚えてはいるけれど、どれが現実で、どれが夢なのかわからないの」

「詳しく知りたいか？　それとも簡単にすませる？」

「簡単なほうでいいわ」

ジェイソンが空のグラスを受けとり、ナイトテーブルに置いた。「ぼくの視点で話すなら、ゆうべは長寿の魔術をとり除く儀式を受け、臨死体験をし、きみの手で蘇生された。カヴンの視点で話すなら、きみはラスベガスのカジノほどに校舎を明るく光らせたそうだ。そんな現象はこれまでに一度も見たことがないと言っていた。せっかくのショーを見逃したのが残念だ」

「あなたはショーの主役よ」ジャスティンは言った。「みんなはどこにいるの？」

「ローズマリーとセイジは昼寝をしている。ほかの何人かはゆうべ遅くに帰った。残りは泊まって話をしていたが、朝食を食べたあと、島を離れた。魔女があんなに夜遅くまで起きているとは知らなかったよ」

「不眠症のようなものよ」

ジェイソンがほほえみ、彼女の豊かな髪を撫でた。なんてすてきな顔だちをしているのだろう、とジャスティンは思った。以前からそう思ってはいたけれど、今日はいっそう輝きが増しているように見える。

「みんな、なんて言っていた？」

「何について？」

「すべてのことについてよ」

「ぼくがきみから想像を超えた贈り物をもらったという点では意見が一致していたな」ジェイソンは愛情と畏怖の念を隠そうともせず、ジャスティンの目を見つめた。「セイジによると、きみは自分の魂の一部をぼくに注ぎこんだらしい。ひとつの火が、別の火をおこすようなものだ。どうしたらそんなことができるのかは、誰にも想像がつかなかった」

「自分でもわからないわ」ジャスティンは顔を赤くした。「わたしはただ……あなたと一緒にいたかっただけ。あなたを逝かせまいとしただけなのよ」

「もうどこにも行かないさ」ジェイソンがこたえた。「追い払おうとしても無駄だぞ」

ジャスティンはほほえみ、首を振った。「そんなこと思うわけがないわ」そう言い終わる前に唇をふさがれた。ふたりは熱いキスを交わした。

ジェイソンが顔をあげ、やさしいまなざしで彼女を見つめた。「ほかにもいろんな話が出た。彼女たちが言うには、ぼくらはもう〝魔女の破滅〟を心配しなくてもいいらしい。おそらくあるものが犠牲になっていると思われるからだ」ジャスティンがなんだろうという顔をしたのを見て、彼が話を続けた。「ほら、きみはいつだったか指を鳴らして蝋燭に火をつけただろう？　今ここで、それをやってみせてくれ」

ジャスティンは困惑したものの、気持ちを集中し、指を鳴らした。いつもなら火花が散るが、今日はそれが出なかった。不思議に思い、もう一度試してみる。

やはり何も起きなかった。

ジェイソンが考えこむように眉をひそめた。「魔女の専門用語は忘れてしまったが、要するに能力を上まわることをしたせいで、回路がショートしたらしい」言葉を切り、探るようにジャスティンの顔を見る。「魔女としての力がなくなったら寂しいかい？」

「いいえ……。そんなの想像したこともなかったけれど……平気よ。それがあなたの命を助けた結果ならなおさらだわ」ジャスティンはその事実を噛みしめてみた。たとえ生来の魔女としての力は失っても、簡単な魔術を使ったり、秘薬をつくったりすることはできるだろう。その結果がどうだったか考え、顔をしかめた。ふとめまいを覚え、気がつくとこう言っていた。「幸せになるのに魔術なんかいらないわ」それは本心だった。

ジェイソンが彼女の紅潮した頬に手を置き、愛情に満ちた目をして言った。「じゃあ、幸せになるには何がほしい？　全部あげてみてくれ。すべてそろえるまで眠らないぞ」

「ひとつしかないわ」

「困ったな。ぼくにさしだせるものだといいんだが……」

ジャスティンはおかしくなり、首を振った。「あなた自身よ」

ジェイソンが彼女をいとおしそうに抱きしめ、唇や頬や喉もとに長いキスをした。ようやく顔をあげて尋ねる。「儀式のことはどうやって知った？　今となってはよかったと思っているが、本当はきみを巻きこみたくなかった。きみを守るにはそうするしかないと思ったんだ」

ジャスティンは顔をしかめようとしたが、幸せすぎてできなかった。

「それはまたあとで話すわ。とにかく、もう隠しごとはしないと約束してちょうだい」

「すまなかった。のっぴきならない事情というやつさ」

「まだ怒っているのよ」

「わかってるさ。で、誰から聞いたんだ？」

ジャスティンは、母が訪ねてきたことや、激しいやりとりがあったことを、できるだけ簡潔に話した。ジェイソンは同情のまなざしで、黙って聞いていた。

「母はわたしを愛しちゃいないのよ」ジャスティンは感情をこめずに、淡々と言った。

ジェイソンが慰めるように彼女をしっかりと抱きしめ、首筋を撫でる。「たとえそうだとしても、それはきみのせいじゃない。ぼくは出会った瞬間から、きみを愛さずにはいられなかったんだからな」

「わたしもよ」

ジェイソンはまだしばらくジャスティンを抱きしめていたが、そのうちに手が悩ましげな動きをしはじめた。「あっという間にきみとはこんな関係になってしまったが……」考えこむように言い、シーツの下に手を滑りこませる。「だからといって、もう少しゆっくりことを進めようという気にはなれない。いずれ正式に申しこむつもりだが……ジャスティン、ぼくと結婚してくれ」言葉を切った。「念のために言っておくが、これは命令じゃないぞ。心の底から懇願してるんだ」

「結婚？」ジャスティンは驚いた。「まだ早すぎるわ。もうしばらく恋人同士でいいかも」

「ぼくらはもう魂を分かちあっている」ジェイソンは説得にかかった。「だったら節税のために夫婦になろう」

ジャスティンは大笑いをした。この人は、一度決めたらあとには引かないに決まっていると思いながら。「わたしとあなたで、どうやって一緒に暮らすの？」

「簡単なことさ。ふたりの生活を最優先させればいい。同じ家に住み、毎晩、同じベッドで眠るんだ。大半は島で暮らし、ときどき一週間ほど一緒にサンフランシスコへ行こう。ホテルのことは支配人を雇うから心配するな」

「わたしの代わりを務められる人なんて、そうそういないわよ」ジャスティンは反論した。

「うちのようなこぢんまりとしたホテルへ来るお客様は、温かい家庭的な雰囲気を求めているの。友達や親戚の家を訪ねるようなものよ」

「だったら、温かくて家庭的な雰囲気の支配人を雇えばいい。プリシラに探させよう」

「彼女に頼むのはいやだわ」

ジェイソンが探るように尋ねた。「彼女がきみのグリモワールを借りるのにひと役買ったことを、まだ怒っているのか？」

「借りるじゃなくて、盗むでしょう？　ええ、怒っているわ。いろいろと気に入らないことばかりよ」

「彼女が悪いわけじゃない。ぼくがさせたことだ。ほら、ぼくは悪魔みたいな男だからな」

「そうね」ジャスティンはまた大笑いし、シーツをはねのけた。「あなたはわたしの悪魔よ」

「きみはぼくのすてきな魔女だ」

「魔法を使えなくなった魔女ね」ジャスティンはほほえみ、引き寄せられるままに彼の膝にのった。

「きみのすべてが魔法みたいなものさ」ジェイソンが言う。

「本当にそうかどうか試してみて」ジャスティンはかすれた声でささやき、彼の首に腕をまわした。

ふたりは同時に思った。ジェイソン・ブラックはここで引きさがるような男ではない、と。

訳者あとがき

リサ・クレイパスのコンテンポラリーロマンス《フライデー・ハーバー》シリーズ第四作をお送りします。

今回のヒロインは、シリーズ二作目から登場する朝食付きホテル〈アーティスト・ポイント〉を経営するジャスティン・ホフマンです。ジャスティンにとって、このホテルは生きがいです。客室ごとにテーマとなる画家を決め、その画家の作品を飾るだけではなく、その作風に合わせて内装を決め、自分でその内装を手がけたホテルなのです。ただ、ホテル経営が生きがいとなったのには、もうひとつ深い理由がありました。それは彼女が男性を愛せなかったから。はっきりとものを言うけれど、根のやさしいジャスティンは、温かい雰囲気でお客様をもてなすのは得意です。友人はたくさんいます。親友もいます。過去には交際した男性もいました。でも恋愛をすることができないのです。ジャスティンはそのことを寂しく思い、ずっと悩んでいました。そしてある日、その理由を見つけだしました。彼女には禁忌《ゲッシュ》と呼ばれる呪いがかけられていたのです。一生、男性を愛せなくなるという呪い。誰がそんなひどいことをしたのでしょうか？　とにかく、ジャスティンはその呪いを解き、ある男性と出会いました。それがジェイソン・ブラックでした。

ジェイソン・ブラックはゲームソフト開発者です。彼はサンファン島に研修センターを作ろうと計画し、土地購入の交渉のために島を訪れ、ジャスティンのホテルに宿泊します。（それが、実は三作目のヒーローであるアレックスが所有する、ドリームレイクに面した土地です）彼が作るゲームはせつなく、プレイヤーの気持ちをわしづかみにします。そんな彼には、誰にも理解しがたい秘密がありました。そしてそのせいで、彼は生き急ぐような人生を送っていました。

ふたりは互いにひと目ぼれをします。ジャスティンは生まれて初めてときめきというものを知り、誰かを愛する喜びを味わいました。ところが、ふたりにはつらい運命が待っていました。愛ゆえに激しく惹かれあい、しかしまた愛ゆえに相手を遠ざけなければならない定め。ふたりの行く末はどうなるのでしょうか……。

今回のヒーローには日本人の血が流れています。沖縄で暮らしたことがあり、日本語が話せます。また、禅寺で修行をしていた仏教徒でもあります。よって、ときどき〝折り紙〟や〝百合〟などの日本語が出てきたり、松尾芭蕉の句が出てきたりします。本当はもう少し刺激的な日本語も出てくるのですが、それは小説を読んでのお楽しみということで……。そんなちょっと珍しい設定も楽しんでいただけたらうれしく思います。

また、前回のヒーローとヒロインであるアレックスとゾーイの近況も描かれています。ゾーイは相変わらずやさしくて、それが今回のヒロインであるジャスティンの深い慰めにもなっています。

言わずと知れたベストセラー作家でストーリーテラーのリサ・クレイパスが紡ぎだすせつない愛の物語を、どうぞご堪能ください。

二〇一四年一一月

ライムブックス

星屑《ほしくず》の入《い》り江《え》で

著　者　リサ・クレイパス
訳　者　水野《みずの》　凜《りん》

2014年12月20日　初版第一刷発行

発行人　成瀬雅人
発行所　株式会社原書房
〒160-0022東京都新宿区新宿1-25-13
電話・代表03-3354-0685　http://www.harashobo.co.jp
振替・00150-6-151594
カバーデザイン　松山はるみ
印刷所　図書印刷株式会社

落丁・乱丁本はお取替えいたします。
定価は、カバーに表示してあります。
 ISBN978-4-562-04465-8 Printed in Japan